MARO.

Günter Ohnemus, 1946 geboren,
lebt als freier Schriftsteller und Übersetzer in München.

Im MaroVerlag sind außerdem erschienen:
Die Letzten Grossen Ferien
Zähneputzen in Helsinki

Günter Ohnemus

Siebenundsechzig Ansichten einer Frau

MaroVerlag

Verlag und Autor danken:

– dem Campus Verlag, Frankfurt, für die freundliche Genehmigung, Teile von Georges Dubys Aufsatz über das höfische Modell zu verwenden [aus: *Geschichte der Frauen* (Hrsg. von Georges Duby und Michelle Perrot), *Band 2: Mittelalter*; herausgegeben von Christiane Klapisch-Zuber]

– New Directions und der Agence Hoffman für die freundliche Genehmigung, das Gedicht *Calypos* von William Carlos Williams abzudrucken [aus: *Pictures from Brueghel* (*New Directions* 1962)].

– W. W. Norton & Company Ltd. für die freundliche Genehmigung, *your birthday comes to tell me this* von E. E. Cummings abzudrucken.
(*your birthday comes to tell me this* is reprinted from COMPLETE POEMS 1904-1962, by E. E. Cummings, edited by George J. Firmage, by permission of W. W. Norton & Company Ltd. – © 1951, 1979, 1991 by the Trustees for the E. E. Cummings Trust.)

1. Auflage November 1995

Umschlag: Rotraut Susanne Berner
unter Verwendung der Serigraphie
Komposition für München von Tom Wesselmann
(im Besitz der Staatlichen Graphischen Sammlung, München)
© VG Bild-Kunst, Bonn 1994 – Mit freundlicher Genehmigung

Gesamtherstellung: MaroDruck

Gedruckt auf säurefreiem, alterungsbeständigen Werkdruckpapier

Die Deutsche Bibliothek – CIP-Einheitsaufnahme
Ohnemus, Günter:
Siebenundsechzig Ansichten einer Frau : Erzählungen / Günter Ohnemus. –
Augsburg : Maro-Verl., 1995
ISBN 3-87512-231-3

– für Tuck, für Marge, für Oona
(und für Oona O'Neill)

She took her coffee without sugar
and the young man was learning to remember that.

– Ernest Hemingway
The Garden of Eden

Vorwort

Das Vorbild zu diesem Buch hier ist Hokusais Sammlung *Hundert Ansichten des Berges Fuji*, ein Buch mit Schwarzweiß-Holzschnitten, dessen erster Band 1834 erschien und das viele für sein Meisterwerk halten, obwohl natürlich die Farbdrukke von *Sechsundddreißig Ansichten des Berges Fuji* viel bekannter und berühmter sind. Die *Sechsundddreißig Ansichten* bestehen aus sechsundvierzig Blättern und die *Hundert Ansichten* aus hundertzwei Abbildungen. Die Zahlenangaben bei diesen Unternehmungen sind auf eine angenehme Art ungenau. Es ist wie beim Obsthändler, wenn man ein Pfund Kirschen gekauft hat, und der Händler legt einem noch eine Handvoll Kirschen dazu in den Korb. Ich gebe zu, daß ich mir kurz überlegt habe, ob ich die Zahl siebenundsechzig nicht auch überschreiten sollte.

In Japan waren solche Sammlungen üblich, und irgendetwas mit »hundert Fujis« zu machen, war fast eine Art Genre geworden, und schon 1692 erschien eine Haiku-Sammlung mit dem Titel *Hundert Haiku über den Fuji.* Es ist also ein Zufall, daß ausgerechnet Hokusais *Hundert Ansichten des Berges Fuji* das Vorbild für dieses Buch hier wurden. Es war ganz einfach so, daß ich Hokusais Buch in der Hand hielt, als ich die Idee hatte, ein Buch mit dem Titel *Siebenundsechzig Ansichten einer Frau* zu machen.

Es wäre sehr gut möglich gewesen, daß andere Sachen dieses Vorbild abgegeben hätten: Hiroshiges wunderbare Sammlung *Hundert berühmte Ansichten der Stadt Edo* vielleicht oder seine *Dreiundfünfzig Stationen an der Tokaido-Straße*. Und natürlich hätte das Vorbild auch *Thirteen Ways of Looking at a Blackbird* von Wallace Stevens sein können:

A man and a woman
Are one.
A man and a woman and a blackbird.
Are one.

Aber es ist nun einmal so gekommen, daß ich irgendwann im Frühjahr 1994 wieder einmal die *Hundert Ansichten des Berges Fuji* in der Hand hielt und jemand in meinem Kopf beschloß, das Buch zu machen, das jetzt gleich, nach ein paar Seiten, anfängt.

Hokusai hat wunderbare Einfälle, den Berg Fuji zu zeigen. Einmal sieht man gar nicht den Fuji, sondern einen Schneehaufen, den jemand zusammengeschaufelt hat und der die Form des Fuji hat. Einmal ist der Berg hinter Wolken verborgen, und man kann ihn nur hinter der Form dieser Wolken vermuten, und auf einem Doppelbild liegt der Fuji unter Schnee begraben, und es schneit dicke Flocken wie in einem Traum. Auf einem anderen Bild sieht man ein verwesendes Ahornblatt in einem Spinnennetz hängen, und der Berg ist nur eine leise Andeutung, ein Strich, der Hauch einer Silhouette. Einmal sieht man nur Pilger am Kraterrand, und dann wieder leuchtet der Fuji hinter fröhlichen aufgespannten Regenschirmen, oder er ist fast versteckt hinter dem aufgespannten Netz eines Fischers.

Ja doch, dieses Buch ist ein sehr diskretes heiteres Meisterwerk. Es ist ganz leicht. Es ist von einer ansteckenden Leichtigkeit. Wenn Sie ein paar der Bilder angeschaut haben und danach auf die Straße gehen, sind Sie ein paar Kilo leichter als vorher. Vielleicht muß man Sie sogar wie einen Luftballon an einer Schnur anbinden. Das hängt davon ab, wie schwer Sie vorher waren.

Ich habe nicht versucht, so leicht zu sein. In diesem Buch hier sind ein paar Ansichten, die Hokusai nie gemalt hätte. Aber ich bin ein fast vollkommen westlicher Mensch, und schließlich habe ich dieses Buch nicht für Hokusai geschrieben, sondern für jemand ganz anderen. Ich glaube allerdings, daß es hier auch ein paar Dinge gibt, die ihm sehr gefallen hätten.

Sie überlegen sich jetzt möglicherweise, ob die Zahl siebenundsechzig eine besondere Bedeutung hat. Einen literarischen oder gar einen theologischen Sinn. Irgendetwas, das alle betrifft: Machen Sie sich darüber keine Gedanken. Diese Zahl hat (in diesem Zusammenhang) nur für mich persönlich eine Bedeutung. Sie brauchen nicht irgendwelche Verse in der *Odyssee* nachzuzählen oder in der *Genesis*. Und wenn die vierunddreißigste Geschichte, die Geschichte im Zentrum dieses Buchs, einen Transvestiten als Helden oder -genauer gesagt – als Heldin hat, dann ist das keinerlei Anspielung auf Jesus, nur weil Jesus vielleicht vierunddreißig Jahre alt geworden ist. Diese Geschichte steht deswegen in Zentrum des Buchs, weil ich glaube, daß sie da hingehört. Es ist der richtige Platz für sie in diesem Buch.

Ich spiele wirklich sehr gerne. Alle möglichen Spiele. Und ich packe immer gerne Geschenke aus. Aber ich bin kein Freund einer Literatur, in der es darum geht, daß die Autoren einen Haufen Anspielungen in ihre Bücher einwickeln, nur damit die Leser und ein paar Expertengruppen sie hinterher wieder auswickeln können. Ich bin eher der Freund einer Literatur, die Anspielungen auf die *Welt* enthält. Auf die Welt, ohne die die Literatur leer wäre. Und natürlich gehört zur Welt – wenigstens noch eine Zeitlang – auch die Literatur, und deshalb gibt es überall, in fast allen Büchern, literarische Anspielungen. Das ist ja selbstverständlich. Ich rede hier nur von diesem Ein- & Auswickelgeschäft.

Einige Leute werden sich vielleicht fragen, was die Frau in diesem Buch für einen Beruf hat, wieviel Geld sie in den Ferien ausgibt, und ob sie auch einmal etwas richtig Dummes machen kann wie alle anderen Leute auch, aber das Buch hier ist kein naturalistisches Buch, und die Frau, um die es hier geht, ist eine Hexe. Und was Hexen machen, das weiß doch jeder. Natürlich können sie außerdem Sekretärinnen sein oder Physikerinnen oder Meeresbiologinnen, oder sie sitzen vielleicht hinter einem Schalter auf irgendeinem Postamt, oder sie haben drei sehr schöne Töchter, um die sie sich kümmern müssen. Das versteht sich doch eigentlich von selber.

Die Frau, von der hier die Rede ist, ist nicht immer die Frau, die in den einzelnen Texten am deutlichsten zu sehen ist. Wir sind ja auch im Leben nicht immer am deutlichsten zu sehen, nicht immer die wichtigsten Leute. Wenn wir sterben, kann es zum Beispiel passieren, daß jemand, wenn er von unserem Tod erfährt, nur mit einem einzigen Wort reagiert: »Oh!« Dieses »Oh!« sind dann wir oder unser Tod. Wir haben alle schon einmal mit so einem »Oh!« auf den Tod von jemandem reagiert.

Ich will damit nur sagen, daß die Frau in diesem Buch manchmal nur in einem einzigen Wort gegenwärtig ist, und manchmal ist sie nichts anderes als der Platz zwischen zwei Wörtern oder der Wind im Haar von jemandem, der gar nicht weiß, daß es diese Frau gibt. Manchmal ist sie ganz deutlich zu sehen, und manchmal ist sie wie der Schatten eines Tennisballs an einem Sommertag: etwas, das niemand bemerkt. So ist das mit der Frau in diesem Buch. Ich muß das wissen. Ich habe sie schließlich gemacht, so wie sie zuvor mich gemacht hat.

München, im August 1995

Siebenundsechzig Ansichten einer Frau

I

Die Geschichte des Bambusschneiders

»Also, soviel versteh ich auch nicht davon«, sagte er. »Das ist alles nicht eindeutig. So ganz läßt sich das gar nicht fassen.«

Es war schon nach Mitternacht. Sie lagen nebeneinander im Bett. Es schneite, und die dicht fallenden Schneeflocken veränderten das Licht, das von draußen in das dunkle Zimmer fiel, wie in einem Kaleidoskop. Sie hatten beide das Gefühl, daß das Zimmer sich ein bißchen drehte.

»Hokusai hat sich sein Leben lang mit dem Berg Fuji beschäftigt«, sagte er jetzt in dem leicht dozierenden Tonfall, den er immer hatte, wenn er sich auf etwas konzentrieren mußte. »Und auch wenn er ›Fuji‹ mit den Zeichen geschrieben hat, die ›nicht-zwei‹ bedeuten, sieht man seine wirklichen Absichten in einer anderen Volksetymologie, die ›Fuji‹ als ›Nicht-Tod‹ erklärt. Also als unsterblich. Ich kann das nicht beurteilen, aber die Wissenschaftler sagen das.«

»Oh«, sagte sie. »Das gefällt mir besser als ›nicht-zwei‹.«

»Mir auch«, sagte er, während die Schatten der Schneeflocken wie die Glassteinchen in einem Kaleidoskop die Wände des Zimmers beständig veränderten.

»Die Quelle für diese Etymologie ist der Schluß einer Erzählung. Die Erzählung heißt *Die Geschichte des Bambusschneiders*«, sagte er. »In dieser Geschichte kommt eine Fee aus dem

Himmel auf die Erde, wo sie das Herz des Kaisers gewinnt. Als sie wieder in den Himmel zurück muß, läßt sie dem Kaiser einen Brief da und ein Gefäß, mit dem Elixier der Unsterblichkeit. Der Kaiser ist verzweifelt und befiehlt, daß man das Elixier auf den Gipfel eines großen Vulkans in der Provinz Suruga bringt und dort in die Flammen wirft.

Die Geschichte endet mit der Bemerkung, daß von dieser Zeit an unaufhörlich Rauch aus dem Gipfel dieses Bergs aufstieg, dem man den Namen ›Fuji‹ gab. Das heißt Nicht-Tod. Aber das habe ich ja schon gesagt.«

»Oh«, sagte sie. Der Schnee vor dem Fenster fiel jetzt nach Mitternacht so dicht wie in einem Märchen oder in einem romantischen Hollywoodfilm. Die Schatten an der Wand waren auch wie in einem Märchen. Sie sagten beide für eine lange Zeit nichts. Es war fast, als wären sie auch Schatten von Schneeflocken.

»Und du«, sagte sie dann leise wie ein Schneeflockenschatten. »Und du? Würdest du auch befehlen, daß dieses Elixier der Unsterblichkeit in den Krater des Fuji geworfen wird? Würdest du das auch tun?«

»Ja«, sagte er, ohne lange nachzudenken.

»Würdest du das wirklich tun?« fragte sie noch einmal. »Würdest du es genauso machen wie dieser Kaiser? Würdest du das wirklich tun? Wär dir dann die Unsterblichkeit genauso gleichgültig wie diesem Kaiser? Wäre das wirklich so? Würdest du das wirklich tun?«

2

Ihr Alter (1)

your birthday comes to tell me this

– each luckiest of lucky days
i've loved,shall love,do love you,was

and will be and my birthday is
– E. E. Cummings

Es ist schwer, etwas über ihr Alter zu sagen, weil es sich ja dauernd ändert. Es ist eigentlich gar nicht möglich, etwas über ihr Alter zu sagen. Dabei ist es oft so wichtig, zu wissen, wie alt jemand ist. Davon hängt manchmal sehr viel ab. Es gibt Frauen, die hört man manchmal sagen: »Er ist jetzt mit dieser Plunschkuh zusammen. Sie ist siebzehn Jahre jünger als er, und aus fünfundzwanzig Meter Entfernung sieht sie ja vielleicht ganz gut aus. Aber sie ist dumm, furchtbar dumm. Sie ist nichts als eine ganz, ganz dumme Mietkuh.«

Natürlich benutzen diese Frauen meistens nicht so viele Wörter dafür. Das wäre stillos und zuviel Aufwand. Sie sagen manchmal nur: »Diese dumme Mietkuh«, und an einem guten Tag können sie »fünfundzwanzig Meter« so betonen, daß es absolut vernichtend klingt.

Es gibt auch Männer, die über solche Abstände nachdenken: *Siebzehn Jahre* oder *fünfundzwanzig Meter*. Gerade jetzt, in diesem Augenblick, sitzen zwei Freunde auf einer Steintreppe unten am Fluß in der Sonne und unterhalten sich über den richtigen Abstand zwischen Männern und Frauen. Der eine von ihnen sagt: »Sieben Jahre sind wirklich gut. Sieben Jahre sind besser als zwei oder drei. Wir sind schon so lange zusammen und das wahrscheinlich nur, weil wir sieben Jahre auseinander sind.«

Jede Philosophie ist Selbstrechtfertigung.

Der andere der beiden Freunde schaut auf das Wasser und sagt eine Zeitlang gar nichts. Er macht den Eindruck eines Mannes, der sehr scharf über etwas nachdenkt. Und dann macht er den Eindruck eines Mannes, der etwas entdeckt hat, das er eigentlich schon längst hätte wissen müssen. Und jetzt sagt er auch etwas. Er sagt: »Bei mir waren es nie mehr als plus/minus neun Monate. Eine Kinderlänge.«

»Plus / minus neun Monate. Eine Kinderlänge.« Er sagt das ganz verblüfft, und wir sind auch ganz verblüfft, weil wir jetzt plötzlich etwas über ihr Alter sagen können, wo wir doch gerade dachten, daß das nicht möglich wäre:

Plus / minus neun Monate. Eine Kinderlänge. Das ist ihr Alter.

3

897 Sonntage

»Er hat Sonntage immer gehaßt. Und jetzt, wo er diese Frau liebt, die ihm nie schreibt, hat er noch einen Grund mehr für seinen Haß auf Sonntage. An allen anderen Wochentagen hat er bis zehn oder elf Uhr vormittags und manchmal sogar bis zwölf die Hoffnung, daß sie ihm doch geschrieben haben könnte, auch wenn er weiß, daß sie ihm nie schreibt, aber an den Sonntagen, an denen ja keine Post ausgetragen wird, hat er nicht einmal mehr diese Hoffnung. Der Tag und die Welt sind so hoffnungslos, als hätte es diese Frau, die er liebt, nie gegeben. Als lebe er in einer Welt, in der seine Liebe kein Ziel findet und stirbt. In einer Welt, in der die Liebe überhaupt ausstirbt. Er kommt sich vor wie ein kleiner Junge, der an einem verregneten Tag aus dem Fenster in den bleigrauen Himmel schaut und dem jemand sagt, daß es außer diesem Himmel nichts gibt. Daß die Welt und die Zeit und die Ewigkeit aus Blei sind, und daß damit schon alles gesagt ist, was es zu sagen gibt.«

Die Briefe, die Tagebücher und die Alpträume von Millionen von Männern sind voll mit solchen Gedanken. Es gibt Männer, die haben schon dutzendweise solche Sonntage erlebt und diese Verzweiflung, aus der sich keine interessante Literatur machen läßt.

Es gibt Männer, die haben schon 217 solche Sonntage erlebt, oder 429, oder 541, und in einer oberbayrischen Kleinstadt gibt es einen, dem schon 897 von diesen Sonntagen zugestoßen sind. Wenn man diese Sonntage alle ohne Unterbrechung durch andere Sonntage aneinanderreiht, dann sind das mehr als siebzehn Jahre. Siebzehn Jahre voll absolut hoffnungsloser Sonntage! Das kann eigentlich niemand aushalten.

Aber mit ihr ist das anders. Sie schreibt immer, wenn sie nicht da ist. Sie macht niemanden zu einem hoffnungslosen kleinen Jungen, der glaubt, daß die Welt und die Zeit und die Ewigkeit aus Blei sind. Sie weiß, was die Zeit und die Ewigkeit bedeuten und daß wir nicht nur zum Beerensammeln auf der Welt sind. Sie schreibt immer, wenn sie nicht da ist. Und am Sonntag ruft sie an.

4

Pink Cadillac

Now some folks say it's too big and it uses / too much gas / Some folks say that it's too old and that / it just goes too fast / But love is bigger than a Honda, and it's / bigger than a Subaru / Hey man there's only one thing and one car that will do / Anyway we don't have to drive it honey / We can park it out in back, and have a / party in your pink Cadillac

Heute gibt es keine Bagels in den meisten Cafés von San Francisco, weil wir den ersten Tag des jüdischen Jahres haben – Rosch ha-Schanah – und weil die jüdischen Bäcker nicht arbeiten. Man weiß nie, wann dieser erste Tag des jüdischen Jahres genau ist, aber er ist immer irgendwann im September oder Oktober. Das hängt von vielen Dingen ab: er darf nicht auf einen Sonntag, einen Mittwoch oder einen Freitag fallen, und in den Jahren, in denen er nach dem jüdischen Kalender doch auf einen dieser Tage fallen würde, fügt man dem Kalender einfach noch einen Tag hinzu oder man zieht einen ab. Das gehört alles zu diesem mathematischen Hokuspokus, den es wahrscheinlich in allen Religionen gibt.

Das ist wirklich alles ziemlich interessant und kompliziert, aber es kümmert uns heute nicht. Wir tun heute nachmittag nichts anderes als einem jüdischen Bäcker zuzuschauen, der einen wunderbaren Ersatz für die Arbeit gefunden hat, die ihm heute nicht gestattet ist: er veranstaltet vor seiner Bäckerei eine Schönheitskonkurrenz, eine Miss-Wahl. Er will herausfinden, wer die schönste Frau in der Umgebung ist. Genau das Richtige für den Anfang eines neuen Jahres.

Dreißig oder vierzig Frauen aus der Gegend sitzen und stehen und tanzen vor seiner Bäckerei. Frauen in allen Formen und Farben, und der erste Preis für die Gewinnerin ist eine Fahrt in dem alten rosaroten Cadillac, der gleich neben der Bäckerei auf der Straße steht. Es ist ein sehr langer Wagen, in dem irgendwann am Abend die schönste Frau der Umgebung einmal um den Block gefahren wird.

Die schönste Frau der Umgebung ist eine ziemlich dicke Armenierin, die rotschimmernde schwarze Haare hat und eine Warze neben dem linken Nasenflügel. Sie hat sehr viel Temperament und ein wildes Lachen. Sie hätte den Wettbewerb wahrscheinlich sogar gewonnen, wenn sie auch neben dem rechten Nasenflügel noch eine Warze gehabt hätte.

Wir reden noch darüber, als wir am Abend mit einigen Leuten beim Essen sind. Wir sind alle sehr fröhlich, obwohl keiner von uns heute einen Schönheitswettbewerb gewonnen hat. Wir funkeln und glitzern, als hätte jemand zwei Waschzuber voll Glaskristallen wie Konfetti über uns ausgekippt. Und dann noch einen eigenen Waschzuber über die Tochter des Bäckers, die ungefähr fünfunddreißig Jahre alt ist, aber heute so aussieht als wäre sie zwölf und nur dafür gemacht, zu funkeln und zu glitzern.

Es ist ein sehr gutes Restaurant, in dem wir da sitzen: die Küche wird beschrieben mit Modern Southwest Cooking, und wir bestellen sehr gute Sachen, Hühnerbrust, Fisch, Lammsattel, Jakobsmuscheln mit Koriander-Zitronen-Kruste, luftgetrocknete Ente mit Wacholdersauce, eine Platte mit mariniertem und gegrilltem Gemüse... es ist wirklich ein hervorragendes Restaurant; Sie sollten einmal da essen, wenn Sie in San Francisco sind.

Als die Tochter des Bäckers dem Kellner sagt, was sie gerne essen möchte, bestellt sie das einzige Gericht mit Schweinefleisch, das sich auf der Speisekarte findet. Irgendwas mit einer Sopaipilla und Honig vom Rio Grande. Schweinefleisch! Am ersten Tag des jüdischen Jahres!

Ihr Mann, der ein paar Plätze von ihr entfernt sitzt, sagt zu dem Kellner und zu uns allen: »Es ist wirklich schlimm! Ich bin mit dem einzigen jüdischen Mädchen verheiratet, das ganz verrückt ist nach Weihnachten und am ersten Tag des jüdischen Jahres Schweinefleisch ißt.«

»Ja, ganz richtig«, sagt sie, und wieder prasselt ein Schwung Glaskristalle auf den Tisch. »Aber ich würde nie und nimmer am Neujahrstag *arbeiten!*«

Und das ist an diesem schwer zu berechnenden Tag irgendwann im September oder Oktober der Augenblick, in dem wir alle wissen, was schon längst einmal jemand hätte tun sollen: Alle Frauen sollten wenigstens einmal im Leben in einem rosaroten Cadillac um den Block gefahren werden, auch wenn es an einem Tag sein sollte, den es vielleicht gar nicht gäbe, wenn man nicht vom Kalender einen anderen Tag abgezogen hätte. An einem Tag, der gar nicht richtig in die Welt gehört, aber schon längst fällig war.

5

Der Aufsichtsratsvorsitzende

Wenn er einmal stirbt, wird er vielleicht daran denken, daß sie mit elf oder zwölf nachts immer das Fenster ganz weit offengelassen hat, damit Peter Pan hereinkommen könnte, während sie schlief.

Wenn er an sie denkt, denkt er meistens daran. An dieses Fenster, das er nie gesehen hat. Und manchmal denkt er beim Zahnarzt daran, wenn er mit geschlossenen Augen daliegt und an seinen Zähnen herummachen läßt. Als seine Tochter zehn war, hat er ihr eine Ausgabe von Peter Pan geschenkt, aber seine Tochter war nicht besonders beeindruckt. Kein offenes Fenster.

Wenn man es recht bedenkt, ist es vielleicht so, daß die Leute gar nicht soviel mit Peter Pan anfangen können. Da ist es schon überraschend, daß ein Aufsichtsratsvorsitzender etwas damit anfangen kann, der allerdings noch gar nicht Aufsichtsratsvorsitzender ist. Dafür ist er noch ein bißchen zu jung. Aber alles ist so eingerichtet, daß er es eines Tages sein wird. Es ist fast schon unvermeidlich.

Wenn es so ist, daß aus Mädchen, die ihr Fenster für Peter Pan offenlassen, ganz bestimmte Frauen werden, dann ist sie eine ganz bestimmte Frau geworden. Aber das weiß er nicht. Als es zu Ende war, hat er sie nie wieder gesehen. Er weiß, daß aus seiner Tochter keine solche Frau werden wird. Vielleicht ist es so, denkt er, daß die Leute gar nicht soviel mit Peter Pan anfangen können. Vielleicht können sogar die Mädchen, die ihr Fenster für ihn offengelassen haben, später nichts mehr mit ihm anfangen. Vielleicht muß das einfach so sein.

Wenn es so sein muß, dann muß es eben so sein. Aber wenn es in seinem Leben irgendwelche Lücken gibt, dann denkt er manchmal daran. Es gibt allerdings nur sehr wenig Lücken in seinem Leben. Er ist ein sehr beschäftigter Mann auf dem Weg zum Aufsichtsratsvorsitzenden. Aber wenn er einmal stirbt, dann denkt er vielleicht daran. In dem Augenblick, bevor diese letzte große Lücke beginnt, denkt er vielleicht an dieses Fenster, das er nie gesehen hat. Vielleicht ist der Tod dann etwas für ihn, bei dem er durch dieses Fenster fliegt. Oder vielleicht fliegt sein Geist durch dieses Fenster. Oder vielleicht auch nur seine Brille. Oder eine Krawatte. Oder ein Manschettenknopf, falls er Manschettenknöpfe benutzt. Wie auch immer, und was auch immer durch dieses Fenster fliegt: es sollte uns freuen.

6

Der Mann von funfzig Jahren

30. Dezember 1962

In einem Monat bin ich siebzehn Jahre alt. Aber jetzt sind wir erst einmal mitten in den Weihnachtsferien. Cora ist mit ihren Eltern in Österreich beim Skifahren, und meine Eltern sind mit dem Zwerg in Stuttgart, wo er bestimmt einen netten kleinen schwäbischen Akzent verpaßt kriegt. Und ich bin ganz alleine, lese viel und ziehe in meinem neuen grünen Anorak durch die Stadt. Er hat ziemlich genau die Farbe, die amerikanische Uniformen haben. Sehr schön.

Ich kann mich nicht sehr aufs Lesen konzentrieren, weil ich immer an Cora denke. Ich kann mich auf nichts konzentrieren, wenn sie nicht da ist, und wenn sie da ist, kann ich mich nur auf sie konzentrieren.

Ich denke immer noch oft an diese seltsame Weihnachtsfeier an ihrer Schule, die ich wahrscheinlich nie vergessen werde. Die Feier war nur für Familienmitglieder gedacht, und sie hat mich dieser Nonne, ihrer Deutschlehrerin, als »Alexander-Maximilian, mein Bruder« vorgestellt (hinterher hab ich gesagt: »Wieso hast du mir denn so einen komischen Namen gegeben?«, und sie sagt: »Du hast so brav und ängstlich ausgesehen, und das war die ängstlichste Namenskombination, die mir eingefallen ist.«).

Nach der Feier sind wir noch mit Gittchen und Anna durch die Schule gegangen. Schließlich war ich noch nie in einer Mädchenschule. Am Schluß sind wir alle vier in ihr Klassenzimmer gegangen. Anna hat sich ans Klavier gesetzt, und die drei haben ein paar Sachen von den Andrews Sisters gesungen. Wenn Cora singt, verschwindet die ganze Welt. Sie kann *Rum and Coca Cola* so hinlegen, daß einem ganz schummrig wird, obwohl sie in ihrem Leben außer zum Tee bestimmt noch nie Rum getrunken hat:

both mother and daughter
working for the Yankee dollar

Cora sah absolut verworfen aus, und als sie mit dem Song fertig waren, sagte sie zu mir: »Alles was ich weiß, hab ich von Nonnen gelernt.« Sie hat genau gemerkt, was mir durch den Kopf gegangen ist.

Zu Schluß sangen sie noch *Don't Sit Under the Apple Tree (With Anyone Else But Me)*, und dann sangen wir alle vier noch *Tuxedo Junction.*

Gittchen und Anna sind dann heimgegangen. Als wir allein waren, hat Cora noch ein Lied gesungen. Sie saß am Klavier und sang dieses verrückte Weihnachtslied, das ich noch nie gehört habe. Sie hat mich mit diesem Lied einfach weggeblasen. Ich bin irgendwie zerbröselt und war überhaupt nicht mehr da. Und das Verrückteste ist, daß ich mich jetzt, wo nur ein bißchen mehr als eine Woche vergangen ist, nicht mehr an dieses Lied erinnern kann. Es ist da, es ist irgendwo da, aber ich kriege es nicht zu fassen.

Draußen auf dem Flur hat sie mich bei der Hand genommen und in die Kirche gezogen, die zur Schule gehört. Wir haben uns da drin auf eine Bank gesetzt und sind einfach so dagesessen. Ich weiß nicht, wie lange. Die Kirche ist wunderschön. Fast ohne Schmuck und weiß und schlank wie eine Kirche in Jerusalem.

Naja, so wie ich mir eine Kirche in Jerusalem vorstelle. Als wir gegangen sind, haben wir uns noch die Krippe im Vorraum angeschaut. Sie haben da das ganze Jahr über eine Krippe, in der immer Sachen dargestellt werden, die zum Kirchenjahr passen.

Als wir aus der Kirche kamen, fiel Schnee. Ganz leicht. Ich schaute in den Himmel hinauf, aus dem der Schnee auf uns herunterfiel, und als ich Cora wieder anschaute, stand sie zwei oder drei Meter von mir entfernt und schaute mich einfach an. Schaute mich ganz ruhig an. Sie stand in ihrem karierten Kapuzenmantel da, und der Schnee fiel auf ihre Haare und auf ihr Gesicht. Und dann ist etwas sehr Seltsames passiert. Sie ging einen Schritt auf mich zu und ging einfach in mich hinein, so als wäre ich eine Tür. Oder ein Haus. Ein Haus aus Luft. Und dann stand sie wieder vor mir und ging wieder einen Schritt auf mich zu und in mich hinein.

Es war unheimlich komisch. Ich hatte auf einmal das Gefühl, daß ich nur auf der Welt bin, um eine Tür für Cora zu sein. Sie war so schön, daß es weh tat. Sie war so schön wie noch nie. Ja, es ist wahr: Sie ist ein Wintermädchen. Kein Sommermädchen. Sie blüht im Dezember.

31. Dezember 1962

Silvester. Zehn Uhr abends. Ich warte auf das Feuerwerk. Ich trinke Tee mit Rum, weil ich schon den ganzen Tag vor mich hin singe. *Rum and Coca Cola.*

Bei Großmama zum Mittagessen. Es gab Schellfisch mit Senfsauce. Und Wein. Zwischendrin denke ich, ob sie auch einmal so verworfen ausgesehen hat wie Cora. (Ich glaube schon. Ich weiß noch, wie sie letztes Jahr einmal zu Tante Lotte gesagt hat: »Na, du geschäftstüchtige Jungfrau!«). Verspreche, um halb zwölf vor dem Feuerwerk zu ihr zu kommen.

Was für ein Jahr das war! Ich bin so oft geküßt worden wie noch nie in meinem Leben. Wahrscheinlich öfter wie als Baby. Anfang März haben sie mir den Blinddarm herausgenommen. Meine 100-Meter-Zeit liegt jetzt bei zwölfzwei, und wir haben im Juni die 4 x 100-Meter-Staffel gewonnen, und Klaus hat im Weitsprung 6 Meter 46 geschafft. Das ist ungefähr der Weltrekord bei den Frauen! Die ganze Klasse ist wie verrückt um die Sprunggrube herumgehüpft.

Und ich bin der glücklichste Mensch der Welt, und wenn ich 20 Sekunden für die 100 Meter brauchen würde. Dabei haben wir im Oktober noch gedacht, daß es wegen der Raketen auf Kuba einen Krieg gibt, daß wir vielleicht alle ausgelöscht werden.

Komisch, jetzt, wo ich auf das Silvesterfeuerwerk warte, denke ich an die Raketen auf Kuba und an Präsident Kennedy, und natürlich denke ich die ganze Zeit an Cora, mit der ich sterben möchte, wenn es einen Krieg gibt. Und wie verworfen sie ausgesehen hat, als sie *Rum and Coca Cola* gesungen hat. Als im August Marilyn Monroe gestorben ist, hat am Sonntag danach der Pfarrer von St. Paul mit donnernder Stimme verkündet, da sehe man wieder einmal, wohin das führe, dieses Leben nach dem Motto »Ich bin von Kopf bis Fuß auf Liebe eingestellt«: direkt in den Selbstmord. Er hat überhaupt nicht wieder aufgehört. Ich glaub, er hat nie *Manche mögen's heiß* gesehen. Er ist völlig ahnungslos.

1. Januar 1963

Habe bei Großmama übernachtet. »Wir zwei einsamen Herzen«, hat sie gesagt, »trinken jetzt zusammen eine Flasche Sekt.« Wir haben bis vier Uhr morgens gequatscht. Über Marilyn Monroe. Ich glaube, ich habe mit ihr über Marilyn Monroe geredet, weil ich über Cora reden wollte, ohne daß ich ihren Namen nenne. Cora ist ja ganz anders als MM, sie hat schwarze Haare, und sie ist wahnsinnig intelligent, und MM war wahrscheinlich nicht so furchtbar intelligent.

Großmama geht ja lieber in Filme wie *La Strada* und *Wilde Erdbeeren*, aber sie hat ein paar sehr nette Sachen über Marilyn Monroe gesagt. Schließlich hat sie *Manche mögen's heiß* zweimal gesehen.

(»Als ich zum ersten Mal *Manche mögen's heiß* gesehen habe – das war mit deiner Mutter und deinem Vater zusammen –, da hab ich mir nach dem Kino draußen auf der Straße von einem dicken Mann eine Zigarre geben lassen, obwohl ich noch nie im Leben geraucht habe. Ich wollte einfach etwas tun, was ich noch nie zuvor getan habe.«

Ich glaube, das ist so ziemlich das Netteste, was man über jemanden sagen kann: daß er einen dazu bringt, daß man etwas tun möchte, was man noch nie zuvor getan hat)

2. Januar 1963

Gestern Nacht Goethes Novelle *Der Mann von funfzig Jahren* gelesen. Ein Mädchen verliebt sich in ihren Onkel, einen Major, obwohl sie eigentlich seinen Sohn heiraten soll und will, und dann geht das ein bißchen hin und her, und am Ende sind doch das Mädchen und der Sohn zusammen.

Dazwischen gibt es schöne und witzige Bemerkungen, die die Geschichte mehr in Gang halten als die Handlung. Ein »theatralischer Freund« empfiehlt dem Major, etwas für sein Aussehen zu tun und erklärt das so: »Man denkt immer nur an das Notwendige; man will sein und nicht scheinen. Das ist recht gut, solange man etwas ist. Wenn aber zuletzt das Sein mit dem Scheinen sich zu empfehlen anfängt und der Schein noch flüchtiger als das Sein ist, so merkt denn doch ein jeder, daß er nicht übel getan hätte, das Äußere über dem Inneren nicht ganz zu vernachlässigen.«

Ich glaube, das ist ein Satz, der Großmama gefallen wird. Aber ich verstehe trotzdem nicht, was junge Mädchen an älteren Männern finden sollen. Was Frauen überhaupt an Männern finden. Was findet zum Beispiel Cora an mir?

Aber eine ganz tolle Stelle gibt es in dieser Geschichte: Einmal, gegen Ende, fällt starker Regen. Dämme brechen, und die ganze Gegend ist überschwemmt, und die Höfe und Besitztümer schauen nur noch als kleine Inseln aus dem See heraus, der durch die Überschwemmung entstanden ist. Und dann, weil es Winter ist, gefriert das Wasser, und alle holen Schlittschuhe heraus und laufen durch die Gegend. Es ist wie ein großer Tanz auf der Welt. So als gäbe es überhaupt keine Trennung mehr, weil das Eis alles zusammenhält. Goethe benutzt das Wort »Eislust«. Sehr schön. Das hätte ich ihm gar nicht zugetraut. Er versteht etwas davon. Das merkt man an so einem Wort.

Ah ja – wenn Cora aus den Ferien kommt, und wenn dann die Flüsse zufrieren würden. Alle drei Flüsse. Und wir könnten den ganzen Tag ewig weit Schlittschuh laufen. Nicht mehr damit aufhören. Und vielleicht passiert das ja.

Aber trotzdem ist Goethe als Erzähler soviel weniger als Kleist oder Theodor Storm. Obwohl ich das garnicht sagen kann, weil ich ja noch gar nicht viel kenne. Wenn ich einmal dreißig oder vierzig bin und viel kenne, dann kann ich so einen Satz sagen. Aber jetzt nicht. Und gleichzeitig ist mir das ganz egal, gleichzeitig möchte ich immer sechzehn sein und siebzehn werden.

3. Januar 1963

Ich schlafe mit ihr ein, und ich wache mit ihr auf. Sie ist die ganze Zeit bei mir. Ob das jetzt immer so bleibt? Ob das Leben jetzt immer so weitergeht? In vier Tagen sind die Ferien zu Ende, und Cora kommt zurück. Und die Flüsse müssen zufrieren! Einmal im Leben müssen die Flüsse zufrieren, damit wir einmal im Leben ewig dahinfahren können. Und jetzt ist genau der richtige Augenblick dafür.

Im Sommer fahren wir nach Amerika. Aber nur, wenn Cora mitkommt! Was nicht gehen wird. Also fahren wir nicht nach Amerika. Aber wenn wir doch nach Amerika fahren, sehen wir vielleicht Präsident Kennedy, obwohl das nicht sehr wahrscheinlich ist. Schließlich ist ein Präsident nicht so eine Art Eiffelturm, den jeder besichtigen kann.

Also: die Flüsse werden zufrieren, und wir fahren nach Amerika, oder wir fahren nicht nach Amerika, und in beiden Fällen werden wir Präsident Kennedy wahrscheinlich nicht zu Gesicht bekommen, aber es wird ein tolles Jahr werden. Es kann gar nicht anders gehen. Das kann überhaupt niemand verhindern. Ich glaube, es wird ein wunderbares Jahr für uns alle.

7

Calypso

Well God is
love
so love me

God
is love so
love me God

is
love so love
me well

– William Carlos Williams
Pictures from Brueghel.
New Directions 1962

8

Ihr Alter (2)

If I could write the beauty of your eyes
And in fresh numbers number all your graces,
The age to come would say, »This poet lies –
Such heavenly touches ne'er touched earthly faces.«

– William Shakespeare

Die Hälfte aller Gesellschaftskritik ist Projektion. Wahrscheinlich sogar achtzig Prozent. Wenn einer wie Theodor Adorno sagt, daß die Leute, wenn sie jemandem etwas schenken, günstigenfalls das schenken, was sie sich selber wünschen, nur ein paar Nuancen schlechter, dann kann er das gar nicht wissen, ohne daß er zuvor einen tiefen Blick in sich selber hinein getan hat. Niemand kennt eine Gesellschaft so gut, daß er das sagen kann. Wenn man diesen Satz liest, dann schaut man Theodor Adorno beim Einwickeln seiner Geschenke zu und findet, daß er eigentlich ziemlich oft dahergeredet hat wie ein mieser, unsympathischer Klugscheißer, der den anderen nur ein falsches Leben gönnt)

Es ist wirklich nicht besonders angenehm, Theodor Adorno beim Einwickeln seiner Geschenke zuzuschauen, deshalb schauen wir lieber dieser Frau hier zu, die heute Geburtstag hat und schon zwei ihrer Geschenke ausgewickelt hat. Das erste Geschenk ist ein silberner Knopf, den sie im Sommer im Park verloren hat und über dessen Verlust sie sehr traurig war, und das zweite ist ein Buch über die Milchstraße mit einer hübschen Widmung von William Shakespeare (die sie ein bißchen übertrieben findet).

Das dritte Geschenk, das sie auspackt, ist ein Wecker. Sie freut sich darüber, weil sie sehr viel reist, in viele Länder, und weil es auf dem Prospekt, der diesem Wecker beiliegt, heißt: »Er funktioniert in aller Welt.« Der Wecker bekommt sein Zeitsignal von der Atomuhr in Braunschweig, und der Prospekt versichert, daß der Wecker »nie an seine Grenzen« stoße. Er stelle sich automatisch von Sommer- auf Winterzeit um und habe nur 1 Sekunde Abweichung in 1 Million Jahren.

1 Sekunde Abweichung in 1 Million Jahren! Sie müßte jetzt eigentlich sagen: »Was für ein primitiver Trick!«

Sie sagt es nicht, weil der Wecker ja ein Geburtstagsgeschenk ist.

Oder sie könnte sagen: »1 Sekunde Abweichung in 1 Million Jahren! Daß ich nicht lache! Ich hab in den letzten zwanzig Jahren mindestens zwei Millionen Sekunden verloren – was ist dagegen schon 1 Sekunde in 1 Million Jahren!«

Auch das sagt sie nicht. Sie weiß, daß es keine Zeit gäbe, wenn wir sie nicht verlieren würden. Wenn wir in unserem Leben nicht Millionen Sekunden verlieren würden, gäbe es keine Zeit. Die Zeit würde überhaupt keine Rolle spielen, weil sie uns nie ausginge.

Aber sie weiß auch, daß verlorene Sekunden wirklich verlorene Sekunden sind, die uns am Ende abgehen. Manchmal bleibt am Schluß nicht einmal mehr genug Zeit, ein Glas Wein auszutrinken, oder ein Glas Bier, falls Sie Bier vorziehen.

Und weil sie das alles weiß, und weil dieser Wecker ein Geburtstagsgeschenk ist, und weil der Mann, der ihr den Wecker geschenkt hat, sie jetzt so erwartungsvoll anschaut, sagt sie lächelnd: »1 Sekunde in einer Million Jahren! Jungejunge! Meinst du, daß ich mit deiner Uhr eine Sekunde gewinne oder verliere?«

9

Die Sachen, die sie mag

Als sie dreiundzwanzig war, machte sie eine Liste mit den Sachen, die sie mag. Mit den Sachen, die sie glücklich machen:

1. Durch ein offenes Fenster in den Himmel schauen.
2. Glauben, daß Pflaumen eiskalt sein müssen.
3. Einen Stempel haben mit der Aufschrift »unimportant«.
4. Sich an Situationslyrik hochziehen.
5. Jemand mit einer Karotte den Hut vom Kopf werfen.
6. Warmen Schlamm zwischen den Zehen hervorquellen fühlen.
7. Manchmal doch Verben verwenden.
8. Beim Genuß von Schokolade an den Mond denken.
9. Lieder singen, die im Gedächtnis brennen und die man immer vergißt.
10. Introvertierte Kaffeefilter besitzen.
11. In der Straßenbahn auf der Drehscheibe stehen.
12. Mindestens drei Bananensorten kennen.
13. Fünfsilbige Sätze bilden.
14. Mit Kirschkernen genausoweit spucken wie der, den man liebt.
15. Noch eintausendzweihundertsiebenundneunzig ungeführte Gespräche haben.

Als sie das schrieb, hat sie nicht gewußt, daß sie noch viel mehr ungeführte Gespräche vor sich hat. Das hat sich also anders entwickelt. Aber sie steht immer noch gerne in der Straßenbahn auf der Drehscheibe. Und sie kann mit Kirschkernen immer noch viel weiter spucken als die meisten anderen Leute.

10

Die einsamen jungen Männer (1946)

Er schaute zur Deckenwölbung des U-Bahn-Wagens hinauf, weil er sehen wollte, ob irgendwelche neuen Reklameschilder angebracht worden waren. Es war nichts Neues dabei. Sein Lieblingsbild, ein Mädchen, das für Bier Reklame machte, befand sich hinter ihm, und er konnte es nicht sehen. Er betrachtete mit düsterer Miene ein dickes rotbackiges Kind, das ein Stück Brot verschlang. Diese Reklame mochte er am wenigsten. Er wandte sich ab.

Eine Frau mit einem kleinen Kind saß ihm gegenüber, direkt unter der Brotreklame. Die Frau war ziemlich korpulent, und ihre Taille bestand aus einem Fettwulst; sie trug ein enges schwarzes Kleid. Das Kind war etwa im selben Alter wie das Kind auf der Reklame. Aber das Kind hier war blaß, blaß und dick.

Neben der Frau und dem Kind saß ein Neger und schlief. Er war groß und dünn, und seine Fußknöchel und die Handgelenke wirkten wie braunes Holz. Zwei jüdische Sekretärinnen mit blonden Haaren unterhielten sich lebhaft miteinander. Sie waren jung und trugen Kleider in fröhlichen Farben, und ihre etwas dicklichen Beine waren unbehaart und rosa.

Eine grauhaarige alte Frau mit tiefen Falten im Gesicht schaute die beiden jungen Frauen an; es sah aus, als würde sie die beiden auf eine heimliche Art hassen, wie Frauen das können. Ein paar

Jungs, die ausrangierte Army-Sachen anhatten, saßen in einer Ecke. Ihre Schulbücher lagen neben ihnen. Sie unterhielten sich in heiseren Stimmen, deren Tonfall sich dauernd veränderte. Er konnte nicht hören, was sie sagten, aber es klang, als würden sie über irgendwelche sexuellen Dinge reden.

Die U-Bahn hielt an einer Station, und ein kräftiger, untersetzter Mann stieg aus. Noch zwei Stationen, dann mußte er selber aussteigen.

Der Wagen leerte sich allmählich. Jetzt saßen ihm nur noch die beiden Mädchen gegenüber. Sie unterhielten sich immer noch lebhaft und lachten zu laut, weil sie wußten, daß er sie beobachtete.

Die U-Bahn hielt an den beiden Stationen, und die Mädchen stiegen aus. Jetzt saß ihm niemand mehr gegenüber. Er betrachtete die Reklameschilder.

Dann kam seine Haltestelle. Er stand schnell auf und hielt seinen Trenchcoat unterm Arm. Er ging auf den Bahnsteig hinaus, und bevor die U-Bahn weiterfuhr, schaute er durch das Fenster wieder in den Wagen hinein. Ein kleines Stück rechts hinter dem Platz, an dem er gesessen hatte, war das Bild des Mädchens, das Reklame für Bier machte. Er schaute sie an, bis die U-Bahn aus dem Bahnhof hinausgefahren war.

11

Die einsamen jungen Männer
(1984)

Von Montag bis Freitag steht er jeden Morgen um dieselbe Zeit unten in der U-Bahn am Marienplatz, und wartet auf sie. Sie haben nie ein Wort miteinander geredet, aber sie weiß, daß er auf sie wartet, und sie versucht immer, rechtzeitig dazusein, um ihn nicht zu enttäuschen. Wenn sie sich verspätet, kann er immer nur eine U-Bahn lang auf sie warten, dann muß er gehen.

Aber es kommt selten vor, daß sie eine oder zwei U-Bahnen zu spät kommt. Meistens kommt sie genau mit der richtigen Bahn. Und er steht da unten an der Ecke und lächelt ihr zu. Sie lächelt ihn auch an und geht an ihm vorbei auf die U-Bahn zu, die jetzt gerade in den Bahnhof einfährt.

Das geht jetzt schon seit vier Jahren so. Jeder Wochentag fängt so für die beiden an, außer natürlich die Tage, an denen sie Urlaub haben. Sie haben noch nie zusammen Urlaub gehabt, so daß es manchmal vorkommt, daß er sie sieben oder acht Wochen lang nicht sieht.

Aber an den vielen Tagen, an denen sie sich sehen, kommt sie die Rolltreppe herunter, und er steht schon da an der Ecke und lächelt ihr grüßend zu, und sie lächelt ihn auch an. Einmal, vielleicht vor eineinhalb Jahren, hat er fast lautlos »Guten Morgen« gesagt. Sie konnte nicht hören, was er sagte, aber sie sah an seinen Lippen, daß er »Guten Morgen« sagte. Und von da an haben sie sich beide jeden Morgen lautlos »Guten Morgen« gesagt. Es wäre sehr schwer für ihn, wenn er einen Tag ohne ihr Lächeln überstehen müßte. Was immer in seinem Leben passiert, er möchte, daß er jeden Morgen da an der Ecke im U-Bahnhof stehen und sie lächelnd begrüßen kann.

Er hat sie jetzt seit fast neun Monaten nicht mehr gesehen, und er kann sich das kaum erklären. Über Wochen hinweg hat er immer noch Hoffnung gehabt, aber jetzt hat er die Hoffnung fast ganz aufgegeben. Er steht morgens nicht mehr gerne auf.

Er hat für ihr Verschwinden verschiedene Theorien (Krankheit, Umzug, Schwangerschaft, Wechsel des Arbeitsplatzes), die wir hier nicht ausbreiten und entwickeln wollen, weil wir die Wahrheit wissen: Sie hat sich ein kleines Auto gekauft, weil ihr das Fahren mit der U-Bahn zu lästig geworden ist. Sie hat das nicht gerne getan, aber jeden Tag zuerst mit der U-Bahn zu fahren und dann mit der S-Bahn, das ist ihr einfach zuviel geworden, und sie denkt manchmal, wenn sie zum Einkaufen in die Stadt fährt und an dieser Ecke am Marienplatz vorbeikommt, immer noch an den jungen Mann und sein Lächeln und sein lautloses »Guten Morgen«.

(An dieser Geschichte fehlt etwas, das haben Sie sehr gut bemerkt – ein überzeugender Schluß, der wie ein poetischer Korkenzieher sich noch eine Umdrehung mehr in die Herzgegend hineinbohrt. So wie die Geschichte jetzt aussieht – ohne diese zusätzliche Umdrehung –, könnte man sie höchstens in einer von diesen Metzgereizeitschriften abdrucken, deren Publikum solche Sachen zerstreut und nebenbei zur Kenntnis nimmt. Sie verwenden wahrscheinlich mehr Aufmerksamkeit auf die Auswahl einer Salami als auf die Auswahl ihrer Lektüre.

Aber auch wenn man damit alle Vegetarier der Republik übergeht: so eine Metzgereizeitschrift ist vielleicht genau der richtige

Ort für diese Geschichte hier. Das Leben ist eben so, daß wir manchmal einfach ganz verdammt einsam sind und den ganzen Mist lesen, der in Metzgereizeitschriften steht, alle diese halbgaren schlechtgearbeiteten Sachen, denen noch ein paar Umdrehungen abgehen, und manchmal laufen wir dann eben mit so einem Korkenzieher in der Brust herum und wissen nicht mehr, wo uns der Kopf steht)

12

Wien, Kunsthistorisches Museum

Wien, Kunsthistorisches Museum. Brueghel, *Heimkehr der Jäger*. Bei manchen heißt es auch *Die Jäger im Schnee, Januar*. Da sind wir. Ja, da. Auf dem zweiten, dem hinteren dieser künstlich angelegten Fischteiche. Mitten unter den anderen Schlittschuhläufern. Leicht zu erkennen, weil wir die einzigen sind, die sich an der Hand halten. Du stehst ein bißchen steif da, vielleicht unsicher, aber schließlich ist das alles mehr als vierhundert Jahre her, und du fängst vielleicht erst an mit dem Schlittschuhlaufen.

Wir sind kleine Figuren auf diesem Bild. Niemand kann uns erkennen, niemand kann sehen, wie schön du bist. Niemand weiß, daß ich nichts anderes als solche Winterlandschaften malen würde, wenn ich ein Maler wäre. So wie dieser andere Niederländer, Hendrik van Averkamp, über den man eigentlich nur weiß, daß sie ihn »der Stumme« nannten. Sonst nichts. Und immer nur Winterlandschaften gemalt mit reichen Bürgern und Pferdeschlitten auf dem Eis, mit Bettlern, mit Kindern, die jemandem zur Begrüßung entgegenlaufen und vielleicht mit jemandem, über den man noch weniger weiß als über ihn.

Jemand, der so schön ist, daß es anfängt zu schneien, wenn man sie anschaut. Gestorben Kampen um 1635, heißt es im Lexikon: malte helltonige Winterlandschaften mit bunten Figürchen.

13

Das Parfüm

Die ganze Stadt riecht nach ihrem Parfüm. Daran gibt es überhaupt keinen Zweifel, aber es dauert einige Zeit, bis der junge Mann das merkt, und als er es merkt, weiß er nicht, was er davon halten soll: er hat sie nach Hause gebracht und ist dann durch die Stadt gezogen, weil er nicht in seine Wohnung zurück wollte, und auf einmal merkte er, daß die Stadt überall nach ihrem Parfüm roch – im Norden, im Süden, im Westen. Überall. Alle Häuser und alle Frauen rochen nach ihrem Parfüm, und auch in der Straßenbahn war es da.

Es duftet, als wären überall in der Stadt riesige Heuhaufen gewendet worden. Der junge Mann weiß nicht, wie er sich das erklären soll. Natürlich ist es möglich, daß es dieses Parfüm jetzt gerade überall im Sonderangebot gibt, und daß deswegen alle Frauen und die ganze Stadt danach riechen, und natürlich ist es genausogut möglich, daß jemand an diesem Sommerabend ein riesiges Faß von diesem Parfüm über die Stadt gekippt hat, und es gäbe vielleicht noch ein paar logische Erklärungen, die aber alle nichts an der unbezweifelbaren Tatsache ändern könnten, die wir hier für diese Sommernacht noch einmal festhalten wollen: Die ganze Stadt riecht nach ihrem Parfüm.

14

Neun Jahre alt

This one is for Keith Mattingly
who was made where I was made
and who just turned nine,
›just‹ meaning here: May 18, 1995

Acht Jahre alt sein war schön für mich. Ich hab Reiten gelernt. Es war unheimlich schön, acht zu sein. Schade, daß es jetzt vorbei ist. Ich bin jede Woche zweimal zum Reiten gegangen, und ich war stundenlang bei den Pferden im Stall, und im Sommer haben wir die Pferde manchmal zum Tränken an den Bach hinuntergeführt. Und es ist schön, daß Gittchen jetzt in meiner Klasse ist. Wir sind die beiden größten Mädchen in der Klasse. Es ist traurig, daß ich nie wieder acht sein werde. Ich wäre gern noch viel länger acht geblieben. Ich freu mich schon auf die Geschenke, die ich morgen zum Geburtstag kriege, aber das heißt auch, daß ich nie wieder so alt sein werde wie ich jetzt bin. Es war schön, wenn Papa abends noch mit mir auf dem Fahrrad in die Stadt gefahren ist, und wenn wir dann ein Eis gegessen haben und die Räder durch die Altstadt geschoben haben. Und es war schön, mit Harry zu spielen. Viel schöner, als man das von kleinen Brüdern erwartet. Es war lustig, wenn er sich von mir hat herumtragen lasen und wenn wir miteinander gequatscht haben. Manchmal hat er sogar nichts dagegen gehabt, daß ich ihm etwas aus Büchern vorgelesen habe. Aber das ist jetzt alles vorbei. Ich werde neun Jahre alt. Wer weiß, was dann alles passiert? Vielleicht kann ich dann Harry die ganze Zeit Bücher vorlesen! Als ich acht war, ist es nur selten vorgekommen, daß mir etwas nicht gefallen hat. Meistens war es schön. Hoffentlich wird es nicht schlechter, wenn ich jetzt neun bin! Vielleicht wird es sogar besser! Aber es wird wohl eher schlechter. Acht war ein sehr gutes Jahr, auch wenn Harry manchmal nicht wollte, daß ich ihm etwas vorlese. Es ist wirklich schade, daß dieses Jahr jetzt zu Ende geht. Und Mama ist auch langsam richtig, *richtig* gut mit mir zurechtgekommen. Sie ist mit mir in den Reitstall gegangen, und ich habe ihr gezeigt, wie man aufsitzt und wie man trabt undsoweiter. Sie hat sich für eine erwachsene Frau sehr geschickt angestellt. Es war eigentlich sehr schön mit ihr in diesem Jahr. Aber wenn ich jetzt dann etwas falsch mache, dann sagt sie sicher, daß ich neun Jahre alt bin und wissen sollte, daß man in diesem Alter dies oder das nicht tut. Es war wirklich schön, acht zu sein.

17. Mai, halb neun Uhr abends

15

Die Feste in unserem Garten

Wir Mädchen erinnern uns alle noch an das erste Mal, als sie auf einem der Feste in unserem Garten war. Das muß vor acht oder neun Jahren gewesen sein. Sie hat einen von diesen wunderbaren großen Strohhüten aufgehabt, mit denen sie immer so aussieht wie Audrey Hepburn, obwohl sie sonst überhaupt nicht so aussieht wie Audrey Hepburn. Damals hatte sie gerade wieder einmal zu rauchen angefangen, und natürlich hat sie eine schwarze Zigarettenspitze dazu benutzt. Sonst rauchte sie Zigaretten immer ohne Spitze, aber wenn sie auf den Festen in unserem Garten einen dieser Strohhüte aufhatte, kam nur diese schwarze Spitze in Frage.

Wir erinnern uns noch so gut an das erste Mal, als Carmen auf einem unserer Feste war, weil Detlef sich kurz darauf umgebracht hat. Detlef war einmal ein ziemlich berühmter Schriftsteller, der dann irgendwie in Vergessenheit geraten ist und sich mit irgendwelchen Übersetzungen aus dem Spanischen und Französischen durchschlug. Bei diesem Fest vor neun Jahren (ich weiß es jetzt genau: es war vor neun Jahren), saß sie mit uns an einem Tisch, und wir aßen gerade einen von den berühmten provençalischen Kirschkuchen meines Vaters, als sie zu dem Nebentisch hinüberschaute, an dem Detlef mit ein paar Frauen saß. Und auf einmal sagte sie ganz ruhig und leise, aber nicht heimlichtuerisch: »Alles, was ihm noch geblieben ist, das ist die Zuneigung einiger ältlicher Frauen.«

Als wir dann kurz darauf hörten, daß Detlef sich umgebracht hatte, kam mir genau dieser Satz wieder in den Kopf. Ich war damals ja noch ziemlich jung, aber jetzt glaube ich, daß Detlef daran gestorben ist, daß er keine andere Zuneigung gefunden hat.

Ja, Carmen kann sehr weit in Leute hineinschauen. Und sie ziert sich nicht lange. Wenn irgendjemand meint, er hätte etwas besonders Originelles oder Ausgefallenes gesagt, dann sagt sie oft: »Ich hab schon alle Filme gesehen. Und *den* kenn ich auch.« Einmal hat sie mir auf einer Autofahrt gesagt, daß sie *Doktor Schiwago* fünfmal gelesen und vierzehnmal im Kino gesehen hat. Sie sagte, daß ich das nie jemandem erzählen darf. *Doktor Schiwago* ist eine ihrer Schwächen, aber das wissen nur wenig Leute.

Wir Mädchen würden immer auf unsere Sommerfeste kommen, solange sie da ist. Ich würde sogar eigens aus Kalifornien herfliegen. Einmal, als die mopsige Barbara Antes auf einem unserer Feste war, redeten alle am Tisch über meinen Onkel Robert, der wahrscheinlich nie in seinem Leben zur Ruhe kommen wird. Und auf einmal sagte Carmen: »Er hat Gefühle wie Pferdeblicke. Pferde sehen ja alles dreimal so groß, wie es in Wirklichkeit ist, in unserer Wirklichkeit, und bei ihm ist eben immer alles dreimal so stark, die guten Sachen und die schlimmen.«

Barbara Antes kicherte auf ihre mopsige Art, und Carmen schaute sie nur kalt an und sagte: »Du würdest dich freuen, wenn dich jemand dreimal mehr lieben würde, als du es verdienst, du dumme Gans!« Das war das einzige Mal, wo sie wirklich etwas Beleidigendes gesagt hat, obwohl sie ja eigentlich nur Robert geschützt hat.

Diesen Sommer, jetzt vor zwei Monaten, als Judy Drummond aus New York da war, weil wir ihren vierzigsten Geburtstag feierten, saß ich wieder die meiste Zeit am selben Tisch wie Carmen. Ich glaube, ich habe überhaupt die meiste Zeit auf unseren

Gartenfesten in Carmens Nähe verbracht. An unserem Tisch saß unter anderem noch jemand, der ab und zu Filmkritiken schreibt, und dann noch ein Literaturkritiker, den mein Vater aus seiner Zeit beim Rundfunk kennt. Irgendwie kam das Gespräch aufs Kino und auf neue Filme, und Carmen legte eine der Szenen hin, für die sie berühmt ist.

»Ach ja«, sagte sie. »Die neueste Mode im Kino ist der Toilettenfick.« Das klingt nicht nach jemandem, der *Doktor Schiwago* fünfmal gelesen und vierzehnmal im Kino gesehen hat.

»Oh«, sagte Judy Drummond vorsichtig wie eine neugierige Puritanerin. »Auf dem Männerklo oder auf dem Frauenklo?«

Und Carmen sagte: »Natürlich auf dem Frauenklo. Männer haben furchtbare Angst vor Konkurrenz.«

Der Literaturkritiker fand das nicht besonders witzig, aber aus irgendeinem Grund bekam er in dieser Unterhaltung kein Bein auf den Boden, oder genauer gesagt: jedesmal, wenn er ein Bein auf dem Boden hatte, war die Unterhaltung schon bei einem anderen Thema angelangt. Der Filmkritiker und die beiden Frauen in seiner Begleitung mokierten sich über etwas, das sie als »Kuschelsex« bezeichneten, und Carmen steckte sich eine Zigarette in ihre Spitze, ließ sich von dem Literaturkritiker Feuer geben, stieß den Rauch aus und sagte: »Mein Gott, Kinder, was macht ihr denn für *Sachen*?«

(Später, als wir einmal alleine waren, sagte sie zu mir: »Kind, laß dir nichts vormachen. Auf keinem Gebiet wird mehr geschwindelt als beim Sex. Ist dir schon mal aufgefallen, daß die Leute mit den großen erotischen Sprüchen nicht so aussehen, als könnten sie ohne weiteres einen Fußball treffen? Und sie sehen meistens auch nicht so aus, als könnte man sich ohne weiteres in sie verlieben, oder?«)

Und dann, da am Tisch, sagte sie: »*Den* Film hab ich schon gesehen, und die andern auch alle.« Sie lächelte. »Ich hab einmal einen Mann gekannt, der eine längere Affäre mit einer Sexaufklärerin hatte, ich meine, eine richtige Sexaufklärerin – Hauptfach Sex, Nebenfach Sex – mit einer langen Bibliographie und ewigen Vortragsreisen, und er sagt, sie konnte nicht mal richtig küssen. Es sei gewesen wie beim Zähneputzen, allerdings ohne den Zahnpastageschmack.«

Niemand kann hinterher sagen, wie die Sprünge bei Unterhaltungen ablaufen, aber plötzlich waren wir bei Goethe gelandet. Ich glaube, der Literaturkritiker hatte auf irgendeine Art doch noch ein Bein auf den Boden bekommen und den Namen »Christiane Vulpius« in die Debatte geworfen. Carmen sitzt nicht gerne bei den Literaturleuten und den Kulturgeiern. Sie fühlt sich bei den Ingenieuren und Erfindern wohler, und nach ein paar Minuten sagte sie, um die Leute ein bißchen zu provozieren: »Also, Goethe hat ja unheimlich Schwierigkeiten gehabt, eine Erzählung in Gang zu halten. Man hat dauernd Angst, daß er nicht mehr weiß, wie er weitermachen soll. Man hört es regelrecht knirschen. Ich glaube, daß ihm bei solchen Sachen immer verdammt unwohl war, wenn er sich an den Schreibtisch gesetzt hat. Oder wenn er diktiert hat.«

Der Literaturkritiker war jetzt regelrecht sauer. Sein Gesicht sah »verstimmt« aus, weil solche Leute ja nie sauer sind, aber er war sauer: »Damals«, sagte er. »Damals *hat* man noch nicht erzählt.«

Wumm! Auf den Gesichtern des Filmkritikers und seiner beiden Frauen lag ein leises Lächeln. Der Literaturkritiker wandte sich nach diesem Schlag von Carmen ab. Für ihn war die Sache erledigt.

»Oh«, sagte Carmen. »Ich hab gedacht, damals hätte auch jemand namens Kleist gelebt.«

Es ist immer schön zu sehen, wie ein leises Lächeln erstirbt so wie jetzt auf den Gesichtern des Filmkritikers und seiner beiden Frauen. Der Literaturkritiker riß den Kopf herum und starrte Carmen an, die jetzt die Stirn in Falten zog und sagte: »Ach ja, es hat ja auch schon Kritiker gegeben, die eine Eisenbahn durch die Goethezeit haben brausen lassen, obwohl es da noch gar keine Eisenbahnen gab.«

Jeder sah jetzt, daß der Kritiker nur zwei Möglichkeiten hatte: er konnte in sein Weinglas beißen, oder er konnte etwas Dummes sagen. Er entschied sich dafür, etwas Dummes zu sagen. Irgendein blödsinniger Wackelkontakt in seinem Kopf brachte ihn dazu, einen kurzen Vortrag darüber zu halten, wie sehr gerade Literaten und Schriftsteller die Frauen achteten undsoweiter, und dann schloß er mit einem pathetischen Zitat aus Peter Handkes Tagebuch, das er (ich hab das nachgeschaut) tatsächlich auswendig konnte: »Die lieblichen kleinen Mädchen auf dem Schulhof, und die Männer, von denen sie später zerstört werden«.

»Oh ja«, sagte Carmen. »Die Mammas in der jüdisch-christlichen Sphäre bringen ihren Söhnen von klein auf bei, sie seien der Messias, und die Frauen hätten nur auf sie gewartet. Das ist doch ein Film, den wir alle schon mal gesehen haben. Da kommen alle diese Pipibubis und glauben, die Frauen müßten sie lieben, bloß weil ihre Mamma ihnen eingeredet hat, sie seien der Messias. Und die andern, die später die kleinen Mädchen zerstören (oder *auch* zerstören), die glauben das auch. Alle diese komischen Schwänze halten sich für den Messias.«

Judy Drummond hatte einen wunderbaren vierzigsten Geburtstag. Der Literaturkritiker forderte etwas später Carmen zum Tanz auf, so wie man jemanden zum Duell fordert, und Carmen nahm an. Ich beobachtete die beiden beim Tanzen, und ja, es ist wahr, ich möchte einmal so werden wie Carmen. Ich glaube, ich habe zwei Mütter – meine Mutter und Carmen.

Ich weiß noch, als ich vor sechs Jahren meine Fachbarbeit fürs Abi gemacht habe und als Carmen mir dabei geholfen hat. Mein Thema war *Kennedy – the Man and the Myth,* und sie sagte: »Du mußt das gut herausarbeiten, daß der *Mythos* das Entscheidende war und nicht der Mensch. Der Mann war eine ziemlich fragwürdige Figur, aber er hat ganz ungeheuer auf uns gewirkt. Als Mythos. Die sechziger Jahre wären ohne ihn ganz anders gelaufen.« Sie hat mir ein paar Sachen aufgeschrieben. »Der *Mythos* ist das, was wirkt«, sagte sie. »Protestanten werden das nicht begreifen, aber es ist so.«

Als Motto für meine Arbeit schlug sie mir ein Zitat von Marilyn Monroe vor: »I was so good for his back.« Ich hab dieses Motto dann nicht verwendet. Man weiß nie, was in Lehrerköpfen alles vorgeht. »Du bist eben doch eine richtig gute Protestantentochter«, sagte Carmen dazu. »Paß gut auf dich auf.«

Aber sie wird auch auf mich aufpassen. Ich werde die Firma übernehmen, und ich werde eine Ingenieurin und Erfinderin sein, und das sind die Leute, bei denen sie am liebsten am Tisch sitzt. Ich möchte, daß sie immer in meiner Nähe ist. Ich weiß, das ist nicht möglich, aber auf den Festen in unserem Garten kann ich immer in ihrer Nähe sein.

16

Nervöse Hexen

How do you stop a runaway train?
How do you stop the driving rain?
How do you stop the ripening corn?
How do you stop the baby being born?

– Joni Mitchell

Nervöse Hexen verhalten sich auch nicht anders als die meisten Leute, wenn sie merken, daß irgendetwas abläuft, das sie nicht näher definieren können und überhaupt nicht zu fassen bekommen. Etwas, das sie nicht aufhalten können.

Es ist wahr, daß Hexen anders träumen als der Rest der Menschheit. Sie können in die Träume anderer Leute eindringen wie niemand sonst, und ihre Träume haben ein anderes Tempo. Sie laufen auf einer anderen Zeitebene ab. Es kann passieren, daß man neben einer von ihnen schläft und von einer toten Katze träumt, und am Morgen, wenn man aufwacht, stößt sie einen an und sagt: »Hey, ich hab von einer toten Katze geträumt.«

Oder sie sagt morgens beim Aufwachen: »Ich bin die ganze Nacht alleine auf einem Einspänner durch Arizona gefahren. Neun Stunden lang. Immer vor einer Bergkette entlang, auf einer schnurgeraden Straße.«

Wenn sie neun Stunden sagt, dann meint sie auch neun Stunden. Echtzeit. Richtige Zeit. Nicht Traumzeit, die wie im Kino bearbeitet ist und nur ein paar Sekunden oder Minuten ausmacht.

Hexen gehen im Traum immer über die volle Distanz, weil sich bei ihnen alles auf einer anderen Zeitebene abspielt.

»Volle neun Stunden«, sagt sie, und man hört den Wind und den roten Sand Arizonas in ihrer Stimme. »Es war der Sommer 1903, und wir hatten über vierzig Grad im Schatten, und wir haben kein einziges Mal Pause gemacht auf dieser Straße, die sich vor dieser Bergkette entlangzog... das arme Pferd... eigentlich ist das ja Tierquälerei, oder?«

Ja, sie träumen anders als der Rest der Menschheit, aber sie werden genauso nervös wie alle anderen, wenn sie merken, daß irgendetwas abläuft, das sie nicht zu fassen bekommen. Die hier zum Beispiel: sie denkt die ganze Zeit an einen Mann, von dem sie fast nichts weiß. Sie wundert sich, wie man vierzehn oder sechzehn Stunden lang an jemanden denken kann, von dem man praktisch nichts weiß. Und sie macht sich Sorgen, weil die Gedanken an diesen Mann sie vom normalen Gang ihres Lebens ablenken. Gestern hat sie sich beim Salatmachen in den Finger geschnitten, und zwar in den rechten Zeigefinger, obwohl sie das Messer in der rechten Hand gehalten hat. Sie kann sich das nicht erklären. Und am Abend hat sie alleine eine ganze Flasche Wein getrunken, weil sie nicht gemerkt hat, was sie tut.

Sie könnte eine lange Liste machen von den Sachen, die in den letzten Wochen danebengegangen sind, aber so eine Liste würde sie nur noch nervöser machen. Sie will nicht, daß es diese Liste gibt.

Heute nachmittag kurz nach drei ist sie plötzlich mitten auf der Leopoldstraße stehengeblieben und wäre fast von einem Jeep überfahren worden, in dem drei von diesen überernährten Jugendlichen saßen, die eigentlich nicht fett, sondern nur zu groß und zu schwer geraten sind. Die einfach zuviel Fleisch und Knochen durch die Welt schleppen.

Seit diesem Zwischenfall heute nachmittag ist ihr klar, daß sich etwas ändern muß. Niemand will gerne unter soviel Fleisch und

Knochen begraben werden. Ein Jeep alleine reicht eigentlich auch schon.

Sie muß eine Möglichkeit finden, nicht mehr an diesen Mann zu denken. Sie kann gar nicht verstehen, warum sie überhaupt soviel an ihn denkt. Sie weiß nicht, was da abläuft. Und dabei ist das ganz einfach: Der Mann denkt so sehr an sie, mit soviel wilder Hoffnungslosigkeit, daß die Luft davon bebt – sechzehn oder achtzehn Stunden am Tag, und alles in Echtzeit und ohne eine einzige Pause, und wenn er schläft, ist sie bei ihm, und wenn er aufwacht, ist sie schon vor ihm wach: *Sie muß das doch spüren, daß ich so an sie denke. Sie muß doch das Beben der Luft in den Ohren spüren. Das kann sich doch nicht einfach in Nichts auflösen. Das kann doch nicht einfach aus der Welt verschwinden.*

Er ist ganz unschuldig. Er weiß nicht, was er angerichtet hat. Wenn er wüßte, daß sie heute seinetwegen fast von einem Jeep und seiner jugendlichen Fleischlast überrollt worden wäre, würde er sofort versuchen, nicht mehr an sie zu denken. Er würde brüllen vor Verzweiflung, aber das würde ihm auch nichts nützen. Und ihr natürlich auch nicht. Sie sind beide in diesem Beben der Luft gefangen, das einmal als Spiel begonnen hat, und das jetzt keiner mehr aufhalten kann, und von dem jetzt niemand mehr weiß, wie es enden soll.

17

Mindestens zweiundfünfzig

»Sie hat unheimlich viele verschiedene Gesichter. Sie kann aussehen wie Lea Massari in *Herzflimmern* oder wie Jeanne Moreau in der Zeit, in der sie *Jules et Jim* gedreht hat, oder sie sieht aus wie Jane Fonda in *Nora*. Sie konnte schon aussehen wie Lea Massari in *Herzflimmern*, als es den Film noch gar nicht gab. Wahrscheinlich war noch nicht einmal das Drehbuch geschrieben.

Es ist einfach so, daß sie unheimlich viele verschiedene Gesichter hat. Als ich zum ersten Mal in *Herzflimmern* war, wußte ich schon nach ein paar Minuten, daß ich den Film schon einmal gesehen hatte.

Ja, sie hat ganz einfach unheimlich viele verschiedene Gesichter. Ich hab einmal ein paar Wochen lang mitgezählt. Bei zweiundfünfzig hab ich dann aufgegeben. Das war vor zwanzig Jahren.«

18

Marmorgewitter

»Such dir eine Sache, für die es sich zu sterben lohnt«, sagte er. »Und dann stirb dafür.«

Und sie sagte nur: *»Ha!-ha!-ha!«*

19

Ein kleines Postamt in Sibirien

Seine Hundertmeterzeit oder die komische Art, auf die er manchmal das Gesicht verzieht: über solche Sachen redet sie schon. Oder über seinen komischen Gang. Aber sonst sagt sie zu Fremden und zu Freunden fast nie irgendetwas über den Mann, mit dem sie lebt. Wenn sie eine Psychoanalyse machen würde, hätte der Analytiker große Schwierigkeiten, vom Fleck zu kommen, weil Analytiker ja immer etwas über die Leute wissen wollen, die man liebt, und weil sie mit Hundermeterzeiten wenig anfangen können. Es gibt Psychoanalytiker, die nicht so aussehen, als wären sie je die hundert Meter gelaufen.

Seine Hundertmeterzeit zu der Zeit, als sie für jemanden wie ihn eine gute Hundermeterzeit war, als sie überhaupt eine ziemlich gute Zeit war – darüber redet sie schon. Aber sonst sagt sie selten etwas über ihn, außer in Augenblicken wie gerade jetzt.

Sie redet über ihn, indem sie über ihre neue Katze redet: »Fast alles, was süß an dieser Katze ist, kommt von ihm. Sie ist *seine* Katze. Sie tobt mit ihm herum, und sie liebt ihn, aber sie kann nicht ruhig mit ihm zusammen sein. Er ist viel zu nervös für sie.« Sie lächelt. »Er steht zu sehr unter Dampf für eine Katze. Und die ganze Zeit ist ihm heiß, und er schwitzt im Sommer und im Winter. Er produziert soviel Wärme, daß man damit gut ein kleines Postamt in Sibirien heizen könnte.«

Jetzt redet sie aber sofort wieder über die Katze: »Sie sitzt nie länger als ein paar Sekunden auf seinem Schoß, und weil sie das bei ihm nicht kennt, macht sie es auch bei anderen Leuten nicht. Sie sitzt nie lange bei jemandem auf dem Schoß. Aber es liegt ja dauernd irgendein T-Shirt von ihm bei uns herum, das er irgendwo hingeworfen hat, weil ihm zu heiß war, und manchmal sitzt die Katze stundenlang auf so einem T-Shirt. Das ist ihre Art, bei ihm zu sein.«

Eine Katze, die auf einem T-Shirt sitzt und vom richtigen Leben träumt! Die Freundin, der sie das erzählt, macht sich jetzt Gedanken, die weit über das Leben einer Katze hinausgehen. Bis nach Sibirien, wo die Leute auch vom richtigen Leben träumen, und sie, die andere, die gerade über einen Mann geredet hat, indem sie etwas über eine Katze erzählt hat, sagt jetzt lachend:

»Und *ich?* Was mit mir ist?« Sie lacht. »Ich bin doch keine Katze!«

20

Kein Beitrag zur Literaturgeschichte

»Neinein«, sagte sie auf dieser Party vor fünfzehn Jahren. »Ich schreib überhaupt nicht. Ich mache keine Literatur.« Das war die Party, nach der sie von keinem der Anwesenden je wieder eingeladen wurde. »Das, was ihr könnt, kann ich schon lange. Und für das, was ich schreiben möchte, bin ich nicht gut genug.«

21

Lazarus (So Sweet the Summertime)

Jeder weiß von ihm, daß er mit der Zunge anstößt. Es ist ja auch leicht genug zu hören. Wenn die Leute von ihm reden oder sich an ihn erinnern, dann hören sie zuerst das Geräusch, das entsteht, wenn er mit der Zunge anstößt.

Es macht ihm nichts aus, daß alle das wissen, obwohl dieser kleine Defekt seinem Leben eine andere Richtung gegeben hat. So, wie es gegangen ist, wohnt er jetzt – mit fünfunddreißig – immer noch bei seinen Eltern, arbeitet in der Mahnabteilung einer großen Elektrofirma und hat fünf Aquarien in seinem Zimmer, lauter tropische Fische.

Er weiß nicht, was aus ihm geworden wäre, wenn er nicht mit der Zunge anstoßen würde. Das heißt, er weiß es vielleicht schon, weil alle zwei oder drei Jahre diese Frau zu Besuch kommt, die eine sehr entfernte Cousine ist, aber eine sentimentale Bindung an den Ort hat, an dem er wohnt.

Sie ist eine wunderbare Sängerin, und er singt immer mit ihr, und dabei passiert etwas sehr Seltsames: Er stößt nicht mehr mit der Zunge an, wenn er mit ihr singt. Er stößt, wenn sie zusammen singen, noch zwanzig oder dreißig Sekunden lang an, und dann kann er singen, wie jeder andere Mensch auch. Es ist wie ein Wunder.

Er holt sie immer mit seinem kleinen Auto vom Bahnhof ab, damit er schon im Wagen mit ihr singen kann, und er schnappt fast über, wenn das Wunder wieder passiert: Da hat er gerade noch in der ersten Strophe gesungen *Tho Thweet the Thummertime*, und jetzt, in der zweiten Strophe, ist es verschwunden, und es wird die nächsten zwei Tage auch verschwunden bleiben.

Es ist wahr, beim Reden stößt er immer noch mit der Zunge an, aber das macht ihm an diesen Tagen nichts aus. Sie ist da, und so lange sie da ist, ist er glücklich. Es ist nicht so, daß diese Tage eine Ahnung davon sind, wie das Leben sein könnte, wenn er nicht mit der Zunge anstoßen würde. Nein, diese Tage *sind* das Leben, und wenn er singt, leuchtet sein Körper, als würde er an einem heißen Julitag unter einem Wasserfall stehen, und die Welt ist in einem vollkommenen Gleichgewicht, und so süß der Sommer.

22

Das Mädchen im schwarzen Badeanzug

Weil die Sommer ja sowieso immer heißer werden, müssen wir hier gar nicht erst feststellen, wie heiß dieser Sommer wieder einmal ist. Es ist ja auch gar nicht so interessant. Viel interessanter ist dieses Mädchen, das da draußen die ganze Zeit vom Steg in den See springt. Sie springt mit schönen langen Hechtsprüngen, und manchmal hat sie auch die Beine angezogen wie ein Frosch. Ihre Lippen sind das Gegenteil dieses heißen Sommers. Sie sind ganz blau, weil sie friert. Aber das merkt sie nicht.

Sie ist vielleicht sieben oder acht Jahre alt, und sie trägt einen schwarzen Badeanzug, der ihr noch zwei Jahre zu groß ist, oder er ist so naß – weil sie ja dauernd springt –, daß er sich auf eine Größe gedehnt hat, die schon zwei Jahre weiter ist als ihr Alter.

Wenn man länger da zu dem Steg hinausschaut, dann fällt einem auch eine Frau auf, die immer wieder kommt, um ins Wasser zu springen. Sie springt jedesmal vielleicht vier- oder fünfmal ins Wasser. Es sind schöne, lange Sprünge. Man kann sehen, daß sie das schon oft gemacht hat. Dann geht sie wieder zurück zu ihrer Decke. Wenn man lange genug zuschaut, fällt einem auf, daß die Frau von allen Erwachsenen – von allen Leuten über fünfundzwanzig – auf dem Steg die einzige ist, die springt, und sie ist vor allem die einzige Frau, die springt.

Die Lippen des kleinen Mädchens mit dem Badeanzug, der ihrem Alter zwei Jahre voraus ist, sind schon seit Stunden ganz blau, noch ein bißchen blauer als ihre Augen. Genau betrachtet, sind sie eigentlich lila.

Einmal – JETZT! – kommen die beiden nebeneinander aus dem Wasser. Der Badeanzug der Frau hat genau das richtige Alter. Er sitzt vollkommen und ohne Rest.

Sie kommen aus dem Wasser die paar Stufen zum Steg herauf und glitzern einen Augenblick lang nebeneinander in der Sonne. Wenn die Frau, die immer auf den Steg hinauskommt und vier- oder fünfmal ins Wasser springt, wenn diese Frau da draußen blaue Augen hätte, dann könnte man sagen, die Frau und das Mädchen seien ein und dieselbe Person.

Aber die Augen der Frau haben eine ganz andere Farbe.

23

Rehspuren

Und natürlich steht der Mond über dem Haus, und natürlich ist für ein paar Augenblicke niemand auf der Welt unglücklich, als sie ganz leise sagt: »Schön, schluchzend, mit großer Übersetzung bumsen.«

Und natürlich macht das dem Mond überhaupt nichts aus. Und sie sagt: »Es ist wirklich ein schönes Gedicht. Ich kenn das ja jetzt schon so lange, und ich hab es nie auswendig lernen müssen. Ich hab es sofort gekonnt, weil es so *richtig* ist.«

Und natürlich kann der Mond überhaupt nichts dagegen tun, als sie ganz leise etwas sagt, das wie der Beginn einer kurzen Geschichte des Schnees in der amerikanischen Literatur klingt:

»Schön, schluchzend, mit großer Übersetzung bumsen
und dann still daliegen wie Rehspuren
im Neuschnee neben dem, den
du liebst. Das ist alles.«

24

Auf der Veranda

Es ist erst ein paar Stunden her, daß er angekommen ist. Er ist vierzehn, und das ist die erste größere Reise, die er alleine macht. Ohne seine Eltern. Er besucht Freunde seiner Eltern im Süden. 1000 Kilometer!

»Nein«, sagt er. »1134, wenn ich mich nicht verrechnet habe. Nicht gerechnet den Bus zum Bahnhof. Und natürlich die Fahrt von eurem Bahnhof zu eurem Haus hierher.«

Als sie sich nach seiner Ankunft zum Essen an den Tisch setzten, sagte er: »Soll ich euch gleich erzählen, was unterwegs alles passiert ist? Oder wollen wir zuerst essen?« Er kommt aus einer Familie von schnellsprechenden Vielrednern, aber er weiß, daß die anderen Leute auch Platz zum Leben brauchen.

Jetzt ist es schon Stunden später. Er sitzt in der Dunkelheit mit den Freunden seiner Eltern draußen auf der Veranda. Er hat alles über seine Reise erzählt, was es zu erzählen gab, und er hat ihnen noch einmal alle die Kilometer vorgerechnet: 1134. Da kann es keinen Zweifel geben.

Sie sind alle drei ganz entspannt, wie Wäsche, die auf einer Leine ganz leicht im Nachtwind schaukelt. Der Junge sagt: »Voriges Jahr bin ich im Sommer einmal fast die ganze Nacht mit meiner Mutter auf unserer Veranda gesessen.« Die beiden Erwachsenen sind jetzt ganz still. »Und dann war es auf einmal ganz komisch. Ich war ganz leicht«, sagt der Junge. »Ganz luftig.«

25

Plato hatte recht

Niemand weiß, ob das alles so zugegangen ist, wie Plato (oder Aristophanes) sich das erklärt: daß die Menschen einmal nur ein Geschlecht hatten, männlichweiblich, und jeder hatte vier Hände und Schenkel und zwei Gesichter und vier Ohren undsoweiter, und daß Zeus sie dann in zwei Hälften zerschnitten hat, so wie man Früchte zerschneidet, um sie einzumachen.

Niemand weiß, ob das der Grund ist, warum die Leute Sehnsucht nach etwas haben, das ihnen abgeht. Nach etwas, das sie nicht sind. Aber wir wissen, daß wir eine solche Sehnsucht haben, sonst wären viele Dinge nicht zu erklären. Zum Beispiel das hier:

Da ist eine Frau, an der alles schön ist, mit Ausnahme ihrer Füße und ihrer Blinddarmnarbe. Sie hat wunderbare Beine und atemberaubende Knie, aber niemand käme auf die Idee, auch nur ein sehr kurzes Gedicht über ihre Füße zu schreiben. Ihre Füße haben keine Chance, in die Literatur einzugehen, und wir werden das hier auch nicht versuchen.

Sie ist so schön, daß die Leute, wenn sie mit ihr reden, sich wie vor einem seltsamen Spiegel selber schön vorkommen, aber sie hat eine Blinddarmnarbe, die man fast als entstellend bezeichnen könnte. Bikinis sind immer ein Problem für sie. Als sie vor zwei Jahren einmal bei einem Arzt war, rief der Arzt bei der Untersuchung erschrocken aus: »Wer hat denn DAS! gemacht???!!!! Und DAS! war natürlich die Blinddarmnarbe.

Und diese Narbe bringt uns wieder zurück zu Plato. Die Frau, von der wir hier reden, lebt seit vielen Jahren mit einem Mann zusammen, an dem es nur zwei schöne Stellen gibt – seine Füße und seine Blinddarmnarbe. Seine Blinddarmnarbe ist wie der Kondensstreifen eines schönen Flugzeugs, der sich an einem vollkommen klaren, unversehrten Himmel nur noch erahnen läßt, und über seine Füße wären schon viele Gedichte gemacht worden, wenn über Männerfüße überhaupt Gedichte gemacht würden. Aber das kommt ja nicht vor. Er hat also genau das, was ihr fehlt, und wenn eine Frau, über deren Füße wir uns hier nicht äußern wollen und deren Blinddarmnarbe einen Arzt bis an die Grenze der Kollegenschelte treibt, mit einem Mann zusammen ist, der alles das, was ihr fehlt, in einem vollkommenem Maß hat, während sie alles, was ihm fehlt, im Übermaß besitzt, dann können wir Plato kaum mehr widersprechen.

Auch wenn Platos Urform, der männlichweibliche Mensch mit vier Händen und Schenkeln und mit zwei Gesichtern und vier Ohren undsoweiter vielleicht kein besonders erstrebenswertes Gebilde ist, kann man doch sagen, daß die beiden hier zusammen alles haben, was ein Mensch sich nur wünschen kann.

Vielleicht ist es wirklich so, daß wir irgendwann einmal auseinandergeschnitten worden sind wie Obst, bevor es eingemacht wird, und dann kam diese verrückte Sehnsucht in die Welt, und dann sind wir – wenn wir Glück haben – irgendwie wieder zusammengekommen, in Schönheit zusammengekommen, viel schöner als vorher mit diesen vielen Ohren und Händen und Zehen und so vielen Fingernägeln, die man schneiden muß. Dann sind wir wie die beiden hier: zwei und eins gleichzeitig, mit zwei wunderschönen Füßen und einer Blinddarmnarbe, die sich für immer wie der Kondensstreifen eines schönen Flugzeugs an einem vollkommen klaren, unversehrten Himmel nur noch erahnen läßt.

26

Postkarte aus New Orleans

Pirate's Alley, und *Weißt du, Baby, bevor ich dich getroffen hab*, und heute abend sind sie alle vier in diesem Restaurant mit dem verrückten Kellner gewesen, der immer wieder an ihren Tisch kam und ihnen von den Songs erzählte, die er schrieb, und den letzten Song, das Lied, an dem er gerade schrieb, hatte er so beschrieben: »Das wird so, wie wenn man unter einem Boardwalk liegt, und draußen im Meer steht jemand mit einem Regenschirm in der Hand vor einer riesigen Woge, die gleich über ihn rübergehen wird. Es ist ne wirklich große Woge, dreißig Meter hoch, und es wär einfach lächerlich, wenn sie über ihn rübergehen würde. Dann wär nichts mehr von ihm und seinem Schirm übrig. Aber sie geht nicht über ihn rüber. Das ist mein Song. Der lange Augenblick, bevor die Woge über ihn rübergeht.«

Sie hatten alle vier gelacht und sich sehr wohl gefühlt, wie vier Leute, die einen neuen Song schon sehen, bevor man ihn hören kann. Alle vier, das heißt: ihr Mann und sie und die beiden anderen Frauen, Brenda und Caddy, die sie im Flugzeug kennengelernt hatten. Das heißt, sie hatten nur Brenda im Fugzeug kennengelernt, und Caddy erst später. Schon im Flugzeug von Detroit herunter, fast von Anfang an, war etwas zwischen ihnen gewesen, das dazu führte, daß sie am Flughafen ganz selbstverständlich im selben Taxi in die Stadt fuhren – sie und ihr Mann in ihr Hotel, und Brenda und Caddy in das Hotel im French Quarter, in dem sie wohnten.

Sie hatten Caddy erst am Flughafen in New Orleans getroffen. Caddy war aus Chicago gekommen. Die beiden – Brenda und Caddy – machten das meistens zweimal im Jahr: ließen für ein paar Tage ihre Männer alleine und trafen sich an irgendeinem Ort in Amerika, an dem gerade die Chicago Bears spielten. Sie machten das schon, seit sich nach dem College ihre Wege getrennt hatten. Diesmal allerdings waren die Chicago Bears nicht der Grund ihrer Reise. Diesmal wollten sie sich einfach nur einmal wieder in New Orleans treffen.

Caddy hatte sie auf dem Flughafen erwartet, als sei es selbstverständlich, daß diese beiden Fremden mit Brenda hier ankamen. Und es war vollkommen selbstverständlich, daß sie die nächsten drei Tage, an denen sie hier waren, zusammen verbringen würden. Oder genauer gesagt: die Nächte. Tagsüber machten alle, was sie wollten, benahmen sich wie die anderen Touristen auch, so als hätte es nie eine Pirate's Alley gegeben, und ein *Weißt du, Baby, bevor ich dich getroffen hab*, aber nachts war es anders, obwohl sie da auch taten, was alle Touristen taten und durch die Musiklokale zogen.

In der ersten Nacht war sie, nachdem sie im Hotel eingezogen waren, noch mit ihrem Mann ins French Quarter hinübergegangen, und gleich am Anfang waren sie an einer Stripper-Bar vorbeigekommen, in der man durch die Tür ein sehr schönes Mädchen auf der Bühne tanzen sah. Vor der Bar stand ein Polizist in Uniform auf dem Bürgersteig und schmuste mit einem der Mädchen herum. Ah ja, hatte sie gedacht, *The Big Easy*. Manchmal wußte man nicht, ob der Film die Wirklichkeit imitierte oder die Wirklichkeit den Film.

In den drei Nächten, die sie hier waren, gingen sie nachts immer alle vier zum Essen und zogen dann durch die Musiklokale. Sie war wieder erstaunt, wie arm diese Musiker hier waren. Es gab in Europa niemanden, keinen einzigen Menschen, der so gut sang wie irgendeiner von denen hier. Und sie verdienten vielleicht ein paar Dollar pro Nacht. Wenn es hoch kam. Aber man konnte sie nicht nach Europa exportieren. Sie sangen so, weil sie so lebten, wie sie hier lebten. Weil sie hier aufgewachsen waren.

Manchmal tanzte sie mit ihrem Mann. Und manchmal tanzten Brenda oder Caddy mit ihrem Mann, und manchmal tanzten sie alle vier zusammen. Es war wie ein Song, den noch keiner gehört oder gesehen hatte. Und heute, an ihrem letzten Abend, hatten sie in diesem Restaurant gegessen, in dem der Kellner ihnen von der riesigen Woge erzählte, die sein Song war, von der Woge, die gleich über jemanden rübergehen würde. Eine wirklich große Woge, dreißig Meter hoch, und es wäre einfach lächerlich, wenn sie über ihn rübergehen würde. Aber sie geht nicht über ihn rüber. Das war der Song. Der lange Augenblick, bevor die Woge über ihn rüberging.

Es ist ein Samstagabend. Am Sonntagmorgen fliegen sie alle hier wieder weg. An den Wochenenden ist das French Quarter in New Orleans voller Jugendlicher, die hauptsächlich damit beschäftigt sind, sich zu betrinken. Wenn die Straßen im French Quarter so voll sind wie die Gassen auf dem Oktoberfest, dann klingt auch die Musik anders, und irgendwann zwischen zehn und elf Uhr nachts beschlossen die vier, irgendwo ein paar Dosen Bier zu kaufen und sich in den Garten von Brendas und Caddys Hotel zu setzen.

Sie gingen alle zusammen in den *P & M Food Store* an der Ecke St. Peter und Royal Street und kauften neun Dosen Bier. Sie stellten sich alle vier hintereinander an der Kasse an. Brenda, Caddy, ihr Mann und sie. Und als Brenda das Bier bezahlt hatte, und der Kassierer an der Ladenkasse Caddy anschaute, weil er dachte, sie wolle auch etwas bezahlen, sagte ihr Mann: »Oh, we belong together.«

Es dauerte vielleicht eine Sekunde, und dann sagte Caddy mit einer Stimme, die voller Sinnlichkeit und Ironie war: »Oh, yeah, we belong together.« Ihr Stimme klang so schwer und sinnlich und so ironisch, daß es ein paar Augenblicke lang im *P & M Food Store* an der Ecke St. Peter und Royal Street vollkommen still war. Sogar ein älteres Touristenehepaar, das nur hereingekommen war, um hier mitten in der Nacht ein paar Briefmarken zu kaufen, war ganz still.

Und dann saßen sie schon in dem schönen Garten des Hotels. Die Nacht war schwer wie schwarzer Honig, und die Musik, die hier zur Nacht gehört wie die Sterne, war nur ganz schwach zu hören. Die vier waren die einzigen Leute im Garten. Sie tranken Bier und redeten, und es war ihre letzte Nacht zusammen, und sehr lange würde das Bier nicht reichen, und sie würden sich vielleicht nie mehr sehen, aber das sagte keiner von ihnen. Caddy versuchte irgendetwas Frivoles zu sagen, weil sie wohl wollte, daß die anderen vergaßen, was ihre Stimme vorhin im *P & M Food Store* angerichtet hatte. Sie sagte: »Tennessee Williams konnte sich nur für eine Figur interessieren, wenn er sie in eine Situation brachte, die ihn sexuell stimulierte.« Sie waren Kinder des zwanzigsten Jahrhunderts und mußten solche Sachen sagen.

»Aha«, sagte ihr Mann.

»Ach, vergiß Tennessee Williams«, sagte Brenda.

Und weil sie ein Kind des zwanzigsten Jahrhunderts war, sagte Caddy noch: »Aber für Tennessee Williams war Sex in der Literatur kein Zweck, sondern ein Mittel, um das Publikum in Fahrt zu bringen. Wenn man sie erst einmal angespitzt hat, kann man ihnen alles erzählen.«

»Gut«, sagte ihr Mann.

»Vergiß Tennessee Williams«, sagte Brenda noch einmal.

Sie selber sagte gar nichts dazu. Und dann redeten sie nicht mehr und saßen nur noch da. Die Nacht war schwer wie schwarzer Honig, und es war wieder Pirate's Alley und *Weißt du Baby, bevor ich dich getroffen hab*, und wir waren so jung wie wir jetzt sind, dachte sie. Alles war möglich, und die Nacht war genauso schwarz, so als hätte sie nie wieder ein Ende, und dann sagte Caddy etwas, Caddy sagte mit ihrer schweren Stimme, mit dieser Stimme, die Supermärkte zu heiligen Orten machen kann, Caddy sagte mit dieser Stimme in die Nacht hinein: »Es ist ne wirklich große Woge, dreißig Meter hoch, ja, ja, dreißig Meter, und es wär einfach lächerlich, wenn sie rübergehen würde.«

27

Was sie nicht weiss

Was sie nicht weiß, und was sie nicht kennt: Neun Jahre alt sein und nachmittags im Kino sitzen, und keine Hausaufgaben gemacht haben und wissen, daß der Film irgendwann zu Ende geht, und wissen, daß man dann immer noch keine Hausaufgaben gemacht hat, und daß man sie auch nicht machen wird, weil man danach Fußball spielt und weil man nach dem Fußballspielen noch unten am Fluß sitzt und mit seinen Freunden quatscht. Und Angst haben, daß sie einen am nächsten Tag bei der Kontrolle erwischen, aber sie erwischen einen nie oder fast nie. Und zwölf sein, und nachmittags im Kino sitzen, und sie erwischen einen nie oder fast nie, und dreizehn und vierzehn und fünfzehn sein, und nachmittags im Kino sitzen und keine Hausaufgaben machen, und sie erwischen einen immer noch nicht, und es bleibt immer dasselbe Gefühl, und später dann begreift man, daß der Tod die Welt da draußen ist und das Leben der Film, von dem man weiß, daß er irgendwann zu Ende geht, und daß dann das Grauen beginnt.

Alle diese Sachen kennt sie nicht. Das ist etwas, das sie nicht verstehen kann. Von allen diesen Dingen weiß sie nichts.

28

David Pottie

Er sieht aus wie Mark Twain, und man hat das Gefühl, als hätte er schon als Kind so ausgesehen. Er wirkt wie jemand, der schon immer eine starke Ähnlichkeit mit Mark Twain hatte. Sogar schon mit neun oder zehn Jahren. Aber das ist schlecht möglich, obwohl es ja zum Beispiel Frauen gibt, die ihr ganzes Leben lang so aussehen, als wären sie Mitte oder Ende vierzig. Sie waren nie jung. Sie haben schon mit sechzehn ausgesehen wie Frauen in mittleren Jahren. So als wären sie nie im Leben irgendwo ohne ihre Handtasche hingegangen. Das ist also schon möglich, aber man kann nicht sein ganzes Leben lang aussehen wie Mark Twain als alter Mann.

David Pottie sieht aus wie ein alter Mann, der als Junge und als junger Mann ein sehr abenteuerliches Leben gehabt hat, und jetzt streicht er gerade den weißen Zaun um seinen Garten. Er macht das alle paar Jahre einmal. Der junge Mann steht neben ihm, und die beiden unterhalten sich über ein kompliziertes philosophisches Problem. Die Unterhaltung wird von langen Phasen des Schweigens unterbrochen, weil David Pottie sich sehr auf den Anstrich seines Zauns konzentriert. In sechzehn Jahren wird er hier unter dem Kirschbaum seines Gartens sterben. Er wird einen Schlaganfall bekommen, während er zum letzten Mal im Leben seinen Zaun streicht, und er wird in den Schatten seines Kirschbaums gehen, sich ins Gras legen und da sterben. Aber das wird erst in sechzehn Jahren sein, und seine Frau wird sagen: »Das war für ihn der beste Ort zum Sterben. Unter seinem Kirschbaum.«

Jetzt, sechzehn Jahre früher, sitzt seine Frau mit der Frau des jungen Mannes am Klavier. Sie spielen etwas von Mozart. Üben eine bestimmte Stelle immer wieder. Das Fenster des Wohnzimmers ist offen, und man kann alles sehr gut hören. Das Klavier ist ein Bechstein-Flügel, den die beiden Potties 1946 in Bremen während der Besatzung für 60 000 Zigaretten ergattert haben. David Potties Frau ist Schauspielerin und Sängerin, und sie liebt das Theater, aber nicht die Leute, die beim Theater arbeiten. »Die meisten Schauspieler sind dumm«, sagt sie. »Sie sind ungeheuer blöde. Sie sind daran gewöhnt, daß sie wie Möbel herumgeschoben werden. Und das hat natürlich seine Auswirkungen auf die Abteilung Grips.« Sie kann sehr sarkastisch werden, wenn sie über die Leute beim Theater redet. »Und die Kritik beim Theater funktioniert so, daß sie dir irgendwas erzählen, was du falsch machst, und du machst natürlich immer etwas falsch. Aber das reicht ihnen nicht. Am Ende kommt dann immer noch sowas wie: ›Und einen fetten Arsch hast du auch.‹«

Die beiden Frauen haben die Passage bei Mozart jetzt so oft geübt, daß sie ganz leicht klingt. Wie ein Wunder. Als würde jemand unsichtbar durch die Luft tanzen. Der junge Mann findet es ein bißchen langweilig, David Pottie beim Anstreichen seines Zauns zuzuschauen und mit langen Unterbrechungen ein philosophisches Problem zu erörtern. Er wäre sehr viel lieber bei den beiden Frauen. Er möchte, daß das Anstreichen, bei dem David Pottie ihn nicht helfen läßt, vorbei wäre, und daß man wieder mit dem richtigen Leben weitermachen könnte.

Er weiß nicht, daß er hier gerade eine Lektion bekommt. Er weiß nicht, daß für David Pottie das Anstreichen des Zauns dasselbe ist, wie wenn man einer Frau zuhört, die auf dem Klavier spielt. Die Musik, die aus dem offenen Fenster kommt, und die

Musik, die das Anstreichen des Zauns ist, ist dieselbe Musik. Aber das weiß der junge Mann nicht. Und er weiß nicht, daß er es nie wissen wird. Er wird immer ungeduldig werden, wenn er einen Zaun anstreichen muß, und das einzige Angenehme beim Anstreichen all der Zäune, die in seinem Leben noch auf ihn warten, wird der Gedanke an David Pottie sein, der Gedanke an den Nachmittag und den Abend, als sie sich beim Zaunstreichen über ein kompliziertes philosophisches Problem unterhalten haben, das sie nicht lösen konnten.

29

Tennis auf Camelot

– für Georges Duby,
der den Essay über das höfische Modell
geschrieben hat

Er stand unter der Dusche, und das Wasser lief an seinem Körper herunter wie das Glück. Er hätte stundenlang so dastehen können, einfach genießen können, daß er da war. Statt noch im Club zu bleiben, statt an diesem heißen Sommerabend noch mit den anderen ein bißchen auf der Terrasse zu sitzen, war er gleich nach Hause gefahren. Er hatte auch nicht mehr im Club geduscht, sondern war gleich zum Auto gegangen, hatte ein Handtuch über die Sitzlehne gelegt und war losgefahren, weil er morgen diesen Essay an die Redaktion schicken mußte, den er heute nacht noch einmal durchlesen und überarbeiten wollte. Einen Essay über das höfische Modell. Über die *fine amour.* Über die »Minne«, obwohl dieses Wort so schrecklich altmodisch und hausbacken klang. Eigentlich wie das Gegenteil dessen, was es bezeichnete. »Höfische Liebe« klang schon ein bißchen besser.

Er wollte sich übermorgen in die Semesterferien noch ein paar Arbeiten seiner Studenten mitnehmen. Zum selben Thema. Mal sehen, wie die jungen Leute das angingen. Und wo sie überall abgeschrieben hatten. Nach dem Duschen machte er sich einen Martini mit Orangensaft, setzte Kaffee auf und ging mit dem Manuskript und dem Martini auf die Terrasse hinaus. *Alles be-*

ginnt mit einem Blick – das war der erste Satz seines Essays. Nicht besonders wissenschaftlich, aber er hatte alle anderen Anfänge verworfen, und jetzt suchte er eine Stelle für den Satz, den er heute beim Tennisspielen die ganze Zeit über gedacht hatte: daß der Ritter bei den höfischen Ritualen sich wie bei einem Turnier im Wettstreit bewähren mußte.

Ja, das mußte er schreiben. Daran hatte er das ganze Match über gedacht. Er hatte für Katharina gespielt, für sie gekämpft, weil er ja schon am Verlieren gewesen war. Sie war mit den Kindern schon in die Ferien vorausgefahren, und er hatte wieder diese physische Verlassenheit gespürt, die sich immer einstellte, wenn Katharina nicht da war. Eine Art von Betäubung, in der er sich fast wie ein Idiot vorkam, den jeder irgendwohin schubsen konnte. Und dann, auf dem Platz, hatte er vor jedem Ballwechsel ihren Namen geflüstert, ganz leise und fast lautlos, so daß es keiner hören konnte, und er hatte ihr Gesicht vor sich gesehen, und er war schon am Verlieren gewesen, und dann gab es auf einmal einen Punkt, an dem er wußte, daß er nicht mehr verlieren konnte.

Er war immer ein guter Tennisspieler gewesen. Er mußte das Spiel irgendwann gelernt haben, aber daran konnte er sich kaum mehr erinnern. Es kam ihm so vor, als hätte er es immer schon gekonnt. Er hatte sich sein Studium als Trainer verdient, und er hatte ein paar kleinere unbedeutende Studententurniere gewonnen. Aber das Spiel war sehr viel mehr für ihn. Es war wie eine Droge. Der Tennisplatz war der Ort, an dem er – mehr als in der Wissenschaft – darstellte, was er war. Was für ihn wichtig war. Aber er tat das nur für sich selber. Niemand merkte etwas davon. Niemand merkte, wenn er für jemanden spielte, der gar nicht da war, der das gar nicht sehen konnte. Und der trotzdem da war.

Oh ja: *Alles beginnt mit einem Blick*, und im nächsten Satz seines Essays hatte er gleich klargemacht, daß das nichts Platonisches war. Es war ein Spiel. Eine Belagerung. Aber eine Belagerung, bei der der Belagernde eine List anwendet, die darin besteht, sich zu unterwerfen, sich zu demütigen. Auch vor sich selber. Auch da, wo es nach außen gar nicht sichtbar wurde. Er hatte für Katharina gespielt, als er sie zum ersten Mal sah, hatte *um* sie gespielt, und schließlich, als er alle Hoffnung aufgegeben hatte, da hatte er *gegen* sie gespielt, er hatte mit einer wilden Verzweiflung gespielt, um zu verlieren. Um sie zu verlieren. Um alles zu verlieren. Und er hatte gewonnen.

Er hatte mit derselben Verzweiflung gespielt, mit der er damals für Tina gespielt hatte, die auf einmal da gewesen war, auf einmal ein Teil seines Lebens war, so wie ein Lied auf einmal da ist und man sich nicht mehr vorstellen kann, daß die Welt einmal ohne dieses Lied existiert hat. *Hey Jude* zum Beispiel, oder *Let It Be.* Niemand kann sich vorstellen, daß es diese Lieder 1952 oder 1958 noch nicht gegeben hat. Genauso war es mit Tina. Mit Tina, die sehr gefährlich war. Er hatte für sie gespielt, als hinge sein Leben davon ab. Er hatte um ihre Liebe gespielt, und er hatte gewußt, wenn er diese Liebe gewinnen würde, dann würde das sein Leben zerreißen, und er gewann alle Spiele, die er für sie spielte, und dann, als alles ganz hoffnungslos war, als er wußte, daß er für sie kein Lied war, das es schon immer gegeben hatte, als er das wußte, spielte er gegen sie. Er spielte, um sie zu verlieren. Und er gewann. Er flüsterte ihren Namen da draußen auf dem Platz, und er flüsterte *Ich brauch dich nicht*, und er gewann alle diese Spiele, die er verlieren wollte, sieben oder acht Monate lang konnte er nicht aufhören, an Tina zu denken und gegen sie zu spielen (oder zu spielen, um zu verlieren, um *sie* zu verlieren), und er erinnerte sich noch gut daran, was er damals gedacht hatte: Ich gewinne, wenn ich für sie spiele, und ich gewinne, wenn ich gegen sie spiele. Ich gewinne noch, wenn ich sie verlieren will.

Dann war es vorbei. *Sobald es zu Ende ging*, hatte er in seinem Essay geschrieben, *sobald man zum Ernst des Lebens zurückkehrte, trat die Auserwählte in den Rang zurück, in den Gott ihresgleichen, ihr »Geschlecht« gestellt hatte; sie geriet erneut unter die strenge Aufsicht des Mannes, von dem sie als Ehefrau, Tochter oder Schwester abhängig war.*

Nur war es so, daß es mit Tina gar nicht angefangen hatte. Da war etwas zu Ende gegangen, das nie begonnen hatte. Etwas, das nie befriedigt werden konnte, das immer nur Erwartung war. Es war vielleicht wirklich eine Art Neurose. Eine mittelalterliche Neurose. Als »höfische Neurose« hatte er sie definiert. Er war sich nicht mehr sicher, ob das zutraf. Aber was wäre denn das Nicht-Neurotische gewesen?: Ich hab eine kleine Brauerei, und du hast eine kleine Brauerei. Also tun wir uns zusammen. Es gab Leute, die so lebten. Die meisten lebten wohl so. Schon seit dem Mittelalter. Das andere, die Neurose, war die Ausnahme. Er hatte das in seinem Essay ziemlich materialistisch beschrieben. Aber war das so? Er hatte das Ideal der höfischen Liebe darauf zurückgeführt, daß der Adel die Zahl der Erbteilungen begrenzen, also die Zahl der Eheschließungen verringern mußte. Alle Söhne, außer dem ältesten, wurden ihrem Schicksal überlassen, und wenn sie Glück hatten, fanden sie eine junge Frau, die keinen Bruder hatte, also selber Erbin war. Den anderen blieb außer den Dienerinnen, den Prostituierten und den Bauerstöchtern nur der Weg in die Neurose.

So war das wohl. Er hatte das ziemlich gut beschrieben. Die romantische Liebe war etwas für die Armen, die zweiten und dritten Söhne. Für diejenigen, die keine kleine Brauerei hatten. Für diejenigen, dachte er lächelnd, die sich ihr Studium als Tennislehrer verdienen mußten und dann diesen Traum träumten. Er hatte ganz trotzig und klar in seinem Essay geschrieben: *Es handelt sich letztlich um eine Literatur der Wirklichkeitsflucht.*

Allerdings, dachte er trotzig und selbstbewußt, hat diese Literatur die Welt verändert: *Von einem Ende Europas zum anderen,* hatte er geschrieben, *fühlten sich alle Männer aus gutem Hause und alle Emporkömmlinge, die in die vornehme Welt aufsteigen wollten, von den Dichtern aufgefordert, die Frauen zu behandeln wie ein Peire Vidal es getan haben will oder wie ein Lancelot es getan haben soll.*

Die höfische Liebe hatte die Ehepolitik des Adels und das Verhalten der Männer sehr schnell von ihrer Grobheit befreit. Aber sie hatte den Söhnen nichts von ihrer Kampflust genommen. Einmal hatte Katharina zu ihm gesagt: »Ich glaube, du hättest bei jedem dieser gottverdammten Kreuzzüge mitgemacht.« Sie hatte das lachend gesagt, amüsiert. Und er hatte auch gelacht. »Und du hättest das nicht um irgendeiner Sache willen getan oder um irgendwas zusammenzuräubern, sondern aus reiner Rauflust.«

Er wollte etwas dazu sagen, aber sie sagte nur: »Vergiß es. Du weißt schon, was ich meine.«

Sie hatte recht. Er war nicht dafür bekannt, daß er einem Streit aus dem Weg ging, und er spielte nicht Tennis, weil er fit bleiben wollte oder sonst etwas, sondern weil er kämpfen wollte. Für ihn war Tennis ein Kampfsport. Ein wunderbarer Kampfsport, bei dem man dem anderen – dem Gegner, dem Partner – körperlich nicht weh tat. Tennis war die zivilisierteste Form der physischen Auseinandersetzung, die er kannte.

Aber es war nicht unbedingt nur ein Kampf mit diesem Gegner und Partner. Für ihn war es noch etwas ganz anderes. Er kämpfte für die Leute, die er liebte. Und für die Leute, die er mochte. Er dachte an den Sonntagmorgen, an dem seine Tochter geboren worden war. Er war nach der Geburt unendlich müde gewesen und fast wahnsinnig vor Glück, und als Katharina und die Kleine schliefen, war er – obwohl er eigentlich auch hätte schlafen sollen – in den Club gefahren und hatte ein Match gespielt. Für seine Tochter. Für ihr Leben, für ein langes glückliches Leben, und er war so müde gewesen, daß er den ersten Satz fast widerstandslos verlor, und dann, als auch im dritten Satz schon fast alles verloren schien, war auf einmal diese ungeheure Gleichgültigkeit wieder da, die er so gut kannte, die ihren Grund in einer vollkommenen Ausweglosigkeit hatte, er konnte nur noch gewinnen oder untergehen, und dann kam dieser lange Augenblick – sechs Spiele lang, eine halbe Stunde lang oder vierzig Minuten –, in dem er keinen Fehler mehr machen durfte, oder nur noch sehr wenig Fehler, und er hatte gewonnen, und weil man ja auf dem Tennisplatz nicht laut brüllen kann, auch nicht vor Glück, weil man ja sonst den anderen demütigen würde, hatte er nach dem Match das Gesicht in sein Handtuch vergraben und still und lautlos gebrüllt, so laut er nur brüllen konnte.

Dein Vater ist immer da, hatte er damals gedacht und natürlich gewußt, daß Väter immer unsichtbarer werden müssen. Still und lautlos, und er wußte auch damals schon, daß das schwer werden würde, weil er kein stiller Mensch war. Aber dieser Morgen im Club blieb für immer in seinem Gedächtnis, obwohl er ihr nie etwas davon erzählt hatte: Als sie geboren war und zum ersten Mal in ihrem Leben schlief, hat schon einer für sie gespielt und gekämpft. Und ihren Namen geflüstert. Das war eigentlich ein ziemlich guter Anfang. Er hat noch oft für sie gespielt, wenn sie krank war oder wenn es ihr schlecht ging, und als zwei Jahre später sein Sohn geboren wurde, ging er nach der Geburt wieder auf den Tennisplatz und spielte für seinen Sohn, und Jahre später entdeckte er etwas, das ihn sehr überraschte. Vor allem überraschte ihn, daß er es nicht schon eher entdeckt hatte: er entdeckte, daß sein Sohn eine Ausnahme war, daß er sonst für Männer nicht spielen konnte. Auch nicht für seine besten Freunde.

Als sein Freund Nick vor ein paar Jahren sehr krank gewesen war, wollte er ihn retten. Ja, er hatte ganz naiv »retten« gedacht, so als sei das Tennisspielen, wie er es betrieb, ein religiöser Akt. Als er 1:4 zurücklag, merkte er, daß es anders war als sonst, wenn er am Verlieren war. Er spürte, daß er hier nicht mehr aufholen konnte. Beim Seitenwechsel sagte er sich wie ein Kind, das sich selber betrügt, daß er von jetzt ab, um für Nick zu gewinnen, für Katharina spielen würde, und daß er dann am Schluß, vor dem Matchball, wieder für Nick spielen würde. Am Ende war es dann so, daß er im

Rausch des Aufholens und Gewinnens überhaupt nicht mehr an Nick dachte. Erst am Ende, eigentlich erst, als er im Wagen nach Hause fuhr, fiel ihm ein, daß er ja für Nick hatte spielen wollen. Er spürte, wie sein Gesicht ganz heiß wurde vor Scham.

Er sprach nie mit jemandem davon, was ihm beim Tennis alles durch den Kopf ging. Katharina wußte es natürlich, weil sie alles wußte. Er konnte nichts vor ihr verbergen. Sie merkte alles, auch wenn er nie darüber redete. Natürlich konnte man das alles für Hokuspokus halten, für einen Aberglauben. Am günstigsten noch für eine Spielerei. Es gab allerdings einen Punkt, der dagegen sprach: Er hatte noch nie verloren, wenn er für jemanden spielte. Noch kein einziges Match. Es war oft sehr knapp gewesen. So, daß das Spiel in der nächsten Sekunde schon zu Ende sein konnte. Aber er hatte am Ende immer gewonnen. Es war allerdings nicht so, daß er jedesmal, wenn er auf dem Platz stand, für jemanden spielte. Es war auch nicht so, daß man hätte sagen können: spiel doch einfach jedesmal für jemanden, dann kannst du nie verlieren. Das wäre zu einfach gewesen. Dann wäre er ja nur eine Gewinnmaschine. Es war so, daß dieser Wunsch, für jemanden zu spielen, meistens da draußen auf dem Platz auf einmal in seinem Kopf war. Daß es gar keine andere Möglichkeit mehr gab. Sein Spiel und sein Denken fanden auf einmal ihren Schwerpunkt. Es war wie ein physikalischer Prozeß, der durch irgendetwas ausgelöst wurde, das er nicht kannte.

Und einmal hatte er ja verloren, ein einziges Mal. Als er für Ulla spielte. Für Ulla, die er liebte und nicht liebte. Die ihn liebte und nicht liebte. Ulla, mit der er vielleicht zusammen wäre, wenn er eine kleine Brauerei gehabt hätte, und wenn sie auch eine kleine Brauerei gehabt hätte, so daß man die beiden Brauereien zusammenlegen und eine neue Dynastie hätte begründen können. So knapp kann das manchmal sein, dachte er lächelnd. Der Besitz einer kleinen Brauerei kann dein Leben in ganz andere Bahnen lenken.

Als er für sie gespielt hatte, lag er ziemlich schnell 2:5 zurück, und dann kam diese alte Kraft wieder, diese Gleichgültigkeit, und eine halbe Stunde später stand es 6:6. Tie-Break. Und auch da stand es wieder 2:5, und er holte wieder auf, aber er schaffte es nicht mehr und verlor den Tie-Break 7:9. *Wie bezeichnend,* hatte er gedacht. *Es reicht nicht ganz. Nur beinahe.* Und dann, auf dem Weg nach Hause, hatte er gedacht: *Oh my much praised but-not-altogether-satisfactory lady.* Das war es allerdings nicht. Sie war nicht *not-altogether-satisfactory.* Wenigstens nicht sie allein. Es lag an ihnen beiden. Das Spiel hatte genau die Wirklichkeit nachgezeichnet. Ulla, die er liebte und nicht liebte. Die ihn liebte und nicht liebte. Dieses Match war wirklich ein interessantes physikalisches Experiment gewesen.

Er war jetzt am Ende seines Essays angekommen. Der letzte Satz klang sehr steif, klang zu sehr nach dieser Erfahrungskompetenz, die alles und nichts bedeuten konnte. Aber er ließ diesen Satz schließlich stehen: *Noch heute gehören trotz des Wandels der Geschlechterbeziehungen die Verhaltenswerte, die von den Praktiken der höfischen Liebe herrühren, zu denen, durch die sich unsere Kultur am stärksten von anderen unterscheidet.*

Der Satz war genau richtig für die Art von Zeitschrift, in der er veröffentlicht werden sollte. Er war wie die Schleife auf einem Weihnachtsgeschenk. Kein Schweiß, kein heftiges Atmen, kein roter Sand zwischen den Zähnen, sondern Verhaltenswerte. Ein Satz aus dem Land der kleinen Brauereien, der sehr weit von 1:4 oder 2:5 entfernt war und von diesen Augenblicken, in denen man ans Netz läuft und weiß: wenn du diesen Volley jetzt verschlägst, ist alles verloren, aber du mußt nach vorne gehen, du mußt alles riskieren, weil das dein Gesetz ist, deine Physik.

Er ging in sein Arbeitszimmer, schaltete den Computer ein und änderte die Textstellen, die er noch ändern wollte. Dann ging er, während der Drucker seinen Essay ausdruckte, noch einmal ins Badezimmer und stellte sich wieder unter die Dusche. Er dachte an Katharina und die Kinder, die er übermorgen sehen würde, und dann dachte er an Ulla und an diese einzige Niederlage im Tie-Break. Er hatte Tie-Breaks nie besonders ernst genommen. Ein Tie-Break zu gewinnen oder zu verlieren, hatte für ihn nichts mit Nervenstärke zu tun. Es war einfach nur Glückssache. Und trotzdem war dieses Ergebnis genau richtig: knapp, sehr knapp. *Fast* alles, was möglich war.

Während das Wasser da unter der Dusche wie das Glück an ihm herunterlief, dachte er: Ich bin ja gar kein zweiter oder dritter Sohn, ich bin ja ein erster Sohn, aber anscheinend sind die ersten Söhne in diesem langen neurotischen Prozeß seit dem Mittelalter so geworden wie die anderen auch.

Wie schön! dachte er. *Wie gut!*

30

Etruskische Friedhöfe

»And my heart?
Well, I have none.«

– *für Susanna La Polla*

Eigentlich hatten wir uns zwei Fensterplätze reservieren lassen wollen, aber in dem Zug, mit dem wir fahren wollten, waren die Fensterplätze alle schon vergeben. Es ist seltsam, daß die Leute immer lächeln, wenn Kinder im Zug am Fenster sitzen wollen, aber wenn sie sich Plätze reservieren lassen, dann buchen sie selber auch immer die Fensterplätze.

Auf den beiden Fensterplätzen in unserem Abteil, auf denen wir eigentlich hatten sitzen wollen, saß ein Ehepaar. Beide waren etwa Anfang fünfzig, und die Frau trug ein Dirndl mit einem großen Ausschnitt. Genau das richtige für diesen heißen Tag und für eine Fahrt nach Italien. Ich saß direkt neben ihr, und ich fand, daß sie sehr gut roch. Links von mir saß die Frau, mit der ich die meisten Reisen meines Lebens gemacht habe und die genau weiß, daß es immer eine Zeit dauert, bis ich mich damit abfinde, daß ich im Zug keinen Fensterplatz bekommen habe. Aber die Frau mit dem Dirndl roch wirklich sehr gut.

Uns gegenüber saß ein anderes Ehepaar. Die beiden Leute waren Ende sechzig und sahen aus wie ein zerdrücktes Bett, das dringend frisch bezogen werden müßte. Der Mann roch nach Bier und nach dem Rasierwasser, das den Biergeruch verdecken sollte, und die Frau roch noch ziemlich lange nach der Leberkässemmel, die sie gleich am Beginn unserer Italienreise verdrückte. Ich glaube, das ganze Abteil roch ziemlich lange nach warmem Leberkäse.

Der Zug war noch keine zwei Minuten unterwegs, als der Mann mit dem Biergeruch dem Rest des Abteils verkündete, seine Frau sei jetzt schon schlapp von der Hitze, aber ihm mache das nichts aus. Als er *schlapp* sagte, musterte er seine Frau, als sei sie ein altes Suppenhuhn. Er hatte eine knarrende ordinäre Stimme, die klang, als käme sie aus einer Bierdose. Genauer gesagt: aus einer Bierdose, die jemand ganz langsam zertritt. Als nächstes verkündete er dem ganzen Abteil, er habe einen Leistenbruch, einen mächtigen Leistenbruch. Dabei langte er sich kräftig in die Leistengegend, was gar nicht nötig war, weil wir ja alle wissen, daß solche alten Knacker, wenn sie ihren Leistenbruch erwähnen, über Sex reden wollen. Um ihn davon abzubringen, wollte ich etwas zu der Frau in dem Dirndl sagen, aber die Frau, mit der ich die meisten Reisen meines Lebens gemacht habe, kam mir zuvor und fragte den Mann am Fenster, wo denn die Reise hingehe.

Die Reise gehe nach Griechenland, sagte der Mann. Nach Athen. Seine Frau und er seien beide Studienräte für Griechisch und Latein, und sie waren jetzt mit zwölf Schülerinnen ihres Gymnasiums unerwegs. Die zwölf Schülerinnen waren in den beiden anschließenden Abteilen, und sie schauten später während der Fahrt öfter mal zu uns herein. Sie waren sehr fröhlich, obwohl sie noch eine lange Reise vor sich hatten, zuerst mit dem Zug nach Italien und dann mit dem Schiff hinüber nach Griechenland. »Man kann die Demokratie nicht verstehen, wenn man nicht in Athen war«, sagte der Studienrat. »Man muß das wirklich gesehen und erlebt haben.« Ich hatte sofort das Gefühl eines politischen Defizits, weil ich ja noch nie in Athen war. Ich hatte fast ein schlechtes Gewissen. Ich schaute die Studienrätin in ihrem Dirndl an. Sie war ein ganz kleines bißchen drall, und aus irgendeinem

Grund dachte ich in diesem Augenblick, daß ich mir die Demokratie nicht so vorgestellt hatte.

Mir wurde zum ersten Mal im Leben klar, daß die Demokratie für mich immer eine große elegante Frau gewesen ist. Eine Frau in mittleren Jahren, die schon viel mitgekriegt hat und nicht so leicht aus der Ruhe zu bringen ist. Sie ist ungefähr zweiundvierzig Jahre alt, oder auch sechsundvierzig, und wenn ich jetzt sage, daß die Demokratie für mich immer auch sehr lange Beine gehabt hat, dann werden mir das einige Verfassungspatrioten sicher sehr übel nehmen. Aber ich lerne ja ständig dazu. Auf dieser Zugfahrt zum Beispiel habe ich gelernt, daß die Demokratie auch ein bißchen drall sein und ein Dirndl tragen kann, dessen Ausschnitt ein ganz klein wenig ordinär ist.

Wir unterhielten uns eine Zeitlang über das Leben im klassischen Griechenland und über die Lebensbedingungen in der Antike, und zwischendrin, als die Rede auf die Jagd kam, sagte die Frau, mit der zusammen ich mehr von der Welt gesehen habe als mit jedem anderen Menschen, daß die Jagd in der Erziehung der jungen Männer auch deswegen so wichtig war, weil sie dabei das Land kennenlernten. Die genaue Kenntnis ihres Landes sei eine ihrer Pflichten gewesen. »Die jungen Männer mußten das Verfolgen und Fangen von Hasen lernen. Und Sie wissen ja, daß das ziemlich schwierig ist, falls Sie schon einmal versucht haben, einen Hasen zu fangen«, sagte sie zu den beiden Studienräten. Sie wußte, wovon sie redete. »Aber das war nicht das Wichtigste. Das Wichtigste war, daß die jungen Männer lernen mußten, sich in die Landschaft einzufügen wie ein Tier.«

Das hatten die beiden Studienräte noch nicht gewußt. Auf ihren Gesichtern lag so etwas wie leicht gekränktes Erstaunen, das aber sehr schnell von einem ernsthaften Wissensdurst weggespült wurde und einem wirklichen, ganz naiven Erstaunen wich: ein Leuchten flog über ihre Gesichter, als hätten sie gerade eine wichtige buddhistische Erfahrung gemacht. Als hätten sie etwas gehört, das war wie das Klatschen der einen Hand. Ach ja, ich glaube, die Demokratie ist doch eine große elegante Frau, die viel von der Welt mitbekommen hat.

In diesem Abteil von der Hasenjagd zu reden, war natürlich ein Fehler, weil der alte Knacker mit dem Leistenbruch nur nach einem solchen Aufhänger gesucht hatte. »Ha, die Italiener!« sagte er. »Die fressen ja jeden Tag Karnickel! Mein Schwiegersohn...« Und er fing an, über seinen italienischen Schwiegersohn herzuziehen, und von da aus war er sehr schnell bei Rommel und beim Afrikakorps, in dem er gedient hatte, und er war mit einem MG 42 auf dem Rücken durch ganz Italien zu Fuß nach Norden geflüchtet, und niemand hätte sich getraut, ihn auch nur anzufassen, weil die Italiener ja ausgesprochene Schisser seien, und dann war er schon wieder bei seinem Schwiegersohn und bei den Karnickeln und beim Rammeln, aber noch bevor er seinen Leistenbruch aus der Hose ziehen konnte, hatten wir anderen schon eine Unterhaltung über die Europäische Union angefangen, und er saß beleidigt wie eine zerdrückte Bierdose da, während seine Frau verknautscht neben ihm saß wie ein durchgesessenes Sofa, und, Gott, ja, es ist schon wahr: die Leute, die zusammen leben, leben meistens völlig zurecht zusammen.

In Bologna stiegen wir aus und winkten von draußen noch dem Abteil und den Studienräten zu, die auf dem Rest ihrer Reise zur Demokratie möglicherweise noch den ersten Leistenbruch ihres Lebens zu sehen bekommen würden. Wir wohnten für drei Tage bei einem italienischen Freund, der zwei Jahre zuvor eine schwere Herzoperation gehabt hatte, eine Transplantation. Er wollte uns aber erst jetzt wieder sehen. Er lebte mit dem Herzen von jemandem, der schon tot war, und er war selber ja auch schon tot gewesen und vielleicht braucht man dann einige Zeit, bevor man so leben kann wie früher. Er ist ein großartiger Koch, und er trinkt gerne Wein, was er nicht sollte. Aber er trinkt trotzdem Wein, weil er findet, daß man nur einmal oder höchstens zweimal lebt und daß auch ein geschenktes Leben zu Ende gehen wird.

Er hatte viel Arbeit, und am zweiten Tag fuhren wir ohne ihn zu einer etruskischen Nekropolis, aber wir dachten die ganze Zeit an ihn. Oder fast die ganze Zeit. Es war sehr heiß, und weil wir müde waren, legten wir uns am Nachmittag auf dem kleinen Friedhof in das Gras zwischen die alten etruskischen Gräber und redeten über die Toten, die aus der Welt und aus unserem Leben verschwunden waren. Und ich redete, lächelnd, zum ersten Mal davon, daß die Demokratie für mich eine große elegante Frau war, und sie lächelte. Mit langen Beinen sagte ich, und sie lächelte noch einmal. Sie versteht etwas von der Demokratie und von Verfassungen. Sie hat das studiert. »Weißt du eigentlich«, fragte sie mich. »Weißt du eigentlich, daß in der amerikanischen Verfassung nirgendwo das Wort *nation* oder *national* vorkommt, weil die Delegierten fanden, daß das Wort *national* ganz verdammt nach einem System schmeckt, in dem die Macht gefährlich zentralisiert ist? Sie haben statt dessen das neutralere Wort *federal* benutzt.«

»Hast du diesen Hasen damals eigentlich wirklich erwischt?« fragte ich. »Ich meine, hast du ihn wirklich mit der Hand gefangen?«

Sie sagte: »Das ist keine Frage, die man jemandem auf einem Friedhof stellt.« Ich habe ihr diese Frage schon oft gestellt, aber ich stelle sie anscheinend immer an Orten, an denen sie absolut unpassend ist.

Zu der Nekropolis gehörte auch ein kleines Museum, und an der Außenwand des Museums hingen Beispiele für etruskische oder römische Bodenbeläge, und einer der Beläge hatte genau dasselbe Muster wie der Boden, den wir gerade in unserer Küche verlegt hatten. »Ist das nicht toll?« sagte ich. Aber sie hörte mir gar nicht zu. Sie kocht nicht gerne, auch wenn sie gut kocht. Für jemanden, der nicht gerne kocht, macht sie das sogar verdammt gut. Da kann man wohl nicht erwarten, daß sie sich auch noch besonders für Küchenböden interessiert.

Wir gingen in den Ort hinunter und kamen zu einem Denkmal, von dem wir nicht so recht wußten, was es bedeuten sollte. Nach einiger Zeit kam ein älterer Mann auf uns zu und erklärte uns, daß das ein Denkmal für Hiroshima sei. Dann erzählte er uns, daß im Zweiten Weltkrieg Soldaten der Wehrmacht hier im Ort kleine Kinder in die Luft geworfen und sie dann mit ihren Gewehren wie Tontauben abgeschossen hätten.

Mein Gott, dachte ich. Das haben sie wohl überall gemacht. Das oder ähnliche Dinge. Wo man auch hinkommt, stolpert man über die Spuren der Wehrmacht. Eigentlich war es ganz logisch, daß sie hier ein Denkmal für Hiroshima gebaut hatten. Ein Denkmal für zwei Dinge, die unvorstellbar waren.

Unser Freund hatte für diesen Abend ein großes Essen für sieben Leute gekocht, und beim Essen fragte ich zum Spaß, wie die anderen Gäste sich die Demokratie vorstellten, die Demokratie als Person. Und weil ich ein großer Lügner bin, sagte ich: »Ich glaube, die Demokratie ist ein bißchen drall und trägt ein Dirndl mit einem großen Ausschnitt.«

»Nein«, sagte eine junge Literaturwissenschaftlerin. »Die Demokratie ist eine große elegante Frau, die weiß, wie die Welt funktioniert.«

»Und sie hat lange Beine«, sagte jemand.

Alle lachten, und später, viel später, als alle gegangen waren, und wir nur noch zu dritt am Tisch saßen, legte unser Freund eine Platte auf, und nach ein paar Minuten sangen wir alle drei mit. Zuerst leise und unsicher, und dann immer lauter, und als die Platte zu Ende war, holte unser Freund seine Gitarre aus einem der anderen Zimmer, und wir fingen leise und dann immer lauter zu singen an. Wir sangen alle die Sachen, die uns einfielen, alle die Songs, mit denen wir aufgewachsen waren, und wir sangen sie natürlich auf englisch, in der einzigen Sprache, in der wir uns ungestört unterhalten konnten. Und wir sangen sie auf englisch, weil sie ja auch in dieser Sprache geschrieben worden waren.

Wir tranken Wein und sangen diese Sachen, von denen es mir jetzt so vorkam, als seien sie schon immer dagewesen, als seien sie für unsere Generation geschrieben worden, als habe schon bei unserer Geburt festgestanden, daß diese Songs geschrieben werden würden. Nach einer Stunde vielleicht hatte ich ein komisches Gefühl. Mir ging auf einmal durch den Kopf, daß mein Freund aus einem bestimmten Grund seine Gitarre geholt hatte. Daß es einen bestimmten Grund gab, warum er jetzt nicht mehr zu singen aufhören wollte. Ich dachte auf einmal, daß er diese Lieder für sein neues Herz spielte. Daß er vielleicht dachte, dieses neue Herz habe keine Ahnung von den alten Sachen. Von der Liebe, vom Verlassenwerden und vom Tod. Und von den Augenblicken, in denen man ganz da ist. Sein neues Herz mußte das erst lernen: *You are in my blood like holy wine.* Dieses Herz wußte vielleicht gar nicht, was das bedeutete. *You taste so bitter and so sweet.* Und sein Herz mußte das lernen, anders konnte man gar nicht damit leben. *I could drink a case of you, and I would still be on my feet.* Niemand wußte, was es vorher erlebt hatte, und wenn man nicht aufpaßte, konnte es leicht passieren, daß man auf einmal in einem neuen Leben neben jemandem aufwachte, der dahing wie ein durchgesessenes Sofa und nicht mehr wußte, was er auf der Welt eigentlich verloren hatte.

31

Auf dem Hindenburgdamm

»Schau sie dir nur an«, sagte sie. »Es ist immer dasselbe. Sogar in meiner Generation.«

»Schau sie dir nur an.« Wenn man mit dem Auto auf die Insel Sylt will oder natürlich auch, wenn man von der Insel wieder auf das Festland zurück will, muß man mit dem Auto auf einen Zug fahren, der einen auf die Insel bringt, oder eben wieder zurück auf das Festland. Man bleibt dabei in seinem Wagen sitzen und kann die Leute in dem entgegenkommenden Zug – den Zug vom Festland zur Insel oder den von der Insel zum Festland – betrachten.

»Schau sie dir nur an«, sagte sie zu ihrem Sohn, der neben ihr auf dem Beifahrersitz saß. Er war fünfzehn, und er fuhr nicht gern von der Insel herunter, auf der es ihm sehr gefallen hatte. »Schau sie dir nur an. Praktisch in jedem Auto sitzt ein Mann hinter dem Lenkrad, und die Frauen sitzen auf dem Beifahrersitz. Oder auf dem Rücksitz, falls die Söhne den Beifahrersitz für sich reklamieren.«

»Schau sie dir nur an«, sagte sie. »Sogar bei so primitiven Sachen ist es so. Und die Weiber haben natürlich alle sehr gute Gründe, die für den Beifahrersitz sprechen. Oder für den Rücksitz. Ich kann diese Gründe schon nicht mehr hören.«

Er schaute sie sich alle an. Wenn eine Frau am Steuer saß, war sie entweder alleine oder sie war mit einer anderen Frau zusammen oder mit ihrer Tochter oder mit einem Sohn, der vielleicht auch, jetzt in diesem Augenblick, wußte, daß alle die Frauen, die da drüben auf ihren Beifahrersitzen und ihren Rücksitzen saßen, nicht für ihn gemacht waren. Alle diese Frauen und alle die Frauen, die jetzt gar nicht zu sehen waren und gute Gründe für den Platz neben dem Fahrer oder den Platz auf dem Rücksitz fanden, alle diese Frauen waren nicht für ihn gemacht. Und er nicht für sie.

32

Manchmal sagt sie Dinge wie in einem alten Western

»Oh«, sagte sie beim Aufwachen. »Ich hab geträumt, daß ich ein Pfund Zucker, ein Pfund Mehl und eine Handvoll Sultaninen eingekauft habe. Und du hast die ganze Zeit in dem Laden neben mir gestanden.«

Sie war noch ziemlich müde, und irgendjemand in ihrem Kopf überlegte wahrscheinlich, was mit den Sultaninen in ihrer Hand passieren sollte.

»Du bist in allen meinen Träumen bei mir«, sagte sie. »Oder wenigstens in den meisten.«

Wenn sie sich morgens beim Aufwachen streckt, sieht sie fast immer aus wie ein zwölfjähriges Mädchen. Und jetzt streckte sie sich und schaute zu ihm hinunter: »Du bist bei mir, wenn ich Zucker kaufe. Und du bist bei mir, wenn ich fliegen kann. Du bist bei mir, wenn die Brücke einstürzt, auf der ich stehe. Du bist immer bei mir. Und wenn ich in die Hölle gehe, bist du bei mir.«

33

Umsteigebahnhof

Das hier steht nicht in der Bibel, obwohl es eigentlich hineingehörte. Wenigstens in das Alte Testament. In diesem Punkt haben wahrscheinlich die Leute recht, die sagen, das Alte Testament sei nichts als ein fragwürdiger Text aus der Bronzezeit.

Aber man kann von einem Text aus der Bronzezeit vielleicht doch nicht erwarten, daß er von einem Mädchen erzählt, das einmal mit sechzehn nachts von zu Hause weggelaufen ist, sich in den Zug gesetzt hat und sich dann kurz nach Mitternacht im Wartesaal eines berühmten norddeutschen Umsteigebahnhofs mit einem etwa vierzigjährigen Mann unterhielt, der sie davon überzeugte, daß sie noch in dieser Nacht mit dem nächsten Zug wieder nach Hause fahren solle.

Wer weiß, was passiert wäre, wenn sie diesen Mann nicht getroffen hätte. Es hätte ihr bestimmt nicht so gehen können wie dem legendären Zwölfjährigen, der in den fünfziger Jahren mit ganz wenig Geld und ohne Ausweis aus einem Internat ausgerissen war und es von Bayern bis zu seiner Mutter nach San Francisco geschafft hatte. Es hätte ihr nicht so gehen können, weil es für sie keinen Ort wie San Francisco gab. Es gab keinen Ort, an den sie hätte gehen können.

Als sie früh am Morgen nach Hause kam, schlief die ganze Familie friedlich und entspannt, ein jeder in seinem Bett. Niemand hatte bemerkt, daß sie weggegangen war. Niemand. Sie hat den Augenblick, in dem sie das begriff, nie wieder vergessen. Das blieb immer bei ihr: Man kann die schwerste Entscheidung seines Lebens treffen, es kann sich alles für immer ändern, und niemand merkt etwas davon.

Dieser Augenblick blieb für immer in ihrem Gedächtnis, und es ist ein Augenblick, der eigentlich in die Bibel gehört, ganz gleich, in welcher Zeit diese Sachen alle aufgeschrieben worden sind. Es ist ja ganz schön, daß diese verlorenen Söhne wieder nach Hause kommen. Daß sie tot waren und wieder lebendig geworden sind. Verloren waren und wieder gefunden worden sind. Aber daß man verloren sein kann, ohne daß jemand das merkt. Daß einfach alle weiterschlafen. Daß einen niemand vermißt. Das ist schon noch etwas ganz anderes.

34

Striptease

»Hey, weißt du eigentlich, was Edmund Wilson über die Großmutter bei Proust gesagt hat?«

Sie stand oben auf der Leiter und räumte die Bücher in ihr Regal. Wir hatten ihr Zimmer neu gestrichen und dann alles wieder eingeräumt, und jetzt, zum Schluß, waren die Bücher an der Reihe. Und das erste Brett ganz links oben unter der hohen Decke ihres Zimmers ist das wichtigste.

Auf diesem Brett ist eine interessante Mischung von Büchern versammelt, die ich jetzt nicht einzeln aufzählen will, aber das Buch ganz links außen, das allererste, heißt *Meyer fünf lernt Latein*. Danach kommt John Steinbecks *The Red Pony* und dann ein Buch mit dem Titel *Teenager Stars;* der Verfasser ist ein gewisser Jean Améry. Sie stammt aus einer Familie, die immer die besseren Leute engagiert hat, auch für relativ untergeordnete Arbeiten. Dann kommen die Tagebücher von Camus und *Der Mensch in der Revolte*. Danach ein Buch mit dem Titel *England im Zeitalter der bürgerlichen Reformen*, und dann die ersten sieben Bände von Prousts *Auf der Suche nach der verlorenen Zeit.*

»Hey, weißt du eigentlich, was Edmund Wilson über die Großmutter bei Proust gesagt hat?«

Ich schaute zu ihr nach oben. Sie hat sehr lange Beine, die in den engen Jeans, die sie anhatte, noch länger aussahen.

»Nein«, sagte ich. »Keine Ahnung.«

»Er hat gesagt, daß die Großmutter bei Proust dieselbe Rolle spielt wie die Lichtgeschwindigkeit bei Einstein; sie ist die einzige Konstante in dem ganzen. Ohne sie wäre das alles nicht möglich. Sie hält alles zusammen.«

»Toll«, sagte ich. »Das ist wirklich gut. Besser kann man das überhaupt nicht ausdrücken.«

Sie blätterte da oben auf der Leiter in einem der Proust-Bände, weil sie mir wohl etwas vorlesen wollte. Ich ging ein paar Schritte zurück, damit ich sie besser sehen konnte. Ich schaute zu ihr hinauf, während sie mit ihren langen Beinen da oben auf dieser hohen Leiter stand und etwas bei Proust suchte.

Proust ist einer ihrer Lieblingsautoren. Neben John Stuart Mill. Und sie stand da oben wie das Ziel und der vorläufige Endpunkt der bürgerlichen Reformen. Schöner kann Aufklärung nicht sein. Manchmal denke ich, wenn wenigstens dreißig Prozent der Bevölkerung so wären wie die vier Generationen ihrer Familie, die ich kenne, dann wäre dieses Land ein bürgerliches Paradies. Fünfundzwanzig Prozent wären schon schön.

Ich habe ihr vor dreizehn oder fünfzehn Jahren einmal versprochen, daß ich eine Kurzgeschichte schreibe, in der sie einundzwanzig Jahre alt ist und mit einem Bücherbrett unterm Arm über die Schwanthalerstraße in München geht, aber ich habe diese Geschichte nie richtig hinbekommen.

Das kann doch nicht so schwer sein, finden Sie? Dann versuchen Sie es doch mal. Ich habe es jedenfalls ungefähr eineinhalb Jahrzehnte immer wieder probiert, und es ist mir nie gelungen. Wenn ich ehrlich sein soll: ich habe es eigentlich aufgegeben. Den letzten Versuch habe ich im vergangenen Sommer gemacht, in diesem heißen Sommer des Jahres 1994, und das war keine Kurzgeschichte, sondern eine Filmszene. Ich habe gedacht, ich könnte vielleicht eine Filmszene schreiben, in der ein Mädchen mit langen Beinen ein Bücherbrett unter dem Arm hält und so über die

Schwanthalerstraße in München geht, wie noch nie eine Frau in irgendeinen Film über eine Straße gegangen ist.

Ich habe mir gedacht, ich könnte diese Szene vielleicht an jemanden wie Wim Wenders verkaufen, der sie dann in einem seiner Filme verwenden könnte. Es wäre dann möglicherweise die Szene, die in den Filmen von Wim Wenders am meisten gerühmt worden wäre und vielleicht als einzige überlebt hätte. Das wäre dann mein Beitrag zur Filmkritik gewesen. Eine hübsche Idee! Wenn ich unser Filmgeschäft richtig einschätze, hätte das Honorar wahrscheinlich in drei Tagen Gardasee mit Halbpension bestanden, aber ich schreibe solche Sachen nicht für Geld oder Ferien am Gardasee.

Um diese Szene zu schreiben, bin ich letzten Sommer nach langen Monaten der Abwesenheit wieder einmal in die Bar gegangen, in der man solche Sachen am besten schreiben kann, weil sie eigens für solche Sachen existiert. Es ist die Bar, in der sich die Münchner Drehbuchautoren treffen, und in der sie alleine in den Séparées sitzen und an ihren Filmen schreiben.

(Bevor ich mit dieser Geschichte fortfahre, möchte ich etwas ganz Persönliches sagen: aus Gründen, die hier weiter keine Rolle spielen, bin ich nicht daran interessiert, mir eine Beleidigungsklage oder etwas Vergleichbares einzuhandeln. Ich kann mir das nicht leisten. So wohlhabend bin ich nicht. Ich möchte deshalb hier festhalten, daß alles, was ab jetzt in dieser Geschichte passiert, rein fiktiv ist, Personen und Zaubernummern mit eingeschlossen. Irgendwelche Ähnlichkeiten mit realen Orten und lebenden oder toten Personen ergeben sich zwangsläufig und nicht etwa absichtlich)

Ich bin also an einem Donnerstagabend in diesem ganz verrückt heißen Sommer 1994 in die Bar der Drehbuchautoren gegangen, um ernsthaft an der Szene zu schreiben, die jemanden wie Wim

Wenders vielleicht für ein paar Jahrzehnte unsterblich machen würde. Die Bar heißt *Saintly Surfers*, aber in Wirklichkeit heißt sie natürlich anders, falls sie nicht ohnhin ein vollständig fiktiver Ort ist. Aber das haben wir ja gerade geklärt. Früher hat der Laden einmal *Desire* geheißen. Der jetzige Name geht auf einen amerikanischen Schriftsteller und Drehbuchautor zurück, für den das Surfen im Pazifischen Ozean eine Art Religion war. Eine Nebenform des Buddhismus, wenn ich das richtig verstanden habe. Er kam nach München, weil er in Hollywood nicht vom Fleck kam. Hier in München kam er auch nicht weit, und ich glaube, das *Surfers* ist die einzige Spur, die er in der Stadt hinterlassen hat. Er hatte eine längere Geschichte mit Monika laufen, der früheren Besitzerin der Bar, aber das endete damit, daß er nachmittags immer auf dem Starnberger See surfte, und Monika am Ufer saß und ihm seine Butterbrote schmierte und aufpaßte, daß der Tee in der Thermosflasche nicht kalt wurde. Auch wer Monika nicht kennt, kann sich vorstellen, daß sie das nicht lange mitmachte.

Die Bar ist ziemlich groß. Wenn man die Séparées mitrechnet, könnten gut achtzig oder neunzig Leute Platz finden. Dann müßten die Séparées allerdings vollständig besetzt sein, mit jeweils vier Leuten, und das widerspricht eigentlich dem Sinn von Séparées.

Wenn man in die Bar kommt, steht man der Bühne gegenüber, die sich an der Stirnseite des Raums befindet, und gegenüber der Bühne, gleich rechts neben dem Einfang, ist die Theke, die bestimmt acht oder neun Meter lang ist. Dazwischen sind die Tische für das Publikum. Und jeweils an den beiden Seiten befinden sich die Séparées, an jeder Seite vier. Bis auf die Theke ist die Bar meistens dunkel. Genauer gesagt: dunkelrot. Das *Surfers*, wie wir alle die Bar nennen, ist ein klassisches Stripteaselokal, so wie Handelsvertreter und Messebesucher das erwarten.

Als ich an diesem Donnerstagabend im letzten August in die Bar kam, begrüßten mich die Mädchen wie den alten Bekannten, der ich schließlich bin. Sie waren alle noch genauso hübsch wie ein paar Monate zuvor, als ich sie zum letztenmal gesehen hatte. Wenn man aufpaßt und den Alkohol sein langsames Werk nicht tun läßt, dann kann man in so einer Bar lange hübsch bleiben. Sie spendierten mir einen Scotch, und ich trank ihn, obwohl ich bei der Arbeit eigentlich nicht trinke. Aber an diesem ersten Abend wollte ich ja noch gar nicht arbeiten. Ich wollte mich nur ein bißchen warm machen und sehen, was die andern alles machten.

Als erstes schaute ich mich nach Leslie um, weil ich mich immer nach ihm umschaue, wenn ich ins *Surfers* komme. Leslie ist ein Transvestit, der seit zwei Jahren an einem Undergroundfilm arbeitet. Der Film heißt *A Girl in My Position.* Leslie glaubt nicht, daß Transvestiten Hochkultur machen können, deshalb hat er sich auf den Underground verlegt. Wahrscheinlich hat er damit recht. Aber das könnte sich ändern. Transvestiten sind ja etwas aus der Mode gekommen und können jetzt wieder ziemlich normal leben. Ich meine, es gibt kaum mehr einen Konfitürefabrikanten, der sie für Werbefilme haben will, und es gibt auch keine Kaffeefahrten mehr, für die sie engagiert werden. Sie können eigentlich wieder ganz normal leben, und Leslie ist eine sehr schöne und intelligente Frau, die ihren Weg beim Film auch vor der Kamera machen könnte. Sie (oder er) sagt manchmal wunderbare Dinge über das Schreiben. Einmal hat er zu mir gesagt: »Wenn du Bücher machst, darfst du nie vergessen, daß du hauptsächlich für Frauen und junge Leute schreibst. Das war schon immer so. Und wenn du für den Film schreibst, dann besteht dein Publikum vorwiegend aus jungen Männern.«

Ich mag Leslie mehr, wenn er eine Frau ist. Und an diesem Abend war er eine Frau. Sie war wunderschön. Und sie bedeutete mir mit einer Handbewegung, daß ich erst später in ihr Séparée kommen sollte. Sie hatte noch zu arbeiten. *A Girl in My Position.*

Ich ging mit meinem Scotch in das erste Séparée, in dem Bodo saß. Falls Sie sich wundern, daß man im Surfers so ohne weiteres sehen kann, wer in einem Séparée sitzt, kann ich Ihnen das leicht erklären: Das ist hier in der ganzen Stadt so. Sogar im ganzen Land. Vor einigen Jahren hat ein bayerischer Minister oder Staatssekretär einen Erlaß herausgegeben, nach dem Séparées von außen immer einsehbar sein müssen. Dieser Erlaß steht in vollkommenen Widerspruch zur eigentlichen Bestimmung von Séparées; genau betrachtet ist die ganze Aktion ein klassischer Fall von Zweckentfremdung.

Bodo machte in seinem Séparée, was er da immer tut. Er dachte sich wieder mal komplizierte Tötungsarten aus. So wie es beim Film Gagschreiber gibt, so gibt es wohl auch Leute, die für Tötungsszenen zuständig sind. Meine persönliche Erfahrung ist allerdings, daß durch das Universum, in dem wir mit unserer Phantasie herumfischen, sehr viel mehr unentdeckte Gags kreisen als originelle Tötungsarten. Bodo ist von allen Leuten, die ich kenne, derjenige, der die meisten Morde auf dem Gewissen hat. An diesem heißen Abend im August beschäftigte er sich mit einem Fall, bei dem jemand mit einem Parmesanmesser umgebracht wird.

»Mit einem Parmesanmesser!« sagte ich. »Das kannst du deiner Großmutter erzählen. Das ist ungefähr so, als wolltest du deinen großen Zeh durch ein Nadelöhr drücken! Vergiß es!«

Er schaute mich verdattert an. Bodo ist wirklich ein ganz naiver Killer. Er hat einen gewaltigen Schädel und die Art von Stirn, der man es jedesmal ansieht, wenn dahinter gearbeitet wird. Er ist ziemlich kräftig gebaut, deshalb macht ihm ein bißchen Mehrarbeit beim Töten nichts aus. Und bestimmt sollte mit diesem Parmesanmesser mal wieder eine Frau umgebracht werden.

»Wer soll denn mit diesem Parmesanmesser eigentlich umgebracht werden?« fragte ich.

»Irgendsonenutte«, sagte er.

»Oh??!!!« sagte ich überrascht.

Das nächste Séparée war leer, und im übernächsten saß Paul bei einer Flasche Sekt und einem interessanten Problem. Er schrieb einen Kriminalfilm, in dem es bei einer der Nebenhandlungen um eine spannende erotische Zwickmühle ging: Eine Sexberaterin am Fernsehen bekommt während ihrer Sendung den Anruf eines verstörten jungen Mannes, der ganz dringend einen Rat braucht. Er hat sich bis jetzt immer mit einer aufblasbaren Gummipuppe beholfen, die er wirklich liebt. Er hat sogar seine Mutter gehaßt, aber diese Puppe liebt er. Die Frau, die er jetzt kennengelernt hat, besteht allerdings darauf, daß die Gummipuppe aus seinem Leben verschwindet. Es ist die alte Eine-von-den-beiden-muß-gehen-Entscheidung, und die Sexberaterin rät dem jungen Mann, sich von der Puppe zu trennen, sie zu vernichten, was der junge Mann auch tut, und was sicher eine sehr weise Entscheidung gewesen wäre, wenn der junge Mann nicht ein paar Wochen darauf von seiner neuen – anspruchsvollen und lebendigen – Freundin verlassen worden wäre.

Es gibt jetzt niemanden mehr auf der Welt, den er lieben kann, und er ruft ein zweites Mal in der Sendung an und droht der Sexberaterin, sie umzubringen, weil sie ihm das Liebste auf der Welt genommen hatte.

»Ich hab jetzt ein ziemlich großes Problem mit dieser Gummipuppe«, sagte Paul. »Was macht jemand, der eine Gummipuppe beseitigen soll, die er liebt? Die schmeißt man doch nicht so einfach auf den Müll. Die kann man doch nicht verbrennen oder irgendwo an der Isar vergraben, oder?«

»Also, ich bin fürs Vergraben«, sagte ich. »Das ist die humanste Methode.«

»Vergraben geht eigentlich nicht«, sagte Paul. »Dann könnte er sie ja wieder ausgraben. Aber sie muß unwiederbringlich verloren sein. Auf immer und ewig.«

»Da hast du recht«, sagte ich und stand auf. »Viel Glück jedenfalls.«

Und dann sagte ich noch: »Ich bin da drüben, falls du mich brauchst«, und deutete auf die Tische zwischen der Bühne und dem Tresen hinaus, weil ich mich jetzt einfach ein bißchen entspannen und mir nicht lauter perverse Geschichten anhören wollte.

Draußen setzte ich mich an einen leeren Tisch, bestellte mir noch einen Scotch und schaute zu, wie Claudia vorne auf der Bühne einen ziemlich müden Strip hinlegte. Es war eine heiße Sommernacht, und Claudia ist weder eine begnadete Stripperin, noch ist sie für heiße Sommernächte gemacht. Das Publikum war auch nicht für heiße Sommernächte gemacht. Die Leute hingen da wie traurige Geranien. Der Applaus kam zögernd, um nicht zu sagen widerwillig, war kaum zu hören, und dann war er gar nicht mehr. Ich fand das ziemlich bedenklich, weil das *Surfers* ja auf das Publikum angewiesen ist. Sie könnten hier nicht von den Drehbuchautoren leben, auch nicht von denen, die bei der Arbeit trinken. Wenn man es genau betrachtet, tanzen die Mädchen auch für uns. Wenn sie kein Publikum mehr hereinbringen, dann verlieren wir unser Domizil.

In der Pause nach Claudias Auftritt spielten sie ein paar von den tollen Songs, die sie hier immer spielen, und ich dachte an das erste Mal, als ich hier in der Bar an einem Film arbeitete. Das war *A Dog's Ransom* von Patricia Highsmith, ein Buch, in dem es um einen miesen Erpresser geht, der einen Hund entführt hat, um einen vollkommen logischen Totschlag, um das Auseinanderbrechen eines Lebens und um einen jungen Polizisten, der einen Vater sucht. Oder einen Freund. Obwohl er einen Vater hat. Einen sehr freundlichen Vater sogar. Aber einen, mit dem das Gespräch nie über das Übliche hinausgeht. Dieser Vater ist ein naher Verwandter des Vaters in *Denn sie wissen nicht, was sie tun*, nur daß dieser Sohn hier kein Rebell ist, sondern ein ganz ruhiger, eigentlich unauffälliger Mensch. Ein ruhiger Junge, der einfach ein Stück zu weit an den Rand hinausgetrieben wird.

Ich schrieb gerade eine Szene, in der ich von Anfang an klarstellen wollte, daß dieser Polizist ein Außenseiter ist. Ich wollte ihn morgens beim Anziehen zeigen – in einer Wohnung, die man bei einem Polizisten nicht vermutet, und mit einer Musik, die für einen Polizisten nicht gerade typisch ist: jemand, der fast nackt ist, zieht sich an, und man begreift erst allmählich, daß das, was er anzieht, eine Polizeiuniform ist. Es ist ein alter homerischer Trick, Leute vorzustellen, indem man sie beim Anziehen zeigt, und während ich dasaß und mir überlegte, was für eine Musik der junge Polizist morgens beim Anziehen spielen könnte, kam über die Anlage im *Surfers* auf einmal *We Belong to the Night* von Ellen Foley, das damals noch ganz neu war. Ich schrieb alle wichtigen Dinge auf, die der junge Polizist beim Anziehen machen sollte, und ans Ende dieser Szene schrieb ich in mein Notizbuch: »Ellen Foley singt *We Belong to the Night*, und gerade ist in meinen Kopf eine wunderbare Szene explodiert.«

Ellen Foley sang diesen Song nie in *A Dog's Ransom*, weil der Film nie gemacht wurde, aber dieser Augenblick war einer meiner magischen Momente im *Surfers*. Ich glaube, wir haben alle hier drin schon solche Momente gehabt, und deswegen heißt die Bar mit Recht *Saintly Surfers*. Ein paar der besten Seiten, die ich je geschrieben habe, habe ich hier drin geschrieben.

Drei oder vier Jahre später arbeitete ich an dem zweiten und letzten Film meines Lebens. Damals schrieb auch Leslie schon in der Bar. Ich mochte sie schon vom ersten Augenblick an. Als ich an dem Abend, an dem ich sie zum ersten Mal sah, in die Bar kam, stand sie hinter dem Tresen, und ich dachte, sie sei eine neue Stripperin. Sie hatte, was sie immer noch hat: schwarze Haare und sehr dunkle Augen, ein Lächeln, das einen traf wie ein Leberhaken, und einen Mund, der so rot war wie der Mund der Judy Garland von Andy Warhol, wenn Sie wissen, was ich meine, nur daß Leslies Mund eine Verheißung ist, die Bilder nicht erfüllen können.

Ich glaube, es hat mindestens eine halbe Stunde gedauert, bis ich gemerkt habe, was los war. Es war nicht ganz einfach, das zu verkraften. Wenn man so einen Mund sieht, dann fängt man zu träumen an, und das geht wenigstens ein paar Minuten oder Sekunden. Es war wie ein zweiter Leberhaken, als ich merkte, was los war.

Wenn es so etwas gibt wie erotisches Bedauern, dann war das genau mein Zustand in diesem Augenblick. Leslie und ich sind uns nie näher gekommen als dreißig Zentimeter – und diese erste halbe Stunde. Mit einer Ausnahme: Es gibt einen starken erotischen Augenblick in unserer Freundschaft, eine Nähe, die sich nicht in Zentimetern ausdrücken läßt. In einer Nacht, als ich an meinem letzten Drehbuch arbeitete, schrieb ich eine Szene, die auf einer Gartenparty spielt, auf der zwei Freunde über eine Frau reden, die vielleicht zwölf Meter von ihnen entfernt unter einem Kirschbaum steht. In der Nacht, als ich diese Szene schrieb, saß Leslie auf der anderen Seite der Bar, in einem Séparée diagonal gegenüber dem Séparée, in dem ich saß. Ich konnte durch das dunkelrote Licht der Bar hindurch ihr Gesicht sehen.

Gegen Ende meiner Szene sagt einer der beiden Freunde, während er zu der Frau hinüberschaut: »Sie ist schön. Schön wie das Schicksal.« Und während ich das schrieb, schaute ich zu Leslie hinüber, die zufällig zu mir herübersah. Ich dachte an jemand anderen, aber ich schaute Leslie an, als ich das schrieb: »Schön wie das Schicksal.« Leslies Augen waren ganz groß in der Dunkelheit, und ihr Gesicht wurde auf einmal ganz dunkel im roten Licht der Bar. Und aus irgendeinem Grund strich ich den Satz durch, den ich gerade geschrieben hatte, und schrieb ihn noch einmal hin: »Sie ist schön. Schön wie das Schicksal.«

Während ich in dieser heißen Augustnacht an einem der Tische vor der Bühne saß, dachte ich natürlich auch an diesen Augenblick. Genauer gesagt, ich dachte nicht daran, sondern er war da. Wir würden uns in der Bar nicht zu Hause fühlen, wenn diese Augenblicke nicht immer da wären. Deshalb ist das *Saintly Sur-*

fers ein heiliger Ort. Es war schon ein heiliger Ort, als es noch *Desire* hieß. Mit den Dingen, die in unserem Kopf passieren, ist es wirklich sehr seltsam: man denkt an einen Augenblick, der sich in der Bar ereignet hat, in der man gerade sitzt, und verschwindet vollkommen aus dieser Bar. Man ist da, wo man gerade ist, und gleichzeitig unendlich weit entfernt.

Als ich wieder in die Bar zurückkam, hatte sich draußen auf der Bühne ein Zauberer mit seiner Tochter aufgebaut. Sie haben das hier vor zwei Jahren angefangen. Sie laden Zauberer und Komiker und solche Leute ein, weil Striptease nicht mehr so viele Leute anzieht. Es gibt ja heute überall so viel nackte Leute, daß es nicht mehr so aufregend ist, jemandem zuzuschauen, der sich auf umständliche Art auszieht. Der Zauberer und seine Tochter machten sich daran, den berühmten alten Trick vorzuführen, bei dem eine Frau in einer Kiste liegt und ein Mann, ein Zauberer, irgendwelche Messer oder Säbel durch die Kiste schiebt. Man sieht von der Frau nur den Kopf und die Füße, und manchmal sieht man die Frau überhaupt nicht. Es war nicht zu fassen! Da sitze ich hier unter lauter Drehbuchautoren und Handelsvertretern des ausgehenden zwanzigsten Jahrhunderts, und wir schauen uns so eine abgelutschte Show an! Den ältesten Trick der Welt! Irgendwie kam mir das vor wie die deutschen Filme, die sie seit Jahren dauernd in die Kinos pumpen – jeder kennt den Trick, jeder weiß, daß nichts passiert, das einen interessieren könnte. Wir wissen nur nicht, wie es geht. Wir könnten es nur nicht selber machen. Der Zauberer, der da draußen seine Säbel durch die Kiste mit seiner Tochter schob, kam mir plötzlich vor wie eine Figur in diesem verdrehten Zombiefilm von Wim Wenders, *Der Stand der Dinge*, in dem ein Haufen uninteressante Leute auf die Ankunft von Schwarzweißmaterial warten. Ein Zombiefilm fürs gebildete Teenagerpublikum, der ausschließlich deswegen gemacht worden zu sein scheint, weil jemand nachweisen wollte, daß Langeweile wirklich tödlich sein kann. Die logische nächste Haltestelle sind dann natürlich irgendwelche Engel, auch eine ziemlich langweilige Spezies.

Ich bin in heißen Sommernächten noch weniger als sonst an Engeln interessiert, deshalb ging ich nach dem Auftritt des Zauberers und seiner Tochter in Leslies Séparée. Leslie war letzten Sommer mit seinem Drehbuch in einer schwierigen Situation. Und auch sonst. Es klingt ziemlich blöde, aber es war eben so: er war sich nicht sicher, ob der Held oder die Heldin seines Film ein Mann oder eine Frau sein sollte. Er hatte eine wunderbare Sequenz geschrieben, in der eine Frau mit dem Mann einer anderen Frau schläft, weil sie eigentlich mit dieser Frau schlafen will, die sie nicht bekommen kann. Und jetzt auf einmal fand Leslie, aus dieser Frau müsse man einen Mann machen, aber sie wußte selber, daß das nicht ging. »Sowas machen Männer nicht«, sagte Leslie. »Männer kommen nicht auf solche indirekten Methoden. Das wäre in einem Film völlig unglaubwürdig.«

»Ich mag Filme, in denen Frauen interessante Sachen machen«, sagte ich. »Vergiß deinen männlichen Helden.«

Aber Leslie hatte noch ein anderes, größeres Problem. Er hatte in diesem Monaten immer häufiger das Gefühl, daß die Welt ihren Glanz verlor. Daß der Lack ab war. Der Lack der Welt. Jeder kennt das ja, daß plötzlich alles ganz stumpf und glanzlos ist, und alte Leute berichten davon, wie das ist, wenn die Welt endgültig ihren Glanz verliert. Wie alles bricht und auch die Musik nicht mehr klingt.

»Manchmal ist das absolut überwältigend«, sagte Leslie in dieser Nacht. »Manchmal glaube ich, daß die Liebe und die Leidenschaft ausgestorben sind. Die Leute kriegen ihre Kinder nicht mehr in der Zeit ihrer größten Leidenschaft, sondern irgendwann mit fünfunddreißig oder vierzig oder noch später. Sozusagen als Haushaltszugabe nach der Einbauküche und den Reisen und dem ganzen Kram, und weil es irgendwie ein bißchen kälter geworden ist in diesen Existenzen.«

»Dir würde ich überhaupt nie Kinder empfehlen, mein Lieber«, sagte ich. Wenn ich Leslie ärgern will, rede ich sie immer an, als sei sie er.

»Es geht noch ein bißchen weiter«, sagte sie. »Ich denke manchmal, ob es nicht so ist, daß Frauen schon zufrieden wären, wenn sie in der Sonne vor einer Eisdiele sitzen und ein Bananensplit essen. Und daß Männer schon zufrieden sind, wenn sie auf dem Starnberger See surfen. Daß das eigentlich alles ist, was sie wollen. Daß sich sonst nichts mehr rührt. Daß alle irgendwie erotische Couch Potatoes sind. Deswegen schreiben diese Frauenmörder in den anderen Séparées doch ihre blutrünstigen Dinger. Und dieses ganze Liebhaber- & Liebhaberinnengetue, das ist doch auch bloß nur ein anderes Programm, das man zwischendrin mal einschaltet.«

»Leslie«, sagte ich. »Hör auf damit. Du mußt jetzt deinen Film schreiben. Da spielt es überhaupt keine Rolle, wieviel Geschwister eine Einbauküche bekommen kann.«

Sie lächelte. Sie mag es, wenn ich zornig werde. »Und noch eins«, sagte ich. »Dein Film braucht eine Frau ganz oben, verdammt nochmal.«

Manchmal möchte ich sie am liebsten umarmen, aber wir halten immer unsere dreißig Zentimeter Mindestabstand. »Hey, wo gehst du denn hin?« fragte sie.

Ich ging in das letzte Séparée, in dem Klaus saß. Klaus macht ziemlich viele politische Sachen, und er arbeitet meistens fürs Fernsehen. Wenn er fürs Fernsehen arbeitet, kommt er nie ins *Surfers*. Er kommt immer nur, wenn er an einem Spielfilm schreibt. Der Film, an dem er gerade saß, hatte den Arbeitstitel *Hitlers Kinder*. Die Hauptfigur war eine Terroristin, die von einem ehemaligen amerikanischen Besatzungsoffizier gejagt und schließlich erschossen wird, weil sie bei einem Anschlag auf einen amerikanischen Militärkonvoi seinen Sohn mit einigen anderen Soldaten in die Luft gesprengt hat.

Manchmal glaube ich, daß in Filmen Männer nur deswegen umgebracht werden, damit nachher wieder guten Gewissens eine Frau getötet werden kann. Leslie hat einmal über Dennis Hopper, den wir beide für einen widerwärtigen Roboter halten, gesagt: »Wenn er einmal nicht damit beschäftigt ist, eine Frau zu schlagen, dann bringt er gerade eine um.«

Klaus sagte zu seinem Drehbuch: »Ich will unter anderem zeigen, daß sich im Antiamerikanismus diese beiden Generationen getroffen haben, die rechten Eltern und ihre sehr weit nach links gekippten Kinder.« Er hat ja ganz recht, aber es ärgert mich manchmal, daß er immer etwas zeigen will. In *Hitlers Kinder* gab es allerdings eine sehr harte Stelle, in der das Mädchen mitten in den fünfziger Jahren, als sie sechzehn oder siebzehn ist, versucht, ihren Vater zu verführen. Ihr Vater war Offizier bei der Wehrmacht gewesen. Klaus hat die Szene so geschrieben, daß man spürt, wie schwer es dem Vater fällt, sich nicht verführen zu lassen. Er kann seiner Tochter kaum widerstehen. Schließlich gelingt es ihm doch, und er sagt schwer atmend und leise: »Wenn ich das täte, könnte ich mich nicht mehr im Spiegel ansehen.«

»Und jetzt«, sagte Klaus. »Jetzt kommt der interessante Schnitt. Man sieht den Vater in Offiziersuniform, wie er irgendwo im Osten eine Frau vergewaltigt. Man sieht das in einem Spiegel.«

»Donnerwetter«, sagte ich. Ich habe seit meiner Kindheit, seit meiner Karl-May-Zeit, nicht mehr »Donnerwetter« gesagt. Es mußte also etwas zu bedeuten haben. Und dann sagte ich: »Aber laß das mit dem Spiegel. Fassbinder ist schon von genug Leuten überschätzt worden.«

Mir war auf einmal übel geworden. Ich wollte nichts mehr mit all diesen Mördern und Vergewaltigern zu tun haben und setzte mich zu den Mädchen an den langen Tresen. Es ist eigentlich ziemlich undankbar, daß diese Burschen in ihren Drehbüchern dauernd Frauen umbringen, wo wir es doch den Mädchen hier verdanken, daß wir überhaupt im *Surfers* sitzen und schreiben können. Ich kann das nicht verstehen. Ich spielte abwechselnd mit zwei der Mädchen Chicago und hörte nebenbei drei Kritikern zu, die an einem Tisch in unserer Nähe saßen und sich unterhielten. Zwischendrin fiel an diesen Tisch der Name »de Sade«, und mir wurde noch ein bißchen übler. Ich finde, de Sade ist noch langweiliger als Wim Wenders, und ich finde, es ist aufschlußreich, daß Kritiker sich besonders gerne mit Langweilern und Sadisten befassen. Es gibt einen kleinen langweiligen italienischen Film mit dem Titel *Liebes Tagebuch*, in dem an einer Stelle jemand einem Fimkritiker alle seine Gewaltphantasien um die Ohren schlägt. Es gab in diesem Film auch in dieser Szene nichts zu sehen, aber es war hübsch, diese Gewaltorgel, deren Gedröhne sich sonst immer auf ein paar Rezensionen verteilt, ganz konzentriert zu hören. An dieser Stelle war der Film sehr anregend. Manchmal glaube ich, daß nur bestimmte Leute Filmkritiker werden. Andererseits sagt Leslie, daß man hauptsächlich für junge Männer arbeitet, wenn man Filme schreibt. Und junge Männer haben eben nun einmal Gewaltphantasien. Sogar wenn sie schon ein bißchen älter sind. Mir geht es schließlich auch so, daß ich lieber einen schönen Kampf sehe, als daß ich dabei zuschaue, wie Rüdiger Vogler in einem anderen Zombiefilm mit dem Titel *Im Lauf der Zeit* eine lange dicke Wurst auf eine Wiese kackt.

Vom Tisch der Kritiker kamen die Wörter herüber, die zu den Tischen gehören, an denen Filmkritiker sitzen: Cannes... Berlin... Paris... New York... Godard... Los Angeles... Kurosawa... Adorno... Demut... Bescheidenheit... New York... lauter Sachen, die immer ein bißchen zu groß daherkommen. Wenn Kritiker von Demut und Bescheidenheit reden, muß man immer vorsichtig sein.

Während ich eine Runde Chicago nach der anderen verlor, kam das Gespräch auf einen Gast, der vor ein paar Tagen hier war und auch etwas gegen de Sade gesagt hatte. Und während Claudia von diesem Gast erzählte, wurde mir immer klarer, daß ich ihn kannte.

Was ich da hörte, klang sehr vertraut. Sie redete über meinen Freund Gregory, der noch nie im *Surfers* gewesen war.

»Er hat genauso geredet wie du«, sagte Claudia. »Aber er war natürlich viel gebildeter.« Claudia ist in einer sehr protestantischen Familie aufgewachsen und sagt immer die Wahrheit. Und weil man immer die *ganze* Wahrheit sagt, fügte sie hinzu: »Er war schon überall auf der Welt, und er hat überall *Freunde*, und er spricht *sieben* Sprachen. Oder sogar *acht*.«

»Donnerwetter«, sagte ich jetzt schon zum zweitenmal an diesem Abend. Gregory, *mein* Freund Gregory! Erzählt solche Geschichten, die mir jetzt als Wahrheit aufgetischt werden! Es ist nicht zu fassen! »Er hat genauso geredet wie du!« Das ist ja auch kein Wunder. Wir kommen ja aus derselben Ecke der Welt. Wir sind in dieselbe Schule gegangen! Wir hatten ja dieselben Lehrer! Oh May! Oh Karl! Was können wir denn dafür, wenn wir manchmal so reden müssen, daß man uns fast mit Filmkritikern verwechseln könnte?

Und Gregory war ja wirklich noch bescheiden: Sieben Sprachen, was ist das schon? Unsere Lehrer hatten da schon ein ganz anderes Kaliber. Und das ging so:

»Ich spreche und schreibe: Französisch, englisch, italienisch, spanisch, griechisch, lateinisch, hebräisch, rumänisch, arabisch sechs Dialekte, persisch, kurdisch zwei Dialekte, chinesisch sechs Dialekte, malayisch, nanaqua, einige Sunda-Idiome, suaheli, hindostanisch, türkisch und die Indianersprachen der Sioux, Apatschen, Komantschen, Snakes, Utahs, Kiowas, nebst den Ketschumany drei südamerikanische Dialekte. Lappländisch will ich nicht mitzählen.«

Oh, ja. Lappländisch wollen wir nicht mitzählen!

****

Ich steh hier unten und schau die lange Leiter und deine langen Beine hoch, und ich weiß, ich habe es wieder einmal nicht geschafft. Es gibt immer noch keinen Augenblick in der Literatur und im Film, in dem du einundzwanzig bist und mit einem Bücherbrett unterm Arm über die Schwanthalerstraße in München gehst. Und letzten Sommer hätte ich diesen Augenblick fast an jemanden verscherbelt, der bloß versucht hätte, damit einen seiner Zombiefilme aufzumöbeln. So weit war es schon mit mir gekommen.

Ich steh hier unten und schau die lange Leiter und deine langen Beine hoch, und ich weiß, ich werde nie damit aufhören, es zu versuchen. Ich bin geboren, auf der Welt einen Platz für diesen Augenblick zu schaffen. Ich bin der einzige, der weiß, wie wichtig das ist. Ich bin der einzige, der das vielleicht kann. Da geht ein Mädchen mit einem Bücherbrett unterm Arm an einem strahlenden Sommernachmittag über die Schwanthalerstraße in München. Sie ist einundzwanzig Jahre alt. Das kann jeder sehen. Sie geht über diese gottverdammte Straße, die voller Autos und voller Menschen ist, und man spürt auf der Haut das unsichtbare Blitzen der Lichtgeschwindigkeit und hört das leise Dröhnen im Zentrum der Welt, das Vergangenheit, Gegenwart und Zukunft durchdringt wie ein Lied, von dem du weißt, daß es nie mehr aufhören darf.

Ich meine, darüber kann man doch schreiben. Das muß sich doch machen lassen. Das kann doch nicht so schwer sein. Das kann doch verdammt nochmal nicht so schwer sein.

35

Cheeseburger

Ich weiß nicht, ob ich wegen unlauteren Wettbewerbs verklagt werden kann, wenn ich das schreibe, was ich jetzt gleich schreiben werde, aber ich schreibe es einfach einmal.

Ich bin heute vormittag mit der U-Bahn in die Stadt gefahren, und während ich auf dem Bahnsteig wartete, habe ich mir die Plakate da unten angeschaut. Die Firma McDonald's macht gerade Werbung mit ein paar von ihren Produkten, die man im Moment besonders günstig bekommen kann. Die Produkte sind auf dem Plakat abgebildet, und darunter steht: *Schnauze voll für 8,29 DM.*

Jetzt haben sie endlich die genaue Definition gefunden für das, was sie machen, dachte ich da unten auf dem Bahnsteig. Das ist noch besser als *McDonald's Blinddarmentzündung,* ein Slogan, den jemand in unsrer Familie geprägt hat. Und man sieht diese Schnauzen ja auch überall herumlaufen.

Ich habe dann in der Stadt erledigt, was ich erledigen mußte... eine Badehose... die teuersten Tennissocken der Welt für 29,80 und Thornton Wilders Tagebücher von 1939-1961..., und als ich das erledigt hatte, fuhr ich mit der langen Rolltreppe am Marienplatz wieder nach unten zur U-Bahn.

Die Rolltreppe war sehr voll, belebt könnte man sagen, wenn die Leute nicht ganz ruhig dagestanden wären: Mütter mit Kindern, junge Leute und alte Leute, Japaner und Chinesen, verschleierte und unverschleierte Frauen und mittendrin ich. Und hinter mir zwei junge Männer, die Ferien in München machten, sich auf dieser Rolltreppenfahrt aber über die Zustände zu Hause unterhielten. Der eine von den beiden sagte: »Ich hab jetzt meiner Freundin klargemacht, daß ich sie nicht so oft sehen will. Wir sehen uns jetzt nur noch, wenn ich Lust dazu habe.«

Ich habe mich nicht nach den beiden umgedreht. Ich wollte gar nicht erst mitbekommen, wie sie aussehen, und es ist auch nicht besonders angenehm, wenn man auf einer Rolltreppe kotzen muß. Noch dazu nach oben und gegen die Fahrtrichtung. Und ich habe auch gar nicht viel gedacht. Was mir durch den Kopf gegangen ist, läßt sich schnell sagen, und auch auf die Gefahr hin, daß ich jetzt zweimal wegen unlauteren Wettbewerbs oder wegen Geschäftsschädigung verklagt werde, schreibe ich hier noch einmal hin, was ich da auf der Rolltreppe gedacht habe – damit Sie verstehen, warum ich mich gar nicht erst umdrehen mußte: *Schnauze voll für 8 Mark 29.*

P.S. Thornton Wilder notiert sich in seinem Tagebuch ziemlich viele Dinge über Alexander Woolcott, über den er einen Artikel schreiben soll. Wenn Woolcott eine Vortragsreise plante, dann wählte er die Städte, in denen er sprach, nach Kriterien aus, die nichts mit dem Honorar zu tun hatten. Er sprach in Indianapolis, weil Booth Tarkington dort lebte, und nach San Francisco ging er wegen Kathleen Norris, die dort wohnte, und nach Los Angeles, weil er da Harpo Marx und Dorothy Parker treffen konnte. Städte, in denen er keine Freunde hatte, interessierten ihn nicht.

Seine Freunde – die Liebe ist ein Tauschhandel – haben sich bei den Geschenken, die sie ihm machten, gegenseitig zu übertreffen versucht. Frank Lloyd Wright hat ihm einmal einen vollständigen Satz von Hokusais *Sechsunddreißig Ansichten des Berges Fuji* geschenkt, und von Harpo Marx hat er sechs Overalls bekommen, jeden in einer anderen Farbe und jeder mit einem auf die Tasche aufgestickten Satz in Griechisch oder Latein. Ich wette, *Schnauze voll für 8 Mark 29* war nicht dabei.

Thornton Wilder, dessen Tagebuch immer klug und oft originell ist, schreibt an einer Stelle über Alexander Woolcott: »Er war zutiefst emotional, abhängig davon, Zuneigung zu geben und zu empfangen.«

Ich meine, wenn man jemandem einen *vollständigen* Satz von Hokusais *Sechsunddreißig Ansichten des Berges Fuji* schenkt, dann muß man vorher sehr viel dafür bekommen haben. Überlegen Sie sich das einmal – einen *vollständigen* Satz der sechsunddreißig Ansichten! Unfaßbar! Und dann steht da auch noch *abhängig*. Abhängig davon, Zuneigung zu geben und zu empfangen. Dieser Thornton Wilder war wirklich ein kluger Mann.

36

Bakersfield

Bakersfield, am 17. August

Lieber Peter,

ich hab dir ja grade gestern geschrieben, und es dauert bestimmt noch vier oder fünf Tage, bis Du meinen Brief bekommst. Aber ich habe noch etwas vergessen, was ich Dir sagen wollte, und weil ich letzte Nacht vor Hitze nicht schlafen konnte, habe ich etwas für dich übersetzt, das ich Dir hier abschreibe.

Ich habe jetzt die Stelle in ihrem ersten Buch gefunden, die mir gestern nicht eingefallen ist. Sie geht so: »Frauen gewinnen nie, Everett, verstehst du das denn nicht. Gewinner müssen daran glauben, daß sie die Würfel beeinflussen können.« Das ist sehr gut gesehen, wenigstens, was Männer betrifft, oder genauer: was mich betrifft. Ich glaube, daß ich Spiele beeinflussen kann.

Andererseits: Gewinner leben nicht ein Jahr lang in Bakersfield. Ich weiß nicht, warum ich das tue. Ich weiß nicht, wer da die Würfel beeinflußt hat. Bakersfield in der Hitze – ein Bettengeschäft in einer leeren Main Street, und in dem Bettengeschäft ein riesiges leeres Ehebett. Es ist diese amerikanische Verzweiflung, die so fürchterlich ist und so faszinierend, wenn man sie ausdrücken kann.

Und damit sind wir bei dem Stück, das ich letzte Nacht für Dich übersetzt habe:

»Das hier ist das Kalifornien, in dem es möglich ist, zu leben und zu sterben, ohne je eine Artischocke gegessen, ohne je einen Katholiken oder einen Juden gesehen zu haben. Das ist das Kalifornien, in dem es leicht ist, sich über Dial-A-Devotion am Telefon ein Gebet anzuhören, aber schwer, ein Buch zu kaufen. Das ist das Kalifornien, in dem das Wörtlichnehmen der Genesis unmerklich in das Wörtlichnehmen von *Double Indemnity* übergegangen ist, das Land der toupierten Frisuren und der Capri-Hosen und der Mädchen, für die alle Verheißung des Lebens am Ende ein walzerlanges weißes Hochzeitskleid bedeutet und die Geburt einer Kimberly oder einer Sherry oder einer Debbi und eine Tijuana-Scheidung und die Rückkehr an die Friseurschule, an der sie dann ihre unterbrochene Ausbildung abschließen. ›Wir waren einfach verrückte Kinder‹, sagen sie und schauen in die Zukunft. Und im goldenen Land sieht die Zukunft immer gut aus, weil sich niemand an die Vergangenheit erinnert. Hier ist das Land, in dem der heiße Wind geht und die alten Traditionen keine Bedeutung zu haben scheinen, wo die Scheidungsrate doppelt so hoch ist wie im Landesdurchschnitt, wo einer von dreißig Bewohnern in einem Wohnwagen lebt. Hier ist die letzte Haltestelle für alle, die es aus der Kälte und der Vergangenheit und den alten Traditionen hierher verschlagen hat. Hier ist der Ort, an dem sie versuchen, eine neue Lebensform zu finden, und sie suchen sie da, wo sie sie vermuten, weil sie es nicht anders kennen: im Kino und in den Zeitungen.«

Ja, das ist fürchterlich und faszinierend. Deswegen bin ich wahrscheinlich in Bakersfield. Ich glaube, ich liebe diese Mädchen, die eine Kimberley oder eine Sherry oder eine Debbi auf die Welt bringen und die sonst nichts haben.

Sie kennt das Land genau, in dem sie lebt. Später erzählt sie eine Geschichte aus Sacramento. Erzählt von einem ziemlich großen Anwesen, auf dem einmal ein Rancher mit seiner einzigen Tochter lebte. Die Tochter ging ins Ausland und heiratete einen Adligen, und als sie mit dem Adligen nach Hause auf die Ranch kam, baute der Vater ihnen ein riesiges Haus – mit einigen Musikzimmern, Gewächshäusern und Wintergärten, einem Tanzsaal. Sie brauchten einen Tanzsaal, weil sie immer viele Leute einluden: Gäste aus dem Ausland und Leute aus San Francisco, und die Parties und Gesellschaften dauerten Wochen, und oft kamen die Leute in Sonderzügen.

Sie sind jetzt natürlich schon lange tot, aber ihr einziger Sohn, der unverheiratet ist und selber schon langsam alt wird, lebt immer noch auf dem Anwesen. Er wohnt aber nicht in dem Haus, weil das Haus nicht mehr da ist. Es ist über die Jahre hinweg heruntergebrannt, Zimmer für Zimmer, Flügel für Flügel. Nur die Schornsteine dieses großartigen Hauses stehen noch, und der Erbe lebt in ihrem Schatten, wohnt ganz allein auf dem verkohlten Grundstück, in einem von diesen riesigen Wohnwagen, die eigentlich Häuser sind, einem *house trailer*.

So ist das, mein lieber Peter. Eine seltsame Art von Ewigkeit, wenn Ewigkeit bedeutet, daß wir beständig gefährdet sind. Und deshalb bin ich wahrscheinlich hier. Diese Geschichte aus Sacramento steht übrigens in einem Essay mit dem Titel *Notes from a Native Daughter*. Ich mag dieses Wort. Daughter. Daughter oder Tochter. Es ist das schönste Wort der Welt.

Viele Grüße
Dein Tom

37

Der Mann auf dem Hügel

Ein leeres Zimmer in einem dieser amerikanischen Holzhäuser. Nur ein Tisch und ein Stuhl stehen in diesem Zimmer, und auf dem Tisch steht eine alte schwarze Reiseschreibmaschine, in die schon ein Bogen Papier eingespannt ist. Das ist alles.

Ich habe seit über zwanzig Jahre einen immer wiederkehrenden Traum, in dem ich in dieses Zimmer komme. Ich bin immer zwanzig Jahre alt, und ich stehe in der Tür dieses Zimmers und sehe den Tisch, den Stuhl und die Schreibmaschine vor mir. Dann gehe ich zu dem Tisch hinüber, weil ich lesen will, was auf dem Papier steht. Auf dem Bogen Papier in der Maschine steht ein Satz: *Sie kam den Hügel herauf wie der Schluß eines Films.*

Dieser Satz ist nicht ganz logisch, aber er gefällt mir. Er ist sehr schön, und er ist wie ein alter Bekannter, weil ich ihn ja schon so oft gelesen habe.

Es gibt noch einen anderen Satz, der ab und zu auf diesem Bogen Papier steht: *Die Pferde standen dampfend im Morgengrauen.* Das ist auch kein schlechter Satz, und er paßt irgendwie zu dem Hügel. So könnte ein Western anfangen. Wer schreibt denn hier in diesem leeren Zimmer einen Western?

Ich habe viel über diese Schreibmaschine und über diese beiden Sätze nachgedacht, und ich bin im Lauf der Jahre zu dem Schluß gekommen, daß ich der Mann auf dem Hügel sein muß, und manchmal, wenn ich da in diesem fast leeren Zimmer stehe, kann ich sie den Hügel heraufkommen hören. Ich muß gar nicht mein Ohr auf den Boden legen wie ein Indianer, weil die Holzbretter unter meinen Füßen ganz leise zittern wie bei einem freundlichen Erdbeben, bei dem noch nicht einmal eine Blumenvase kaputtgeht. Oder ein Reagenzglas.

Sie kam den Hügel herauf wie der Schluß eines Films. Ja, ja: Der Mann da oben auf dem Hügel muß ich sein, und ich bin schon gespannt, wie sie aussieht. Sie hat wahrscheinlich eines von diesen langen Hippiekleidern an, und sie geht ganz langsam, so als hätte sie hier oben noch viel vor. Ihr Kleid hat irgendein Blumenmuster mit Rot, Gelb und Grün. Sie hat Sommersprossen, oder sie sieht so aus, als würden ihre Kinder Sommersprossen haben, und ihr Lippenstift hat eine Farbe, die ich noch nie gesehen habe, von der ich aber weiß, daß ich sie erkennen werde, weil ich sie ja noch nie gesehen habe.

Ja, ich weiß das alles. Ich bin auf den Augenblick vorbereitet, in dem sie über den Hügel kommt und in dem ich sie sehen kann. Und ich werde sie ganz bestimmt erkennen, weil ich sie ja noch nie gesehen habe. Ich weiß nur nicht, wer das ist, der dauernd diese Sätze in die Maschine tippt.

38

Träumend, ein halb Gehör

Sie liegt hier im Bett und schläft und träumt, während ihre Schwester in New York mit einem Mann in einem Restaurant sitzt und sich mit ihm über die Liebe unterhält.

»Und das glauben Sie nicht?« sagt ihre Schwester. »Und Sie glauben nicht, daß Sie das nochmal haben wollen, diesen Anfang, diesen verrückten, unschuldigen Zustand?«

Er schaut sie lange an, und dann sagt er ganz leise: »Nein.«

Er schaut sein Weinglas an, und dann schaut er sie wieder an. Es kommt ihm so vor, als würde sie sich winden, als versuchte sie, sich aus einem Griff herauszuwinden. Oder als würde jemand Unsichtbares sie würgen. Es kommt ihm so vor, als würde sie gleich weinen. Sie windet sich, weil sie nicht weinen will.

Wir wissen alle, daß er sie die ganze Nacht, daß er sie den ganzen nächsten Tag und alle die Wochen, die auf diesen Tag folgen, nicht mehr vergessen kann. Wir wissen das alle, es ist gar nicht anders zu denken, man kann sich das gar nicht anders vorstellen, es kann gar nicht anders kommen, es läßt sich überhaupt nicht vermeiden, das wissen wir doch alle, oder?

39

Pierre Bonnard

Von Pierre Bonnard heißt es, er habe sein ganzes Leben lang immer dieselbe Frau gemalt. Das ist wahrscheinlich – mit gewissen Einschränkungen – auch richtig. Für einen unserer kritischen Wadenbeißer war diese Beobachtung Anlaß zu der Bemerkung, Bonnard habe diese Frau mit »Besitzerstolz« gemalt. Wadenbeißer können sich das wahrscheinlich gar nicht anders vorstellen. Und weil Wadenbeißer nie etwas belegen müssen, werden wir wahrscheinlich nie erfahren, wie »besitzerstolze« Pinselstriche aussehen. Es ist sogar noch schlimmer: wir werden wohl auch von den anderen Kritikern und Feuilletonisten nicht mehr viel erfahren, seit sie sich zunehmend darauf verlegen, Dinge wie das Freibadvögeln zu propagieren, und das ganze noch dazu in einer Prosa, die sich zutreffend mit Rilke-cum-Hirschgeweih beschreiben läßt. Als würden wir nicht schon genug von Leuten belästigt, die öffentliche Plätze mit ihrem Wohnzimmer verwechseln.

Aber wir wollen hier nicht über Wadenbeißer und linkische Voyeure reden, sondern über ein Bild von Pierre Bonnard, zu dem jetzt gerade wieder ein junger Mann zurückgeht, der die Ausstellung schon hatte verlassen wollen. Das Bild heißt, wie andere Bilder auch, *Place Clichy*, und zur genaueren Definition wird noch hinzugefügt 1906-1907. Es ist ein ziemlich großes Bild, 103 x 117 Zentimeter, und es stellt eine Straßenszene dar.

Der junge Mann fand, daß an dem Bild etwas Besonderes war, aber er kam nicht dahinter, was das sein konnte. Und als er schon auf den Stufen war, die aus der Ausstellung hinausführten, drehte er wieder um und ging nochmal zu dem Bild zurück. Er bemerkte nicht, daß eine Frau, die etwas vor ihm die Treppe hinunterging, ganz genau dasselbe machte.

Sie stehen jetzt beide nebeneinander vor dieser Straßenszene, und auf einmal sieht der junge Mann das Besondere an diesem Bild. Die Frau neben ihm hat es kurz zuvor gemerkt. Und jetzt bemerkt der junge Mann auch die Frau. »Interessant«, sagt sie.

»Ja«, sagt er und schaut wieder das Bild an, auf dem alle erkennbaren Personen Frauen sind. Auch die Leute auf einer Kutsche sind nicht als Männer zu identifizieren. Auch der Fahrradfahrer nicht. Alle Leute auf diesem Bild, die man definitiv erkennen kann, sind Frauen.

Von wegen Besitzerstolz, denkt der junge Mann, und er schaut die Frau an und sagt: »Ich glaube, das ist ein vollkommen realistischer Blick auf eine Straßenszene. Und kaum einer merkt, was eigentlich los ist.«

»Ein realistischer *Männer*blick«, sagt die Frau.

»Ja, natürlich«, sagt der junge Mann. »So sieht die Welt manchmal für uns aus. Sie sieht oft so aus. Und wir merken es ja meistens selber nicht.«

»Ach ja«, sagt die Frau. »Und er macht es so, daß es kaum jemand merkt. Daß es einfach da ist.«

Sie sind jetzt sehr weit von Wadenbeißern und Freibadvögeleien entfernt, sie sind in einem vollkommen realistischen Blick gefangen, in einem Blick, in dem sich der Glanz der Welt gefangen hat, und deshalb fügt die Frau lächelnd und mit staunenden Augen hinzu: »Und Kirschen konnte er malen!«

40

P.S.

Du hast natürlich recht, wenn Du meinst, er habe sehr aufschlußreich über diese Schicht von Einwanderern geschrieben. Und ich würde das auch akzeptieren und gut finden, wenn ich nicht wüßte, daß er einmal, als seine Schreibmaschine kaputt war, seiner Frau die Maschine weggenommen hat, weil er fand, die Sachen, die er schreibe, seien wichtiger als ihre Sachen.

Seit ich das weiß, kann ich nichts mehr ernst nehmen, was von ihm kommt, einmal abgesehen davon, daß seine Sachen so gut auch wieder nicht sind. Und Du hast natürlich recht, wenn Du meinst, die Literatur und die Kunst bewiesen doch nur, daß auch widerliche Kerle oder irgendwelche Schleimer oder Pipibubis ihre schönen Stellen haben. Aber es hängt davon ab, ob man das weiß oder nicht weiß. Das wäre übrigens ein gutes Argument gegen Künstlerbiographien.

Jedenfalls ist es so, daß mich seine Bücher anekeln, seit ich von dieser Schreibmaschinengeschichte weiß. Ich habe sie alle in den Müll geworfen. Tom, der ihn einmal auf einer Party die Treppe runtergeschmissen hat, hat dazu geschrieben, auf Camelot gebe es eine *Society for the Protection of Women's Typewriters*, und dieser Treppensturz sei der erste Akt in der Geschichte dieser Vereinigung gewesen. Leider sei es nur ein Racheakt gewesen, der nichts mehr habe verhindern können.

41

Elvis Presley

Sonntagmorgen, 28. August, und sie fahren in der Sonne über die Golden Gate Bridge nach Norden. Für ihn ist das immer, als wäre er noch ganz jung, achtzehn oder zwanzig oder einundzwanzig. Es ist, als wäre die Vergangenheit in die Zukunft gekippt und würde nach der Brücke wieder anfangen. Alle diese Jahre. Er fährt nicht oft über die Brücke, und deshalb ist es immer *fast* ein neues Gefühl, und es dauert nie länger als ein paar Minuten.

Sie sitzt neben ihm hinter dem Lenkrad ihres Kabrioletts. Ihre langen Haare sehen aus wie ein seltsamer roter Schatten, von dem die Leute, die Werbefilme für Kabrioletts machen, immer geträumt haben, weil es niemanden gibt, der nicht neben so einem Schatten voll kalifornischem Wind sitzen möchte. Sie hat schwarze Augen, in denen man sehen kann, wie die Vergangenheit in die Zukunft kippt.

Er sagt: »Ich bin noch nie in meinem Leben in einem Kabrio gefahren.«

»Oh«, sagt sie. »Dann war es aber an der Zeit.«

Der Wind in ihrem Haar ist derselbe Wind wie der Wind auf seinem Gesicht.

Am Autoradio erzählt jemand etwas über Elvis Presley, und dann spielen sie *Long Black Limousine.*

»Das mag ich am liebsten von ihm«, sagt sie. »Das haut mich jedesmal um. Ich hab früher immer gedacht, daß ich mal so nach Hause komme. In einem Leichenwagen.« Nach Hause: das ist in Iowa.

Er schaut sie an. Sie ist sehr weit von einem Leichenwagen entfernt, wenn man einmal vergißt, daß wir alle nie sehr weit davon entfernt sind. »Ich mag am liebsten *I Just Can't Help Believin'*«, sagt er. »Aber eigentlich müßte das anders heißen.«

»Ja«, sagt sie. »Es müßte eigentlich heißen *This Time the Girl is Gonna Stay.*«

Er schaut sie bewundernd an, so wie man jemanden anschaut, der sehr viel vom Leben begriffen hat. Die Golden Gate Bridge liegt schon ein paar Minuten hinter ihnen, aber ihr Haar ist immer noch ein roter Schatten voll Wind, um den sich die Werbeleute reißen würden, wenn sie ihn je zu Gesicht bekämen.

Sie fahren nach Norden, zum Russian River hinauf und dann weiter nach Mendocino und Fort Bragg, um ein Pferd zu kaufen. Sie wollte, daß er mitkommt, obwohl er nur wenig von Pferden versteht und kaum etwas von Kaufverträgen. Seine Erfahrungen beim Pferdekauf sind sehr begrenzt. Er würde jedem Roßtäuscher und jedem Juristen auf den Leim gehen.

Aber unterwegs, in Jenner, werden sie ein Mädchen treffen, das etwas von Pferden versteht. Sie ist einundzwanzig, und sie heißt Strawberry.

»Ach ja, unsere Hippiekinder«, sagt die Frau. Sie lächeln jetzt beide schon zum fünften oder sechsten Mal über diesen Namen, und dann reden sie darüber, daß man so einen Namen nur haben kann, wenn man ganz jung ist, wenn das Leben gerade erst angefangen hat. Und dann, wenn man ein bißchen über zwanzig ist, und dann über dreißig und in den mittleren Jahren und weiter und weiter über sechzig und sechsundsechzig hinaus, muß man sich einen anderen Namen suchen, weil Strawberry nicht paßt, weil es lächerlich wäre, aber dann – mit fünfundsiebzig oder achtzig oder achtundachtzig oder so – könne man wieder Strawberry heißen. Dann sei es nicht mehr lächerlich.

»Wenn man so alt ist, daß die Knochen nur noch von Spinnweben zusammengehalten werden, dann ist das wieder ein schöner Name«, sagt sie. »Man hat einen knallroten Lippenstift und rote Fingernägel, und man trägt nur Strohhüte mit viel Obst und Gemüse auf dem Kopf, und die Leute drehen sich dauernd nach einem um, so wie damals, als man zum erstenmal Strawberry geheißen hat.«

Er schaut in ihre schwarzen Augen, in denen die Vergangenheit in die Zukunft kippt und die Zukunft wieder weiter in die Vergangenheit und immer weiter und weiter, und sie fragt ihn: »Was machst du denn da?«

»Ich dreh mich nach dir um.«

Sie stellt das Autoradio ein bißchen lauter. Sie will jetzt nicht reden. *Ein paar Minuten*, denkt sie. *Oder ein paar Stunden. Oder einen Nachmittag. Oder einen Nachmittag und einen Abend. Aber wahrscheinlich nur ein paar Minuten.*

Am Autoradio singt jetzt eine Frauenstimme *Sleeping in the Midday Sun.*

»Das ist schön«, sagt er. »*Sleeping in the Midday Sun.*«

»So heißt es aber nicht«, sagt sie. »Es heißt *Buffalo Ballet.*«

»Auch kein schlechter Titel«, sagt er, während sie auf dem Highway One nach Norden fahren, um ein Pferd zu kaufen. »Hey«, sagt er dann, und seine Stimme klingt schwer und dunkel wie die Erinnerung an etwas ganz Leichtes, das irgendwann einmal verlorengegangen ist. »Hey, ihr Büffelmädchen, kommt ihr nicht raus heut nacht?«

42

Der Hengst

Der Junge führte den Hengst aus dem Stall, machte die Stalltür zu, zurrte den Sattelgurt und die Steigbügel zurecht und schwang sich auf den Rücken des Pferdes. *Du sollst nicht reiten wie ein Indianer,* sagte sie immer, und es stimmte ja auch: so wie er setzte sich wahrscheinlich niemand in Europa auf ein Pferd. Er lächelte. Er mußte immer daran denken, auch wenn sie nicht da war. Manchmal dachte er, daß es einfach schwer war, Sachen nicht so zu machen wie ein Indianer. Wahrscheinlich fand auch sein Französischlehrer, daß er Französisch so sprach wie ein Indianer.

Es war fast zwölf Uhr mittags, ein heißer Augusttag in den frühen sechziger Jahren, und der Junge und der Hengst ritten auf die Straße hinaus, und nach ein paar hundert Metern blieb der Hengst an einer Kreuzung stehen und wollte nach rechts abdrehen. Der Junge zwang ihn, stehenzubleiben. Das war ein altes Ritual zwischen ihnen. Wenn man der Straße nach rechts folgte, kam man nach ungefähr vierhundert Metern zu einem Stall, in dem zwei Stuten standen. Eine ganz normale Fuchsstute und eine weiße Lippizzanerstute. Die beiden Stuten waren der Grund, warum der Hengst sich weigerte, über die Kreuzung zu gehen. Der Junge stieg wie jeden Tag ab und schleifte den Hengst an den Zügeln über die Kreuzung. Der Hengst verdrehte dann immer die

Augen in Richtung der Stuten, als würde er gleich an Hitzschlag sterben, aber wenn er einmal über der Kreuzung war, hatte er die Stuten vergessen.

Der Junge stieg wieder auf und lächelte. Er kannte das, worüber er lächelte, noch gar nicht, aber er lächelte. Er wußte, daß er nicht hätte absteigen dürfen. Er hätte das Pferd dazu bringen müssen, ruhig über die Kreuzung zu gehen. *Wir Indianer machen es unseren Pferden nicht so schwer,* dachte er. Er dachte dauernd Sätze, die mit ihr zu tun hatten. Es war, als würde er den ganzen Tag mit ihr reden, als würde er den ganzen Tag reden, obwohl er nur unterwegs ein paar Leute grüßte und sonst kaum mit jemandem sprach. Außer natürlich mit dem Pferd.

Er ritt jetzt durch die Bäume den Hügel hinauf. Die großen Ferien würden noch drei Wochen dauern. Drei Wochen lang würde er noch jeden Tag mit dem Fahrrad hierher fahren, den Stall ausmisten und das Pferd füttern und bürsten und striegeln und die Hufe auskratzen und dann bis in die Nacht hinein mit dem Hengst durch die Gegend ziehen. Drei Wochen lang würde er jetzt noch ganz alleine sein und den ganzen Tag im Kopf mit ihr reden. Es tat weh, wenn er mit ihr redete, aber es konnte auch ganz verrückt sein, wenn er mit dem Hengst über einen Feldweg galoppierte, einfach dahinflog und die Sätze in seinem Kopf den Rhythmus von galoppierenden Pferdehufen hatten.

Er nahm sich nie etwas zum Essen mit. Das war gar nicht nötig. Wenn er Durst hatte, ritt er zu irgendeinem Haus oder zu einem Bauernhof, klopfte an die Tür und fragte, ob er Wasser haben könnte. Und natürlich bekam er nicht nur Wasser, sondern auch ein Stück Brot oder eine Käsesemmel oder irgendetwas anderes zum Essen. Das war etwas ganz Normales, aber später, als er älter war, kam es ihm wie ein Wunder vor. Man brauchte nur an eine Tür zu klopfen und bekam etwas zu trinken und zu essen. Manchmal sogar ein Stück Braten. Alles war wie ein Wunder. Sie war nicht da, aber sie war die ganze Zeit bei ihm. Etwas, das er die ganze Zeit spürte. Nicht so heiß wie die Sonne, die auf ihn herunterbrannte, sondern kühl und wohltuend, ein Gegengewicht gegen die Sonne.

Als sie das Pferd kauften, hatten sie etwas Romantisches daraus gemacht, weil sie dachten, daß das vielleicht das einzige Pferd war, das sie je kaufen würden. Oder doch das einzige, das sie zusammen kaufen würden. Er hatte aus der Stadt auf dem Gepäckträger seines Fahrrads eine alte schwarze Schreibmaschine mitgebracht, die er sich von einer Frau geliehen hatte, eine *Erika* aus der Zeit vor dem Krieg, auf der die Frau nachts immer irgendwelche wichtigen Sachen tippte, die sie dem Jungen manchmal zeigte. Und dann hatten sie sich mitten auf eine Wiese gesetzt und mit der Maschine auf dem Schoß den Kaufvertrag getippt. Jeder tippte mit zwei Fingern immer einen Absatz des Vertrags, den sie brauchten, um dem Bauern den Hengst abzukaufen. Der Hengst war ein Araber, der aus irgendeiner Konkursmasse an den Bauern geraten war. *Und du mußt jetzt richtig reiten lernen*, hatte sie gesagt. *Du sollst nicht reiten wie ein Indianer.*

Im Wald gab es eine große Lichtung mit einem Teich, und der Junge ritt jeden Tag zu der Lichtung, badete in dem Teich und legte sich danach ins Gras und las in seinen Büchern. Er nahm dann dem Hengst immer den Sattel ab und ließ ihn frei herumlaufen. Er hatte auf der Lichtung Hindernisse aufgebaut, und manchmal, wenn er vor Sehnsucht fast verrückt wurde, sattelte er das Pferd wieder und galoppierte auf die Hindernisse zu, die viel zu hoch waren. Viel zu hoch für das Pferd. Und viel zu hoch für ihn. Der Hengst verweigerte jedesmal. Einmal wäre er fast durchgegangen. Der Junge wußte nicht genau, warum er Hindernisse gebaut hatte, die viel zu hoch waren. *Du sollst nicht reiten wie ein Indianer.*

Gestern war er nicht zu der Lichtung gekommen. Er war in die Schmiede geritten, die vielleicht acht oder neun Kilometer entfernt war. Er wollte lernen, wie man Pferde beschlägt. Und dann war er auf einem anderen Weg zum Stall zurückgeritten. Aber heute war er wieder hierhergekommen. Er war ein paar Minuten in dem Teich geschwommen, hatte sich dann ins Gras gelegt und in dem Buch weitergelesen, das er gestern angefangen hatte. Es war ein amerikanisches Buch, und er hatte manchmal Schwierigkeiten, einzelne Wörter zu verstehen. Gleich am Anfang war ein Wort, *porch*, das er noch nie gehört hatte, und er hatte es zu Hause im Wörterbuch nachgeschaut: Veranda. Das würde er nie wieder vergessen, aber das wußte er in diesem Sommer noch nicht. Sogar dreißig Jahre später wußte er noch genau die Stelle – in dieser Lichtung und in diesem Buch –, an der er dieses Wort zum ersten Mal gelesen hatte. Immer, wenn er später das Wort *porch* las, war er wieder in dieser Lichtung.

Er las jetzt weiter und kam zu der Stelle, an der der Junge in dem Buch das Pferd sucht. Er sah die Spuren im Gras, und dann flog ein Schatten über ihn hinweg, und als er nach oben schaute, sah er einen Ring schwarzer Vögel, der sich immer tiefer schraubte. Im Buch stand *buzzards*, aber Bussarde konnten das nicht sein. Das mußten irgendwelche Geier sein. Der Junge rannte weiter den Hügel hinauf, und als er oben war, sah er, was er suchte. Das Pferd lag zuckend in einer kleinen Lichtung. Die Vögel standen im Kreis um das Pferd herum, um *sein* Pferd, und warteten auf den Augenblick des Todes, den Geier so gut kennen. Der Junge rannte den Hügel hinunter, und als er da war, war schon alles vorbei. Der erste Geier saß auf dem Kopf des Pferdes. Schwarzer Augenglitsch tropfte ihm vom Schnabel. Der Junge sprang wie eine Katze unter die Vögel, die sofort davonflogen, aber der erste, der auf dem Kopf des Pferdes, schaffte es nicht mehr. Als er losfliegen wollte, riß der Junge ihn am Flügel nach unten.

Der Geier war fast so groß wie der Junge. Der andere Flügel traf den Jungen wie ein Keulenhieb ins Gesicht, aber der Junge ließ nicht los. Er spürte die Krallen des Vogels, der sich in seinen Beinen festkrallte, und die Flügel schlugen immer wieder gegen seinen Kopf. Seine Finger bekamen den Hals des Vogels zu pakken; die roten Augen schauten ihn ruhig und böse und furchtlos an. Der nackte Kopf versuchte sich seinem Griff zu entwinden. Dann öffnete sich der Schnabel, und ein Strom stinkender, fauliger Flüssigkeit schoß heraus. Der Junge griff nach einem Stein und schlug zu. Mit dem ersten Schlag traf er den Schnabel, und schwarzes Blut schoß aus dem Schnabelwinkel. Er schlug noch einmal zu und traf nicht. Die roten furchtlosen Augen schauten ihn immer noch an, unpersönlich, ohne Angst, gleichgültig. Dann schlug er immer wieder zu, bis der Vogel tot dalag, bis sein Kopf nur noch ein blutiger Klumpen war. Er schlug immer noch auf den Vogel ein, bis jemand kam und ihn zurückriß und ihn beruhigte.

Als der Junge das gelesen hatte, stand er auf und ging zu dem Hengst hinüber. Er schlang seine Arme um den Kopf des Pferdes und blieb lange so stehen. Dann ritt er zu einem Bauernhof und lieh sich eine Axt, kam wieder zu der Lichtung zurück und schlug auf die Hindernisse ein, bis er vollkommen erschöpft war. Der Hengst stand am Rand der Lichtung und schaute ihm zu, als würde er etwas ganz Gewöhnliches machen. Holz für den Winter hacken. Den Boden umgraben. Irgendetwas, das für Pferde nicht besonders aufregend ist.

Von diesem Tag an haßte er alle Vögel, mit Ausnahme von Spatzen und Amseln. Wenn er später an irgendeinem Strand war, an dem Möwen sich über die Sachen der Badenden hermachten, sobald die Leute ins Wasser gegangen waren, wenn er sah, wie der Kreis der Möwen sich immer enger um die Decke schloß, wenn er sah, wie sie dann anfingen, in den Sachen herumzupicken, dann stand er immer auf und verscheuchte sie. Oder er ließ eine Frisbeescheibe mitten unter die Vögel sausen.

Als die Hindernisse zerstört waren, brachte er die Axt zu dem Bauernhof zurück und streifte dann ziellos mit dem Pferd durch die Wälder. Es war schon dunkel, als er an den letzten Hügel kam, den er noch hinunterreiten mußte, und er stieg ab und führte das

Pferd den schmalen dunklen Weg hinunter. Unten an der Kreuzung wollte der Hengst wieder zu den beiden Stuten und mußte wieder über die Kreuzung geschleift werden. Es war wie ein Spiel, das immer ernst werden konnte, aber damals blieb es immer ein Spiel. Kein Mensch kann ein Pferd aufhalten, wenn das Spiel einmal vorbei ist.

Der Junge versorgte das Pferd, flüsterte ihm noch ein paar Sachen ins Ohr, setzte sich dann auf sein Fahrrad und fuhr zu der Straße hinunter, die den Fluß entlang zur Stadt führte. Es waren nur etwa zwölf Kilometer. Unterwegs stieg er ab und setzte sich an die Uferböschung. Das Wasser war schwarz und warm und kühl wie flüssiger Samt. Wie ihre Stimme. Er schaute ins Wasser und hörte ihre Stimme. Der Himmel mit den Sternen war auch schwarz und warm und kühl. Er dachte daran, was er ihr morgen schreiben würde. Bevor er zu dem Hengst hinausfuhr, wartete er am Vormittag immer, bis die Post kam, weil er sehen wollte, ob sie geschrieben hatte. Nein, weil die Welt wackelte und unsicher wurde, wenn sie nicht geschrieben hatte. Und in der Zeit, in der er auf den Briefträger wartete, schrieb er ihr. Er würde ihr nicht schreiben, daß er die Hindernisse mit der Axt zerschlagen hatte. Sie wußte ja gar nicht, daß er die Hindernisse gebaut hatte. Das durfte sie auch nicht wissen.

Er würde ihr schreiben, was er gestern über Galileo Galilei gelesen hatte. Galileo hatte behauptet, er könne beweisen, daß Kopernikus recht habe. »Aber wie kann ich das denn tun, ohne bloß meine Zeit zu vergeuden,« hatte er gesagt, »wenn diese Peripatetiker, die überzeugt werden müssen, sich als unfähig erweisen, sogar den einfachsten und leichtesten Argumenten zu folgen?« Er wußte, daß sie solche Sätze mochte. Ihm gefielen sie ja auch. Und sie wollten ja beide Wissenschaftler werden. Physiker. Galileo hatte allerdings keinen wirklichen Beweis in der Hand, nur ein paar Analogien. Interessant, dachte der Junge jetzt wieder, daß man auch in der Wissenschaft schwindeln und auftrumpfen mußte. Trotzdem würde ihr dieser Satz gefallen; Galileo verwendete das Wort *Peripatetiker* genau so wie sie das Wort Indianer verwendete. *Du sollst nicht reiten wie ein Indianer.*

Das Wasser und der Himmel waren schwarz und warm und kühl, und er dachte jetzt gar nichts mehr. Die ganze Welt war jetzt wie sie, der er morgen früh schreiben würde, das Wasser und der Himmel und die Sterne und die Luft, alles war klar und schwarz und kühl und galileisch. Er wünschte sich, daß eine Sternschnuppe über den Himmel ziehen würde, aber es war nirgendwo eine zu sehen, also fiel in seinem Kopf eine Sternschnuppe.

Als der Junge nach Hause kam, war es schon fast Mitternacht. Seine Mutter saß am Schreibtisch und schrieb einen Brief. Er sah, wie sehr sie sich freute, daß er da war. Sie hatte sich Sorgen gemacht, und wenn er an die Hindernisse dachte, die Hindernisse, die für ihn und das Pferd zu hoch waren, dann wußte er, daß sie sich mit Recht Sorgen gemacht hatte. »Junge, du schläfst ja überhaupt nicht mehr«, sagte sie.

Er ging in die Küche und trank Apfelsaft mit Mineralwasser. Zwei Flaschen. Dann duschte er und ging wieder zu seiner Mutter ins Arbeitszimmer. Sie hatte eine Flasche Wein aufgemacht. Sie unterhielten sich noch eine halbe Stunde, aber er erzählte ihr nichts von den Dingen, die am Tag passiert waren, nichts von den Hindernissen, die er zerstört hatte, nichts von dem Jungen und dem Pferd und dem Geier, dem schwarzer Augenglitsch vom Schnabel getropft war. Als er aus dem Arbeitszimmer ging, sagte seine Mutter: »Ich weiß, es ist nicht einfach. Aber es sind ja nur noch drei Wochen.« Er drehte sich in der Tür um und lächelte sie an. *Klar und schwarz und kühl und galileisch*, dachte er.

Als er im Bett lag, machte er bald das Licht aus. Er dachte an morgen. Er würde um sechs aufstehen und mit seiner Mutter zusammen frühstücken, und dann würde er den Brief schreiben, während er auf die Post wartete, und natürlich käme ein Brief von ihr, und dann würde er wieder am Fluß hinauffahren, an den

Feldern und den Wiesen und den Mohnblumen vorbei, und das Pferd würde ihn schon erwarten. Und dann würde wieder ein Tag mit dem Pferd anfangen, ein neuer Tag, an dem er mit dem Pferd zusammen wartete. Das war alles, was er in diesen Ferien tat: Warten.

Junge, du schläfst ja überhaupt nicht mehr. Einer wie er durfte eigentlich überhaupt nicht schlafen. Er wußte, daß etwas angefangen hatte, das größer war als er. Ein Spiel. Es hatte wie ein Spiel angefangen, und jetzt war es gefährlich geworden. Gefährlicher als die Hindernisse, die er heute zerstört hatte. Jetzt war er schon so weit, daß er dachte, er dürfe nicht mehr schlafen. Als sei das ein Gesetz. Aber es war schön. Sogar wenn man warten mußte. Er drehte sich auf die Seite und lächelte und wehrte sich noch ein bißchen und wußte, daß er sich nicht mehr lange wehren würde, und dann war es so weit, dann wehrte er sich nicht mehr, und er, der eigentlich überhaupt nicht schlafen durfte, war eingeschlafen.

43

Vesuvio's

Die da, das da ist ihre Schwester. Sie sitzt neben dir hier an der Bar, und sie sieht so aus, daß du in ihrem blonden Haar sterben möchtest, obwohl du nie eine Schwäche für blonde Haare gehabt hast.

Sie sieht aus wie jemand, mit dem man sich wunderbar unterhalten kann, und der eine Menge tolle Freunde hat, die entlegene Sprachen sprechen und mit denen man die ganze Nacht durch die Straßen von San Francisco ziehen kann, und sie hat gerade ihren dritten Whisky getrunken, ohne ein einziges Wort zu sagen, und du hast daran gedacht, wie das ist, wenn man in ihrem Haar stirbt.

Es ist fünf nach drei am Nachmittag, und sie geht auf die Toilette, und sie sieht aus, als wäre Anne Waldmans *Fast Speaking Woman* ihre persönliche Nationalhymne. Sie hat einen großen roten Mund, der für ein blendendes Lachen gemacht ist, und wenn sie von der Toilette zurückkommt, wirst du dich mit ihr unterhalten, sie wird nicht mehr aufhören, sich mit dir zu unterhalten, bis es Zeit ist, in ihrem blonden Haar zu sterben, aber als sie zurückkommt, bestellt sie nur noch einen Whisky, ihren vierten, und sie ist nicht daran interessiert herauszufinden, ob sie noch schneller redet als du. Sie bestellt ihren vierten Whisky, an dem sie auch nicht besonders interessiert ist.

Sie ist an etwas ganz anderem interessiert, etwas Stärkerem, etwas, das stärker ist als die Schönheit, stärker als der Whisky, stärker als eine schnell sprechende Frau, etwas, das jeden zum Schweigen bringt für immer. Etwas, gegen das der Tod und die Liebe jetzt nur noch ein schwacher Ersatz sind. Sie ist schön wie das Schicksal, sie ist schön wie ihre Schwester, aber niemand wird mehr in ihrem Haar sterben, und es gibt kein Ende für sie, das du dir denken könntest, außer vielleicht dem lächerlichen Schluß eines halbexperimentellen Texts aus den fünfziger Jahren: Die da, das da ist ihre Schwester. Die da, das da.

44

Maxie

Das war noch vor Victor Mature und Jeff Chandler und Johnny Weissmuller und Gary Cooper und John Wayne, und es war noch sehr lange vor Marilyn Monroe, obwohl ich Marilyn Monroe schon kannte, bevor ich telefonieren konnte. Ich muß allerdings dazusagen, daß ich das erst sehr spät konnte. In den ersten eineinhalb Jahrzehnten meines Lebens gab es anscheinend keinen Grund zum Telefonieren. Die Zeit noch vor Jeff Chandler und Marilyn Monroe war eine Zeit, in der man nicht ins Kino ging, weil man irgendwelche bestimmten Schauspieler sehen wollte. Man ging ins Kino, weil das Leben manchmal ziemlich langweilig war, oder weil man gerade nichts Besseres zu tun hatte oder weil einen jemand fragte, ob man mit ins Kino gehen wollte.

Wir waren sechs oder sieben Jahre alt. Oder fünf. Ich glaube fünf. Meine Freundin und ich hatten gerade auf eine sehr elegante Weise ein schickes rotes Tretauto aus einem Spielzeugladen gestohlen. Wie Bonnie und Clyde in der Zeit, in der sie noch keine Schußwaffen benutzten, fuhren wir so lässig und mit einer so großen Selbstverständlichkeit aus dem Laden, daß eine der Verkäuferinnen uns auch noch die Tür aufhielt, als wir über die schiefe Ebene auf die Straße hinausfuhren. Ja, ich glaube, wir waren fünf. Faye Dunaway muß damals zehn gewesen sein.

Wir hatten zu Hause ein schwarzes Grammophonschränkchen und vielleicht drei oder vier Schallplatten. Schellackplatten. Der Plattenspieler und die anderen Schallplatten müssen irgendwann im Durcheinander des Kriegs verlorengegangen sein. Wir stellten uns die Musik auf den Platten vor und wie schön das gewesen wäre, wenn wir sie hätten hören können. Auf zwei der Platten war ein Hund abgebildet. Es waren Platten von RCA Victor: *His Master's Voice*. Ein Hund saß vor einem Grammophontrichter und hörte Musik. Wir dachten allerdings, auf den Schallplatten würde ein Hund singen. Der Hund ist ja so abgebildet, daß die Schnauze und nicht das Ohr zum Trichter zeigt. So abwegig war dieser Gedanke also gar nicht, und wir redeten lange darüber, wie das wohl klingen konnte, wenn ein Hund ein Lied sang. Wir dachten sehr lange darüber nach, weil wir viel Zeit hatten. Wir hatten keine sieben oder zwölf oder zwanzig oder noch mehr Programme, zwischen denen wir herumschalten konnten. Wir hatten nur ein Programm. Unser Leben. Man kann sagen, daß wir im Unterschied zu den nachfolgenden Generationen überhaupt nichts über Waschmittel wußten, außer natürlich, daß im Krieg und noch danach Kinder in Persilschachteln beerdigt wurden.

In einer kleinen Stadt kann man ein gestohlenes Auto nicht sehr lange behalten, noch dazu, wenn es rot ist. Das ist ein Nachteil an kleinen Städten. Meine Freundin und ich waren gerade mal um den Häuserblock gefahren und hatten die anderen Kinder in unserer Straße auch eine Runde fahren lassen, als die Verkäuferin, die uns die Tür aufgehalten hatte, angelaufen kam und uns das Auto wieder abnahm. Sie machte uns allerdings keine großen Vorwürfe. Schließlich hatte sie uns ja die Tür aufgehalten. Und so war aus etwas, das wie ein ewiges, endloses Vergnügen aussah, nur eine Probefahrt geworden.

Wir waren sehr schnell aus einer wirklichen Welt, in der man mit einem wirklichen Auto fahren konnte, wieder zurückgeworfen worden in eine Welt, in der man nicht so genau wußte, wie das klang, wenn Hunde sangen. In eine Welt, in der wir glaubten, daß es kleine Männchen waren, die im Radio Musik machten und die Nachrichten sprachen. Kleine Männchen, die den Geigenbogen führten und am Klavier saßen.

Es war die Zeit vor Victor Mature, Jeff Chandler und Johnny Weissmuller, und ich ging mit meiner Freundin ins Kino. Es muß einer der ersten Filme in meinem Leben gewesen sein. Das Geld dafür, fünfzig Pfennig, zweimal fünfzig Pfennig, war uns irgendwie in die Hände gefallen, und ich bin jetzt ziemlich sicher, daß wir fünf Jahre alt waren. Der Film, in den wir gingen, hieß *Maxie*. Es war ein Film über ein Mädchen, das eine Schlägermütze trug und fast aussah wie ein Junge. Sie benahm sich auch fast wie ein Junge. Ziemlich genauso wie das Mädchen, das im Kino neben mir saß. Sie machte eine Menge Sachen, die den anderen Mädchen nur im Traum eingefallen wären.

Ich weiß nicht mehr viel von dem Film, aber ich glaube, das Mädchen in dem Film war ein Flüchtlingsmädchen, das keine Eltern mehr hatte. Das Mädchen hieß natürlich genauso wie der Film: Maxie, und es ist schade, daß ich fast nichts mehr über sie weiß und daß ich das Ende des Films nicht mehr erlebt habe. Ich weiß nur noch, daß sie gegen Ende des Films auf einer Eisenbahnbrücke stand und sich umbringen wollte. Ja, ich glaube, sie stand auf dieser Brücke, weil sie sich umbringen wollte. Sie wollte sich vor den Zug werfen. Das Kino war voll von Kindern, denen irgendwie fünfzig Pfennig in die Hand gefallen waren, und sie mußten jetzt mit ansehen, wie ein Mädchen sich umbrachte, das nicht viel älter war als sie.

Aber bevor das noch passieren konnte, nahm das Mädchen, das neben mir saß, meine Hand und riß mich hoch. »Nein!« schrie sie. »Nein! Nein! Nein!«, und ich schrie mit ihr zusammen. Wir rannten aus unserer Reihe auf den Gang hinaus und nach hinten zum Eingang, den wir hereingekommen waren. Und während wir rannten, brüllten wir die ganze Zeit. Als wir am Ausgang, der eigentlich der Eingang war, angekommen waren, drehte ich mich noch einmal kurz um. Das Mädchen Maxie stand immer noch auf der Brücke, und man hörte den Zug schon kommen. Wir stießen die Tür auf und rannten schreiend hinaus, drückten uns zwischen den Leuten hindurch, die schon auf die nächste Vorstellung warteten. Ich glaube, wir kamen ihnen vor wie zwei Geisterkinder, die aus einem Gruselfilm von der Leinwand unter die Zuschauer gesprungen waren.

Das war wahrscheinlich ungefähr siebzehn Jahre, nachdem Bonnie und Clyde 1934 erschossen worden waren, und ungefähr siebzehn Jahre, bevor sie 1967 im Kino noch einmal erschossen wurden. Vielleicht rannten wir genau in dem Augenblick in den fünfziger Jahren aus dem Kino, der in der Mitte zwischen den beiden fürchterlichen Augenblicken lag, in denen Bonnie und Clyde erschossen wurden.

Ich bin seit den frühen fünfziger Jahren noch oft mit Mädchen und Frauen im Kino gewesen, und ich glaube, ich habe immer darauf gewartet, daß sie irgendwann während des Films meine Hand nehmen und mit mir zusammen aus den Kino rennen. Es ist nie passiert. Wir waren ein paarmal sehr dicht dran, aber wir haben es nie getan.

Es ist eine seltsame Erfahrung, die mir das alles wieder ins Gedächtnis zurückbringt: Ich bin gestern auf einer Reise nach vielen Jahren wieder vor dieser Telefonzelle gestanden, aus der ich zum ersten Mal in meinem Leben telefoniert habe, als ich sechzehn war und Marilyn Monroe schon einige Zeit kannte. Es ist natürlich nicht mehr dieselbe Zelle. Sie ist wahrscheinlich schon zweimal durch eine neue ersetzt worden, aber die neuen Zellen standen immer genau an der Stelle der alten, und gestern, da an dieser Stelle, war das wie bei einem Erdbeben oder bei einem Rausch (was für den, den es erwischt, keinen Unterschied macht). Ich war keinen Tag älter als an dem Tag, an dem es nach etwas mehr als eineinhalb Jahrzehnten zum ersten Mal in meinem Leben einen Grund zum Telefonieren gab. Ich stand vor dieser Telefonzelle wie jemand, der aus dem Mittelalter ins zwanzigste Jahrhundert geschleudert worden ist, atemlos wie ein Kind, das darauf wartet, daß im nächsten Augenblick – JETZT GLEICH! – ein Hund vor einem riesigen Trichter zu singen anfängt. Atemlos und verrückt wie zwei Kinder, die entsetzt aus einem dunklen Kinosaal laufen, während hinter ihnen Bonnie und Clyde schreien und wimmern und die Polizisten wie bei einer fürchterlichen Hinrichtung nicht aufhören, sie zu erschießen.

45

SCHÖNER ALS DIE SCHNELLEN RUDER UNSERER FLOTTE

Donnerstag

Jetzt sind es noch drei Tage, dann holt er mich hier raus. Heute ist Donnerstag, der zwanzigste. Dann kommt noch Freitag, und dann Samstag, und am Sonntag holt er mich hier raus. Am Sonntag, den dreiundzwanzigsten. Und dann fahren wir zu ihnen nach Hause. Für Weihnachten. Für Silvester. Für eine ganze Woche. Und vielleicht noch für ein bißchen länger.

Eigentlich ist es ja gar nicht so schlecht hier. Ich meine, wenn man aus Holz oder aus Beton ist, dann ist es vielleicht gar nicht so schlecht. Es ist nicht so gut, wie es in der Stadt war, und da war es auch schon schlecht, aber eben nicht so schlecht wie hier. Alte Leute gehören in die Stadt und nicht aufs Land.

Ich will ins Café gehen können oder in irgendein Kaufhaus, und ich will auf der Straße irgendjemanden treffen, den ich kenne, und ich will, daß mich ab und zu ein Tourist fragt, wie er zum Dom kommt, und ich will einem von diesen Pennern eine Mark geben oder zwei, wenn ich einen guten Tag habe. Ich will den Leuten beim Leben zuschauen, wenn ich schon selber nicht mehr leben kann.

Aber wir mußten alle hier rausziehen, weil sie das Heim in der Stadt umbauen. Es wird wahrscheinlich eine ganz hypermoderne Angelegenheit, die niemand mehr bezahlen kann. Es dauert drei

Jahre, bis sie mit dem Umbau fertig sind. Eine sehr komfortable Endstation.

Ich komme wohl nicht mehr in die Stadt zurück. Ich glaube, daß ich in der Zeit hier draußen sterbe. Das Haus, in das wir hier umquartiert worden sind, war früher ein Heim für schwer erziehbare Mädchen, für »gefallene Mädchen«, wie die Schwestern hier augenzwinkernd sagen. Alle hier sagen das augenzwinkernd. Ich glaube, ich tu das auch. Eigentlich ist es hier auch ziemlich komfortabel. Wir haben im Garten einen großen Swimmingpool, der ausschließlich von den Schwestern benutzt wird, und hinter der ganzen Anlage gibt es sogar einen Tennisplatz, der zum Heim gehört. Kann man »gefallene Mädchen« mit solchen Tröstungen ablenken?

Alle sagen, daß ich mich zurückziehe, mich zu sehr isoliere. Aber ich bin unglücklich, und ich will keine Gesellschaft, die dauernd nur vom Tod redet. Ich bin unglücklich und einsam. Einsam und wütend und hilflos.

Aber in drei Tagen kommt er und holt mich hier raus. Ich bin fast wie ein Kind, weil ich es kaum mehr erwarten kann. Seit Montag packe ich jeden Tag ein bißchen was in den Koffer. Seit Montag, den siebzehnten. Damit mir die Zeit nicht so lang wird. Zuerst zwei Paar Strümpfe. Am Dienstag hab ich zwei Nachthemden eingepackt. Gestern, am Mittwoch, ein bißchen Unterwäsche. Und heute will ich eigentlich das Kleid einpacken, das ich Weihnachten anziehe. Aber das verknittert vielleicht zu sehr. Es ist besser, wenn ich heute den Schmuck nehme.

Und dann geh ich ins Bett. Ich hab jetzt zwei Telefone auf meinem Nachtkästchen stehen, weil mich seit ungefähr Mitte September jetzt nachts immer diese Frau anruft. Jede Nacht, wenn ich ins Bett gehe, freu ich mich auf ihren Anruf. Manchmal ruft sie um Mitternacht an und manchmal um zwei Uhr morgens. Das stört mich nicht, weil ich sowieso kaum schlafe.

Als sie das erste Mal angerufen hat, war es ungefähr zwei Uhr morgens. Das war vor drei Monaten. Ich mußte aufstehen, weil das Haustelefon klingelte, das auf dem Fensterbrett steht und nie benutzt wird. Ich wohne hier nämlich in einem der Zimmer, in denen früher die Erzieherinnen gewohnt haben, und die hatten alle ein Haustelefon und ein eigenes Klo und eine eigene Dusche. Daß es zwei Uhr morgens war, hat mich nicht sehr gestört, weil ich sowieso kaum schlafe, aber das Aufstehen in der Nacht fällt mir schon schwer. Das Bein, das sie mir vielleicht bald abnehmen müssen, hat unendlich weh getan. Ich habe mich am Telefon mit »Hallo« gemeldet, und sie murmelte irgendetwas vor sich hin, das ich nicht verstand. »Was ist los?« hab ich gesagt, und dann hat sie sich geräuspert und etwas gesagt, das sie seither schon ein paarmal gesagt hat, und deswegen weiß ich es auswendig und kann es hier aufschreiben, so wie ich inzwischen alles aufschreibe. Sie sagte: »Wenn du kommst, lege ich neue Kissen für dich hin, auf denen du ruhen kannst.«

Ich weiß inzwischen, daß es Gedichte sind, die sie nachts am Telefon immer aufsagt. Manchmal ändert sie die Gedichte, so als würde sie daran arbeiten und sie verbessern. Ich habe sie nicht gefragt, aber sie muß wohl auch in einem der Zimmer wohnen, in denen einmal die Erzieherinnen gewohnt haben, sonst könnte sie mich nicht über das Haustelefon anrufen. Wir haben nach diesem ersten Anruf noch ein bißchen geredet. Sie hat eine sehr angenehme Stimme, und sie sagte, wenn wir weiter miteinander telefonieren wollten, gäbe es eine Bedingung: Wir dürften nie über die Vergangenheit sprechen.

»Das ist schwer«, sagte ich zu ihr. »Es ist schwer, nicht über die Vergangenheit zu reden, wenn man alt ist.«

»Ich hab auch nicht gesagt, daß es einfach ist«, sagte sie.

»Wir haben doch praktisch keine Gegenwart mehr«, sagte ich. Und sie sagte: »Darum geht es ja. Aber du kannst ja mit allen anderen Leuten über die Vergangenheit reden.« Sie hat mich gleich von Anfang an geduzt, und ich hab nicht lange rumgetan, obwohl ich diese Duzerei eigentlich nicht mag.

Als sie in der Nacht darauf anrief, sagte sie ganz leise und klar: »Die Nacht ist jetzt / schon halb vorbei. Die Jugend / geht; ich lieg / allein im Bett.« Dann sagte sie eine Zeitlang gar nichts, so daß ich schon dachte, sie hätte eingehängt, und dann sagte sie: »Das ist schon über dreißig Jahre her.«

Damals, vor drei Monaten, hatte die Schule gerade wieder angefangen. Es war irgendwann Mitte September, und weil unser Tennisplatz ja nie benutzt wird, kamen jeden Tag irgendwann zwischen zwei und drei Uhr nachmittags ein paar Schüler und spielten da hinten Tennis. Ich mache um diese Zeit immer einen meiner Spaziergänge. Ich kann ja nicht mehr weit gehen – ich gehe um den Swimmingpool herum und durch den kleinen Garten und dann zum Tennisplatz. Dann tun mir die Beine schon wieder weh, und ich muß mich auf die Bank beim Tennisplatz setzen. Irgendwann habe ich damit angefangen, die Bälle für die jungen Leute einzusammeln. Ich war sozusagen ihr Ballmädchen, und wir fanden das alle sehr angenehm. Sie wissen nicht, wie ich heiße, und wir reden auch nicht viel miteinander. Ich bin für sie wahrscheinlich nur die alte Frau, die immer die Bälle einsammelt. Aber wir lächeln uns oft zu. Einmal bin ich ganz schnell davongegangen, weil ich gemerkt habe, daß mein rechter Strumpf völlig naß war. Ich leide ja seit einem Jahr unter Inkontinenz, und das geht manchmal so schnell, daß man nichts mehr tun kann. Ich möchte dann am liebsten sterben, so furchtbar ist das. Ich tauge ja noch nicht einmal mehr zum Ballmädchen und muß einfach davonlaufen.

Das haben hier im Heim viele Leute. Aber das macht es auch nicht viel besser. Ich halte mich hier zurück und rede nicht viel mit den anderen, aber ich weiß das trotzdem. Vor ein paar Wochen bin ich an einer offenen Klotür vorbeigegangen, und die arme Frau Lampert saß auf dem Boden neben der Kloschüssel, und eine Schwester stand daneben und versuchte, sie wieder aufzurichten. Und alles war voller Kacke. Die arme Frau Lampert hatte sich völlig ausgeblendet; ihr Gesicht war ganz ruhig und unbeteiligt, so als würde sie irgendein Bild in einer Zeitschrift anschauen oder als hätte sie eine Vision. Ab einem bestimmten Zeitpunkt verfällt unser Körper so schnell, daß er mit seinem eigenen Verfall nicht mehr mitkommt, daß wir es ganz einfach nicht mehr bis zur Kloschüssel schaffen. Ich wollte eigentlich reingehen und helfen, aber ich hätte wohl alles nur noch schlimmer gemacht. Das war schwieriger als Tennisbälle aufzusammeln.

Gleich in der ersten Woche, als die Anrufe über die Hausleitung kamen, fragte ich die Frau am Telefon, wie sie heiße, und sie sagte, sie heiße Magda. Ich finde das einen schönen Namen, und sie fand meinen Namen auch schön: Margot. In dieser Nacht sagte sie das Gedicht, das mir von allen am besten gefällt: »Hebt den Dachbalken hoch, Zimmerleute, / gleich kommt der Bräutigam daher, / größer als alle Männer.«

»Oh, ist das schön«, sagte ich, und dachte an ihn, der jetzt bald kommt und mich hier herausholt. In drei Tagen. Er kommt mit seiner schönen Frau und holt mich hier heraus. Und er ist ja auch wirklich groß. Weit über einsneunzig. Naja, nicht sehr weit über einsneunzig. Einsdreiundneunzig. Dann bin ich nicht mehr alleine. Dann bin ich hier weg. Dann muß ich zwei Wochen lang nicht mehr an den Alkoholikern vorbei.

Wenn man hier im Heim an dem Zimmer vorbeigeht, dessen Tür dauernd offensteht, weil vier alte Frauen da drin liegen, die eigentlich tot sind, aber noch nicht ganz tot, die immer nur im Bett liegen und sich nicht rühren und fast so weiß sind wie ihre Bettlaken, wenn man also an diesem Zimmer vorbeigeht und um die Ecke biegt, dann kommt man zum Getränkeautomaten, und um den Automaten herum sitzen immer fünf oder sechs oder noch mehr Leute, die den ganzen Tag Bier trinken. Es sind alles Frauen, alle so alt wie ich und noch älter, und der einzige Mann da beim Getränkeautomaten wohnt gar nicht im Heim. Er ist ungefähr sechzig Jahre alt und kommt, außer am Wochenende, jeden Vormittag mit dem Bus ins Heim und betrinkt sich zusammen mit den Frauen. Er tut die ganze Woche lang nichts anderes. Abends um fünf, wenn alle zum Abendessen gehen, fährt er mit dem Bus wieder nach Hause. Wahrscheinlich ist das ganze eine Perversion, die noch nirgendwo beschrieben worden ist: daß einer jeden Tag in ein Altersheim fährt und sich zusammen mit einem halben Dutzend Frauen betrinkt, die alle seine Mütter sein könnten.

Wenn ich von draußen komme oder aus dem Speisesaal, dann muß ich immer an den Alkoholikern vorbei. Und ich tu das nicht gerne, weil sie immer tuscheln, wenn ich vorbeikomme. Seit zwei Monaten lasse ich mir jetzt das Essen aufs Zimmer kommen, damit ich nicht so oft an ihnen vorbei muß.

Freitag

Hebt den Dachbalken hoch, Zimmerleute. Das ist wirklich wunderschön. Und jetzt sind es nur noch zwei Tage. Ich habe heute meinen Schal und ein Halstuch eingepackt und die ganze Zeit an den Augenblick gedacht, in dem er mich abholt. Und an den Augenblick, in dem das Auto aus dem Hof fährt und wir von hier verschwinden.

Magda hat schon lange klar gemacht, daß sie mich nicht sehen will. Wir wohnen im selben Haus und telefonieren jede Nacht miteinander, aber sie will nicht, daß wir uns sehen. »Es wäre vielleicht nur eine Enttäuschung«, hat sie einmal gesagt. Manchmal, wenn ich durch die Gänge gehe oder wenn ich ausnahmsweise im Speisesaal sitze, versuche ich, herauszufinden, wer sie sein könnte. Ich versuche, ein Gesicht für ihre Stimme zu finden. Ich habe allerdings hier noch kein Gesicht gesehen, das zu ihrer Stimme passen könnte.

Ich schreibe schon seit einem Monat immer alle ihre Gedichte auf, soweit ich mich an die Sachen erinnere. Heute nacht hat sie nur ein ganz kurzes gesagt: »Schmerz durchdringt/ mich Tropfen/ um Tropfen.« Ich denke an den Schmerz in meinem Bein, und daß sie es mir vielleicht bald abnehmen werden. Ich habe Angst davor. Dann kann ich nie wieder richtig gehen. Dann kann ich keine Tennisbälle mehr aufsammeln und muß im Rollstuhl durch die Gänge fahren, und während ich im Krankenhaus bin, sterben vielleicht viele Leute hier drin. Es stirbt ja praktisch jede Woche einer, aber das macht den Gedanken an den Tod auch nicht erträglicher. Und manchmal verschwinden die Leute einfach so. Zum Beispiel der Herr Sacher und die alte Frau Bachmann. Die beiden waren ein Liebespaar, und vor dem Zimmer von Herrn Sacher stand eine kleine Bank, und die zwei saßen fast den ganzen Tag da draußen vor seiner Tür nebeneinander und hielten sich an der Hand. Sie sagten nichts zu den Leuten, die vorbeigingen, und ich habe auch nie mitbekommen, daß sie miteinander redeten. Sie sind dagesessen wie ein Denkmal für irgendwas. Aber wenn man sie grüßte, dann nickten sie freundlich und lächelten. Sie wirkten ein kleines bißchen idiotisch, weil sie nie was gesagt und immer nur gelächelt haben. Und dann vor ein paar Monaten sind sie zusammen in ein größeres Zimmer gezogen. Und seither sehe ich sie praktisch nur noch im Speisesaal, wenn ich zufällig einmal doch nicht auf meinem Zimmer esse. Sie halten sich auch nicht mehr an der Hand. Sie kommen aus ihrem Zimmer, essen zusammen mit den anderen und gehen wieder in ihr Liebesnest zurück. Man könnte sagen, daß mit dem Umzug der beiden die Liebe aus unserem Heim verschwunden ist. Sie ist nicht mehr zu sehen. Das einzige, was jetzt noch an die Liebe erinnert, ist dieser perverse Alkoholiker mit seinen vielen Weibern. Und natürlich etwas in mir, das ganz leise dröhnt: *Hebt den Dachbalken hoch, Zimmerleute.*

Ich finde das auch ganz richtig, daß Leute, die sich lieben, miteinander verschwinden. Das ist eine Sache für zwei. Heute ist es ja oft so, daß in einem Zimmer die Eltern miteinander vögeln und im andern Zimmer die Kinder. Ich bin ja vielleicht altmodisch, aber ich finde, das sind Hausschweinmanieren. Ein bißchen Distanz und Risiko gehört schon dazu, und es ist manchmal nicht einfach, einen Platz für die Liebe zu finden, wenn nicht die ganze Verwandtschaft dabei Zeuge sein soll. Ohrenzeuge oder Augenzeuge oder auch einfach nur spekulierender Phantasiezeuge. Nein, ich bin nicht altmodisch. Das ist nicht wahr. Es ist nur wahrscheinlich so, daß es für die einen die Liebe gibt und für die anderen eben diese Hausschweinvögelei. Sela. Psalmenende.

Ich gehe jetzt immer zweimal die Woche in den ersten Stock hinauf und mache einen Besuch bei Frau Plautus. Sie ist vor sechs Wochen nach oben verlegt worden. Wohnt in einem Zimmer mit drei anderen Frauen, die auch völlig verkalkt sind. Sie liegen nicht im Bett und sind ganz normal angezogen, aber sie sind eigentlich auch nicht mehr da, wie die vier Frauen im Erdgeschoß, die fast so weiß sind wie ihre Laken. Und vor ein paar Monaten haben Frau Plautus und ich immer noch Sekt zusammen getrunken. Als ich heute in ihr Zimmer gekommen bin, sind sie alle vier vor dem Fernseher gesessen, auf dem nur das Testbild zu sehen war. »Ich stell euch ein richtiges Programm ein«, sagte ich, aber Frau Plautus sagte: »Laß nur, das ist schon gut so.« Ich fand das wirklich schlimm da oben; jetzt gibt es am Fernsehen sowieso kaum mehr ein Testbild, weil sie ja die ganze Zeit irgendeinen Mist senden, Tag und Nacht, und die vier da oben müssen ausgerechnet den Sender einschalten, auf dem gerade das Testbild gesendet wird.

Ich habe Frau Plautus einen Pikkolo mitgebracht, den wir zusammen getrunken haben. Früher war es immer eine halbe Flasche für uns zwei. Die anderen haben uns beim Trinken zugeschaut. Sie wollten nichts haben, und es hätte ja auch gar nicht gereicht. Zwischendrin war es einmal sehr komisch: »Du, Rosi«, sagt eine von ihnen zu Frau Plautus, die Eva heißt. Sie glauben, daß in ihrem Zimmer ganz andere Leute sind.

Als ich wieder auf mein Zimmer zurückgegangen bin, an den anderen toten Frauen und den Alkoholikern vorbei, bin ich noch einmal umgekehrt, weil ich im Zimmer mit den vier todweißen Frauen eine Stimme gehört hatte. Wenigstens war es mir so vorgekommen. Ich bin in das Zimmer gegangen und war ganz leise, und dann habe ich gesehen, wie der Mund von einer der Frauen sich bewegte. Was sie sagte, war leiser als ein Flüstern, aber nach einer Weile verstand ich es. Sie sagte, flüsterte, hauchte: »Vater....... Mutter...... Vater....... Mutter.......« Immer nur diese zwei Wörter. Immer und immer.

Ich habe heute nacht Magda davon erzählt. »Ach ja«, sagte sie. »Dann dauert es nicht mehr lange. Das ist ein Zeichen, daß sie stirbt. Es dauert vielleicht noch ein paar Tage. Ich kenne das.« Es ist seltsam, daß ich daran nie gedacht habe. Als Frederick starb, war es genauso. Er hat in den letzten Tagen, als er schon nicht mehr richtig da war, immer »Mutter... Mutter« gestöhnt und »Vater... Vater«. Ich bin neben ihm gesessen und habe seine Hand gehalten, Tag und Nacht. Aber er hat nur an seine Eltern gedacht. Ich bin neben ihm gesessen und hab ihn gestreichelt und geküßt, und er hat immer nur »Mutter... Mutter« gestöhnt und »Vater... Vater«. Das war ganz furchtbar für mich. Ich war überhaupt nicht da für ihn. Er wollte nicht Abschied nehmen von mir. Es gab mich gar nicht. Er wollte nur zu diesen beiden Leuten. Von allen Leuten auf der Welt! Ausgerechnet! Sein Vater war ein alter Nazi und seine Mutter eine blöde hysterische Gans, die nie irgendwo schuldig werden konnte. Ich habe mit beiden nie etwas anfangen können, und Frederick eigentlich auch nicht, und dann, als es ans Sterben ging, wollte er zu diesen beiden Leuten. Es war einfach schrecklich. Ich habe am Schluß seine Hand gehalten, und er hat mir die Hand gedrückt, so als würde er mir ein Trinkgeld geben. Das war alles. Und das ist also der Tod, habe ich gedacht. Du stirbst und willst nichts anderes mehr, als die Ewigkeit mit einem Exnazi und einer hysterischen Gans verbringen. Ich bin mir ganz verloren vorgekommen da in dieser Todesstunde. Ist denn die Liebe gar nichts? Geht denn am Ende die Fahrt wieder zu Papa und Mama, auch wenn wir sie gar nicht gemocht haben? »*Aus Angst, dich zu verlieren*«, hat Magda einmal nachts durchs Telefon geflüstert. »*Aus Angst, dich zu verlieren / bin ich hinter dir hergerannt / wie ein kleines Mädchen / hinter der Mutter.*«

Als Frederick tot war, bin ich alt geworden. Es ist ja auch vorher schon passiert, sogar schon, als ich noch viel jünger war, aber nach Fredericks Tod war es die meiste Zeit so: Der Lack war ab. Der Lack der Welt. Sie hatte ihren ganzen Glanz verloren. Ich konnte mich an nichts mehr freuen. Alles war stumpf und taub, und ein Musikstück, das mich früher umgehauen hat, war jetzt bloß noch wie irgendeine Tapetenmusik in einem Kaufhaus. Das Leben war nur noch wie eine gleichgültige Rolltreppe in einem Kaufhaus.

Letzte Woche war der Pfarrer hier. Ich habe ihm gesagt, daß ich am liebsten ins Wasser gehen würde, und er hat gesagt: »Dann gehn Sie doch. Da unten ist gleich der Fluß.« Er ist einer von diesen modernen Pfarrern, denen irgendjemand beigebracht hat, daß man mit Schocktherapien ganz gute Ergebnisse erzielen kann. Und ich bin wirklich am nächsten Tag nach dem Abendessen, als es schon dunkel war, zum Fluß hinuntergegangen. Es sind ja nur ein paar hundert Meter. Ein bißchen weiter als bis zum Tennisplatz. Aber es ist nicht so leicht, ins Wasser zu gehen. Es ist nicht so einfach, sich umzubringen. Für einen Pfarrer redet sich sowas leicht daher. Und außerdem ist ja bald Weihnachten, und ich werde hier rausgeholt. Danach sehen wir weiter.

Samstag

Gestern abend war Weihnachtsfeier, weil ja heute schon die ersten von ihren Kindern oder Verwandten nach Hause geholt werden. Wir haben einen riesigen Christbaum, und wir haben ja auch alle etwas geschenkt bekommen, Lebkuchen und Zimtsterne und Äpfel und Nüsse und so, Nüsse, die die meisten nicht mehr knacken können, und der Bürgermeister war auch hier, damit die Zeitung heute ein Photo von ihm bringen kann, und ich hab die ganze Zeit gedacht, *Nur noch zwei Nächte, dann kommt er und holt mich hier raus,* und als die andern ihre Weihnachtslieder gesungen haben, habe ich zwar mitgesungen, aber ich hab die ganze Zeit nur an ihn gedacht. Als wir gesungen haben *Macht hoch die Tür, die Tor' macht weit*, habe ich die ganze Zeit gedacht: *Hebt den Dachbalken hoch, Zimmerleute.* Sie haben alle gesungen und geredet und gelächelt, und ich bin nur dagesessen und hab gedacht: *Hebt den Dachbalken hoch, Zimmerleute, / gleich kommt der Bräutigam daher, / größer als alle Männer.*

Oh ja, es war eine schöne Weihnachtsfeier. Als Magda heute nacht angerufen hat, habe ich sie gefragt, ob ihr die Feier auch gefallen habe, weil ich wissen wollte, ob sie überhaupt da war, aber sie machte bloß eine komische Bemerkung. Sie sagte: »Ich hab dich singen hören.« Und dann fragte sie: »Was hast du denn heute eingepackt?« – »Ach«, habe ich gesagt, »nur meine Strickjacke, aber die zieh ich wahrscheinlich für die Fahrt an. Und ich hab die Weihnachtsgeschenke alle eingepackt und in eine Plastiktüte gesteckt.«

Magda bleibt hier im Heim. Sie ist ganz alleine auf der Welt. Deshalb sagte ich ihr auch, daß ich auf die Weihnachtskarte eines ihrer Gedichte geschrieben hatte, und »Willst du wissen, was für eins?«

»Ja«, sagte sie.

»Das längste«, sagte ich. »*Manche sagen, ein Reitertrupp, / andere die Fußtruppen, wieder andere / behaupten, die schnellen Ruder / unserer Flotte seien der schönste / Anblick auf der dunklen Erde; ich aber sage, / das, was man liebt, ist das Schönste.*«

»Ach ja«, sagte sie. »Der Lack der Welt.«

»Ja«, sagte ich. »Der Lack der Welt. Er ist auf einmal wieder da.« Und dann dachte ich: Und auf einmal ist er wieder ab.

Sonntag

In der Nacht hat Magda sich von mir verabschiedet. Ich wollte sie trösten und sagte, daß ich ja bald wieder da wäre, und gleichzeitig dachte ich, daß ich hoffentlich nie wieder zurückkommen würde, und dann hatte ich wieder ein schlechtes Gewissen, weil das ja bedeutete, daß ich Magda allein ließ, Magda, von der ich gar nicht weiß, wie sie aussieht. Ich hätte heulen können da am Telefon.

Es ist jetzt fast zwölf Uhr mittags, und zwischen zwölf und zwei wollten sie kommen und mich holen. Ich habe jetzt meinen Koffer nochmal ausgepackt und nachgeschaut, ob ich auch nichts vergessen habe. Und ich hätte auch fast etwas vergessen: ein zweites Paar Schuhe. Auch wenn ich nicht mehr weit gehen kann, zwei Paar Schuhe muß man immer dabei haben. Ich will auch heute nichts mehr essen, bis sie kommen. Ich könnte auch gar nichts essen, und morgen ist Weihnachten, Heiliger Abend, und sie werden sicher einen großen Christbaum haben, und die Kinder werden da sein, und ich kann Magda gar nichts zu Weihnachten schenken, weil sie nur mit mir telefonieren will, mich nicht sehen will und nicht will, daß ich sie sehe, und wir werden uns alle küssen und umarmen, es gibt ja hier niemanden, den ich umarmen könnte, und Weihnachten ist ja noch gar nicht das Ende. Dann kommt der erste Feiertag und der zweite und dann Silvester und Neujahr und die Tage dazwischen und die Tage danach, und ich muß aufpassen, daß ich ihnen nicht auf die Nerven gehe, aber ich bin ja eine kluge Frau, die weiß, daß es mit dem Glück eine schwierige Sache ist. Der alte Herr Möller hat auf der Weihnachtsfeier zu mir gesagt: »Morgen holt mich mein Sohn ab, und ich freu mich schon wahnsinnig darauf, aber ich weiß, daß wir uns vielleicht schon auf der Hinfahrt im Auto auf die Nerven gehen. Das größte Glück bei diesen Dingen ist die Freude davor. Die muß man genießen.« Er ist gar nicht dumm, der Herr Möller, aber uns wird das nicht passieren, uns wird das ganz bestimmt nicht passieren, und ich bleibe jetzt hier sitzen und warte und schreibe. Ich will gar nichts anderes tun. Ich schreibe und warte und warte schreibend, und ich schreibe so lange, bis es an die Tür klopft. Ich schreibe, bis sie kommen.

46

Zimmer 21

Ich sitze jetzt schon die dritte Nacht in diesem Kellerlokal irgendwo in Amerika, das gleichzeitig eine Bühne für Komödianten, ein Auftrittsort für Sänger und ein Kino ist. Gestern abend war eine junge Sängerin hier, die alle die alten Sachen sang, *A Case of You* und *Blue Motel Room* und *The Last Time I Saw Richard.* Sie sang, als wäre die Zeit stehengeblieben, oder als hätte sie sich erfüllt: *All romantics meet the same fate someday / cynical and drunk and boring someone in some dark cafe.*

Sie sang alle die Sachen, die unser Leben definieren, und zum Schluß sang sie noch *Under the Boardwalk*, eines von den großen naiven Liedern, bei denen das Zentrum der Welt ganz leise zu dröhnen anfängt. Nur Rickie Lee Jones kann das besser singen als die junge Frau in diesem Kellerlokal. Aber bei ihr ist es schon fast wie ein religiöses Lied. Nirgendwo kann man das leise Dröhnen im Zentrum der Welt besser hören als bei ihr.

Ich wollte nach ihrem Auftritt noch mit der jungen Sängerin reden, aber dann überlegte ich es mir anders und schaute ihr dabei zu, wie sie sich ein paar Tische weiter mit anderen Leuten unterhielt. Einer der Männer am Tisch war der Komödiant, der vorgestern hier seinen Auftritt hatte. Er erzählte etwas über Groucho Marx, das ich nicht verstehen konnte, weil ich zu weit entfernt saß, aber alle am Tisch lachten, und die Unterhaltung wurde immer lauter, und dann konnte ich auch etwas verstehen. Sie redeten über Doris Day, die ja den Spitznamen »die ewige Jungfrau« trägt, und der Komödiant erzählte, daß Groucho Marx einmal gesagt hatte: »Ich bin schon so lange auf der Welt, daß ich mich noch an die Zeit erinnere, als Doris Day noch keine Jungfrau war.« Ja, sie hatten sehr viel Spaß da drüben an ihrem Tisch. Ich glaube, im Paradies machen sie auch keine besseren Witze.

Die junge Sängerin war heute abend auch wieder da. Als ich sie in dem Kellerlokal entdeckte, mußte ich an Doris Day denken und fühlte mich gleich sehr wohl. Ich hatte das Gefühl, wir wären beide nur geboren, um diesen Abend hier zusammen zu verbringen. Ich habe dieses Gefühl schon öfter in meinem Leben gehabt. Vielleicht ist es so, daß wir manchmal, wenn wir sehr glücklich sind, allen Leuten gehören, und die Leute spüren das auch. Sie können es vielleicht nicht ausdrücken, aber sie spüren es. Wir würden uns jetzt zusammen einen Film anschauen. Ich und alle die Leute, denen ich heute abend gehörte, und natürlich die junge Sängerin, die ja eigens dafür geboren war, diesen Abend mit mir zu verbringen und sich deshalb auch nur vier Plätze von mir entfernt hingesetzt hat.

Der Film handelte von einem Mann, der durch den ganzen amerikanischen Kontinent reist, um eine Frau zu finden, die er verloren hat. Es ist eine alte amerikanische Geschichte, voll von Greyhound-Bussen, schäbigen Zimmern, schätterigen Autos und riesigen leeren Landschaften. Wir alle kennen diese Geschichten, und wir wissen, daß sie meistens nicht gut ausgehen.

Als der Mann die Frau aufgespürt hat, nimmt er sich in ihrer Stadt eines von diesen schäbigen Zimmern, die irgendwelche alten Frauen vermieten und in denen es nur ein altes Waschbecken gibt, aus dem es so stinkt, daß man schon morgens beim Zähneputzen kotzen muß. Das Zimmer hat nicht einmal ein Telefon. Am seinem zweiten Abend in der Stadt will er die Frau anrufen. Wir sehen den Mann eine Straße entlang auf eine Telefonzelle zugehen, und als er dann vor der Telefonzelle steht, wissen wir alle, daß er von dieser Zelle aus die Frau nicht anrufen kann. Er kann nach all diesen Jahren nicht mit ihr sprechen, während ihm Leute dabei zuschauen können oder während ihn jemand beim wichtigsten Anruf seines Lebens stören kann. Jemand, der an die Scheibe der Zelle klopft, weil vielleicht nur schnell mit seiner Frau telefonieren und fragen will, ob er noch ein paar Eier einkaufen soll.

Der Regisseur hat das sehr gut gemacht: Wir sehen die Telefonzelle, und dann sehen wir das fassungslose Gesicht des Mannes und dann sehen wir das Waschbecken in seinem Zimmer. Es ist voll rotgrüner Kotze, und dann sehen wir, wie der Mann in ein billiges Hotel geht. Er hat natürlich Probleme, weil er kein Gepäck bei sich hat, aber er erzählt dem Mann an der Rezeption, daß er das Zimmer für zwei australische Freunde mieten wolle – ein Ehepaar, das wohl gleich oder in den nächsten Stunden ankommen müsse. Und er bezahlt auch gleich für das Zimmer, das er nur gemietet hat, um ungestört telefonieren zu können. Es ist das Zimmer 21.

Es dauert sehr lange, bis der Mann die Frau anruft, die er über so viele Jahre hinweg gesucht hat, und was die beiden nach dem ersten Schock miteinander reden, ist auch eine alte amerikanische Geschichte, in der die Spuren eines ganzen Lebens ausgelöscht werden, bis nichts mehr übrigbleibt, das irgendwie Gewicht hätte. Bis alles so ist, daß man keinen Kratzer mehr hinterläßt auf der Welt.

Während draußen auf der Leinwand die Zerstörung unaufhörlich voranging, schaute ich zu der jungen Sängerin hinüber. Ich schaute sie so lange an, bis sie zurückschaute. Ich sah, daß sie meinen Blick überhaupt nicht aufdringlich fand. Schließlich waren wir für diesen Abend geboren. Und jetzt, in diesem Augenblick, merkte sie das auch. Die Leute, die zwischen uns saßen, wurden unruhig, weil sie spürten, daß etwas passierte, das nicht zu dem Film gehörte, und wir schauten beide wieder nach vorne zur Leinwand.

Ich weiß, was sie dachte, weil sie bestimmt dasselbe dachte wie ich: Wir sind alle schon einmal in so einem Zimmer 21 gewesen, sonst könnten wir dieses Dröhnen nicht hören, dieses leise Dröhnen im Zentrum der Welt. Das Dröhnen des Glücks.

Draußen auf der Leinwand drückte der Mann auf Zimmer 21 seine letzte Zigarette aus und ging auf den Flur hinaus. Er verließ für immer die größte Telefonzelle der Welt und ging die Treppe zur Rezeption hinunter.

Der Drehbuchautor hat diesen Schluß sehr ruhig und intelligent konzipiert: Der Mann gibt die Schlüssel ab und sagt, er müsse jetzt gehen. Seine australischen Freunde kämen vielleicht in ein paar Stunden. Und wenn sie nicht kämen, dann hätten sie sich wohl irgendwo in der Gegend verfahren. Er lächelt belustigt und nachsichtig. Aber das Zimmer sei ja bezahlt. Er habe oben telefoniert, sagt er, und er wolle das Telefonat gleich bezahlen. Er zieht seinen Geldbeutel aus der Tasche und bezahlt sein Telefonat. Er ist jetzt dem Hotel nichts mehr schuldig. Sie werden schon morgen nachmittag nicht mehr an ihn denken. Das ist die letzte Spur, die er löscht.

47

Der Lektor

Der Lektor arbeitet schon seit Wochen an den Tagebüchern seines Freundes, die er herausgeben soll. Er liest die kleinen blauen Hefte mit der Spirale, die er schon ein paarmal gelesen hat, und überträgt den Text auf seinen Computer. Zwischendurch schreibt er biographische Anmerkungen in den Text hinein, Dinge, an die er sich erinnern kann oder die er miterlebt hat. Manchmal denkt er, daß Freunde für solche Arbeiten nicht die richtigen Leute sind. Außerdem hätte der Autor nicht gewollt, daß diese Tagebücher veröffentlicht werden.

Sein Freund, der Autor, hat in irgendeinem der Hefte einmal notiert: »Ich bin ein warmer Freund der Dichterwitwen. Nichts, was hier drin ist, gehört in die Öffentlichkeit.« Und das hieß doch, daß man – wenn man schon gegen diesen Wunsch verstieß und die Sachen veröffentlichte – auch etwas aus den Tagebüchern verschwinden lassen konnte. Was ist schon die Wahrheit über einen Menschen? Er, der Lektor, hatte gerade letzte Woche auf einer Treppe zur U-Bahn hinunter eine Auseinandersetzung mit einem Rocker gehabt, der durch ihn hindurch die Treppe hinuntergehen wollte, die der Lektor gerade heraufkam. Er hatte schließlich nachgegeben, weil der Anlaß keine Schlägerei lohnte, aber als er an dem Rocker vorbeiging, hatte er gedacht: *Wenn ich mich jetzt umdrehe und ihm einen Nierenhaken gebe und ihn die Trep-*

pe hinunterschubse, dann sieht das kein Mensch. Es gibt einfach eine Ratte weniger.

Er hatte es nicht getan. Aber war das jetzt die Wahrheit über ihn? Wenn er es getan hätte, und er hätte es fast getan, wäre das dann, diese Mordgeschichte, die Wahrheit über ihn gewesen? Das Verheimlichen? Die Angst, entdeckt zu werden? Er hatte seit dieser Geschichte auf der Treppe, in diesen paar Tagen, oft darüber nachgedacht, und er war ganz sicher, daß er sich in so einem Fall nie stellen würde. Auch ein Prozeß, in dem er freigesprochen würde, wäre schon zuviel Aufwand gewesen. Für Leute, die meinen, sie könnten andere eine Steintreppe hinunterdrücken, war schon der geringste Aufwand zuviel.

Die Wahrheit ist wahrscheinlich, dachte er, daß wir jemanden umbringen können und hinterher nie wieder daran denken. Wenigstens nicht mit Reue oder Bedauern oder gar mit dem Bedürfnis, diesen Tod zu sühnen. Die Wahrheit ist aber auch, daß wir das nie tun, daß wir im letzten Augenblick zögern. Obwohl... wenn dieser Rocker zugeschlagen hätte, wenn er auch nur zum Schlag ausgeholt hätte, dann hätte er ihn diese Treppe hinuntergestoßen.

Er wandte sich jetzt wieder dem Tagebuch seines Freundes zu, in dem keine Gewalttägkeiten vorkamen, obwohl sein Freund nicht dafür bekannt gewesen war, daß er Konflikten aus dem Weg gegangen wäre. Aber er hatte nicht darüber geschrieben. Er hatte andere Sachen interessanter gefunden.

Der Lektor arbeitete jetzt an den Tagebüchern des Jahres 1976. Genau zehn Jahre später war sein Freund gestorben. Hier, unter dem 26. Juli 1976, stand:

»Noch einmal neu: Kleiner Plotvorschlag für höhere Töchter, die glauben, daß die wahre Liebe (das ist die, zu der sie eben so fähig sind) immer zum Scheitern verurteilt ist: Zwei Leute, sie sich ihr Leben lang bekämpfen, nur damit sie sich nicht lieben müssen. Ihre Liebe würde nicht lange dauern, und dann hätten sie sich für immer verloren. Der Krieg zwischen ihnen ist nichts als eine Form von Liebe, die dauert.«

Dann, unter demselben Datum, stand etwas, das er bis jetzt immer überlesen hatte und über das er jetzt schon die ganze Woche nachdachte. Er fand es kitschig. Er fand, sein Freund hätte das nicht schreiben sollen. Er hätte es denken können, aber er hätte es nicht schreiben dürfen. Und jetzt, in dieser Nacht, riß er das Blatt mit diesen beiden Einträgen aus den Spiralheft, knüllte es zusammen und warf es in den Papierkorb. Er zog die Papierrippe aus der Spirale heraus, so daß jetzt niemand mehr sehen konnte, daß in dem Heft ein Blatt fehlte. Dann stand er auf, holte das Papierknäuel wieder heraus, ging auf die Toilette und spülte es hinunter. Er fand, es mußte endgültig verschwinden.

Er ging in sein Zimmer zurück, schaltete den Computer aus, zog ein Sakko an und ging nach draußen auf die dunkle leere Straße. Er dachte über die seltsame Unberührbarkeit nach, über die sein Freund geschrieben hatte, die er nicht akzeptieren konnte, und die er so gut verstand, daß sie ihm kitschig vorkam. Und dann dachte er an die Zeit, in der er Cornelia kennengelernt hatte, die so schön war, daß er im ersten Augenblick gedacht hatte: *Lege mich wie ein Siegel auf dein Herz.* Noch bevor er ein Wort zu ihr gesagt hatte, war ihm das durch den Kopf gegangen. Ein Bibelzitat, das hier so klang wie etwas aus einer der kitschigeren Geschichten von Heinrich Böll.

Er war Cornelia aus dem Weg gegangen. Er wollte sie nicht unglücklich machen. Er hatte ein anderes Seminar belegt, obwohl er wußte, daß das keinen Sinn hatte. Er hätte in ein anderes Land gehen können, und es hätte keinen Sinn gehabt. Er wußte noch gut, wie er an einem Morgen nach dem Duschen nackt vor dem großen Spiegel im Badezimmer stand und leise vor sich hin sagte: »Die nicht. Das darfst du nicht tun. Die ist viel zu gut für dich.«

Eigentlich war dieser Augenblick da vor dem Spiegel genauso ein Augenblick, wie sein Freund ihn gehabt haben mußte, als er diese Bemerkung in sein Tagebuch geschrieben hatte, die es jetzt nicht mehr gab.

Der Lektor ging durch den Park und wieder in seine Wohnung zurück, setzte sich an den Computer und schrieb auf, was er von dem Tagebucheintrag seines Freundes noch im Kopf hatte, und wovon wir jetzt nicht wissen, ob es irgendwie authentisch ist. Aber das ist vielleicht auch nicht wichtig. Wenn wir nichts damit anfangen können, spielt es keine Rolle, ob es authentisch ist oder nicht. Oder?

Es ist sogar noch viel schlimmer: Wenn wir etwas damit anfangen können, spielt es auch keine Rolle. Der Lektor schrieb:

»Das Glück meiner ungeborenen Tochter. Das Glück, das darin liegt, daß sie nicht geboren ist. Ich wäre ein fürchterlicher Vater für eine Tochter geworden. Niemand, keiner wäre mir gut genug gewesen für sie. Niemand auf der Welt. Nicht einmal mein Sohn. Nicht einmal ich.«

48

Was ist passiert?

Ich habe ein Problem mit dem Telefonbuch, weil ich die Adresse von jemandem suche, der für zwei Jahre in den australischen Busch gegangen ist und mir nicht gesagt hat, wie ich ihn erreichen kann. Ich muß ihm etwas sehr Wichtiges schreiben.

Es kann nicht schwer sein, die Adresse herauszufinden, weil ich zwei Frauen kenne, die mir sicher weiterhelfen können. Sie sollten eigentlich die Adresse dieses Mannes im australischen Busch wissen, weil sie seine Schwestern sind. Ich sehe diese beiden Frauen nur sehr selten, obwohl ich sie sehr gerne mag, und nur weil ich sie so selten sehe, konnte es passieren, daß sie beide innerhalb der Stadt umgezogen sind, ohne daß ich ihre neuen Telefonnummern oder Adressen erfahren hätte. Kurz bevor er nach Australien gegangen ist, hat ihr Bruder mir noch gesagt, daß sie umgezogen sind.

Ich habe also beide unter ihren alten Telefonnummern angerufen, aber die Nachmieter wußten die neuen Nummern nicht, und sie wußten auch nicht, wo die beiden hingezogen waren. Im neuen Telefonbuch standen sie auch nicht, und als ich die Auskunft anrief, sagte man mir, daß diese Namen nicht im Computer sind. Es sind zwei sehr hübsche Namen. Jeder Computer könnte stolz darauf sein, der Hafen zweier solcher Namen zu sein, aber die Telekom-Computer mußten ihren Stolz aus einer anderen Quelle beziehen: Kein Eintrag.

Die beiden sind ein ganzes Stück jünger als ich, und sie leben mit zwei Männern zusammen, die auch ein ganzes Stück jünger sind. Wenigstens war das so, als man sie unter ihren alten Telefonnummern noch erreichen konnte. Ich hätte also jetzt ganz einfach die Namen dieser beiden jungen Männer im Telefonbuch nachschauen können, aber ich kenne die Familiennamen der beiden nicht, weil viele Leute ja heutzutage in vielen Zusammenhängen nur unter ihrem Vornamen existieren. Man könnte sagen, wir kennen uns so intim, daß wir nur unsere Vornamen voneinander wissen. Das ist ein Aspekt des sozialen Wandels, der in den Telefonbüchern noch nicht berücksichtigt worden ist.

Es war für mich also nicht möglich, die beiden Frauen über die Namen der Männer zu finden, mit denen sie zusammenleben. Ich weiß von ihrem Bruder, daß sie noch in München wohnen, und ich bin ziemlich sicher, daß sie ihr Telefon nicht aufgegeben haben, weil sie beide exzessive Telefoniererinnen sind. Sie sind nur bei ihrem Umzug ganz einfach hinter den beiden Männern verschwunden, mit denen sie zusammenleben.

Als mir das klar wurde, habe ich mich sehr gewundert. Die beiden sind ziemlich selbstbewußte und unabhängige Frauen. Ich gebe allerdings zu, daß ich mich bei der jüngeren Schwester etwas weniger gewundert habe als bei der älteren.

Als sie noch im Telefonbuch stand, war die jüngere Schwester mit einem Mann aus einem arabischen Land zusammen, so daß es sich beim Umzug vielleicht ganz automatisch ergeben hat, daß sie aus dem Telefonbuch und dem Telekom-Computer verschwunden ist. Sie telefoniert wahrscheinlich noch genauso exzessiv wie früher, aber sie ist öffentlich nicht mehr vorhanden.

Wenn Sie jetzt meinen, daß ich aus einem Vorurteil heraus so rede, haben Sie ganz recht. Ich glaube, daß arabische Männer sich im allgemeinen wenig darum kümmern, ob ihre Frauen im Telefonbuch stehen oder nicht. Das Seltsame ist, daß die Frauen sich ab einem bestimmten Zeitpunkt auch nicht mehr darum zu kümmern scheinen. Es wäre interessant, zu wissen, was arabischen Männern durch den Kopf geht, wenn sie ein Telefon beantragen. Ich bin einigermaßen sicher, daß mein Vorurteil die Wirklichkeit ziemlich genau trifft. Meine Vorurteile haben eine Trefferquote von durchschnittlich fünfundsiebzig Prozent. Das ist ziemlich viel. Mit der guten alten Methode der deduktiven Logik komme ich nicht annähernd so weit.

Ich habe noch ein anderes Vorurteil gehabt, das die ältere Schwester betraf. Sie ist eine dezidierte Feministin, und ich empfand eine ihrer Maximen immer als besonders verletzend: Sie hat oft und immer wieder gesagt, daß sie nie mit einem Mann unter einem Dach leben möchte. Ihr Vater genüge ihr schon. Andererseits war sie nie wirklich verbohrt. Sie fand zum Beispiel, daß eigentlich die Männer die Kinder erziehen sollten, weil Männer im Gegensatz zu den traditionellen Frauen *spielten*, und weil das für Kinder gut sei und weil auf der Welt sowieso zu wenig gespielt würde.

Sie ist eine sehr kluge und interessante Frau. Schließlich mag ich sie nicht wegen nichts. Sie sagt Sachen, die man von Feministinnen eigentlich nicht erwartet. Einmal hat sie ganz nebenbei bemerkt, daß viel mehr Frauen in Führungspositionen gehörten, weil Frauen weniger abhängig von ihren Gefühlen seien. Sie ist immer für eine Überraschung gut. Es muß eine Lust sein, mit so jemandem unter einem Dach zu leben, und der Biochemiker, dem das schließlich geglückt ist, hat das auch sehr zu schätzen gewußt. Er hat sie verehrt und bewundert, soweit ihm seine Arbeit Zeit dazu gelassen hat. Er heißt Maximilian oder Max, und ich gäbe jetzt viel darum, wenn ich auch seinen Familiennamen wüßte.

Sie hatte also – darum geht es schließlich hier – die besten Aussichten, bis zum Ende ihres Lebens im Telefonbuch und im Telekom-Computer zu existieren. Oder genauer gesagt: öffentlich vorhanden zu sein. Und das war genau das zweite Vorurteil, das ich hatte: Eine dezidierte Feministin, die mit einem westlich geprägten Biochemiker zusammenlebt, kann doch nicht so einfach hinter diesem Mann verschwinden.

Was ist passiert? Ich kann es mir nicht erklären. Ich finde keinen Grund, warum zwei selbstbewußte und unabhängige Frauen hinter zwei so freundlichen und netten Männern verschwinden können. Wie ist so etwas möglich? Ich kann mir das nicht denken, und ich muß eigentlich ganz dringend jemandem im australischen Busch etwas Wichtiges schreiben, aber ich kann seine beiden Schwestern nicht erreichen, die bestimmt seine Adresse wissen.

Soweit es mich betrifft, sind im Augenblick alle drei Geschwister unauffindbar. Diese drei, die ich so gerne mag, sind im Augenblick für mich alle im australischen Busch verschollen.

49

Atlantis

Sie waren alle überrascht, als sie es hörten. Und gleichzeitig war es gar nicht anders vorstellbar. Er war der glücklichste Mensch, den sie kannte. Wenn er da war, dann war es, als würde man sich in die Sonne setzen.

Der letzte Tag, an dem sie ihn sah, war der 3. Januar gewesen. Die Kinder waren alle zusammen in den Weihnachtsferien beim Skifahren in den Dolomiten, und sie, die Erwachsenen, hatten am Vormittag drei Stunden lang in der Halle Tennis gespielt, und danach hatten sie zu Hause vier Stunden lang gekocht und gegessen.

Sie hatten zuerst zwei Stunden lang Einzel gespielt und dann in der letzten Stunde Doppel. Mixed. Ein wirkliches Mixed, weil er gesagt hatte: »Leute, die unter derselben Bettdecke stekken, gehören beim Tennis nicht auf dieselbe Seite des Netzes. Das geht nie gut. Wenn man verliert, verliert immer gleich die ganze *Familie.*« Also hatte sie mit ihm zusammen gespielt. Er war der beste Freund ihres Mannes, und er war auch ihr bester Freund. Sie hatten sogar gewonnen, und zu Hause war sie dann mit ihm in die Küche gegangen, und sie hatten zusammen das Essen gemacht, Spaghetti mit Tomatensauce, Zanderfilets mit Zitronenschnitzeln und Kapern, Scaloppine al Marsala mit einem Apfelgratin, und als Nachspeise gab es das vorbereitete Zimtparfait mit den Burgunderpflaumen, die noch von Weihnachten übriggeblieben waren.

Er war ganz fröhlich und ausgelassen in der Küche und erzählte eine Menge idiotische Sachen, so als wäre er nur auf der Welt, um sie zum Lachen zu bringen. Sie waren wie zwei Kinder, die Erwachsensein spielten und dauernd darüber lachen mußten. Er erzählte sogar die beiden einzigen Zoten, die er kannte, die eigentlich gar keine richtigen Zoten waren, die er schon so oft erzählt hatte und die er fast nie richtig hinbekam, weil er die Pointe immer schon zu früh rausließ. Oder weil er vor lauter Lachen alles durcheinanderbrachte. Er war darauf spezialisiert, die Dinge, die zu einem Witz gehörten, nicht in der richtigen Reihenfolge zu erzählen. Und trotzdem hörte sie ihm gerne zu, wenn er einen Witz erzählte. Es war einfach spannend zu beobachten, wann er anfing, alles durcheinanderzubringen. Und am Ende lachten die Leute immer darüber, daß er sich wieder einmal verheddert hatte. Und sie lachten über sein Lachen, denn er lachte immer über seine Witze, die eigentlich ja sehr originelle Witze gewesen wären, wenn er sie richtig erzählt hätte.

Den ersten der beiden Witze kannte inzwischen fast jeder, und er erzählte ihn auch kaum mehr. Und den zweiten, den er noch lieber mochte, hatte er ihr da in der Küche, am letzten Tag in ihrem Leben, an dem sie ihn sah, noch einmal erzählt. In dem Witz geht es um einen Mann, der einem Bekannten erklärt, warum er – es ist schon spät in der Nacht – ins Bordell geht, und während er den Witz erzählte, erfand er noch ein paar Sachen dazu, aber er bekam den Witz richtig hin und schloß mit dem letzten Satz: »Aber ich bitte Sie, ich werde doch wegen *der* paar Groschen nicht meine Frau aufwecken.«

Er war sehr stolz, daß er den Witz richtig erzählt hatte, und sie lachte, weil er so stolz war. Und dann, während sie noch lachte, sagte er: »Hab ich das so erzählt, daß Frauen das verstehen können?«

Und sie sagte: »Ach, Frauen verstehen das sowieso.«

Nein, man konnte ihm an diesem Tag nichts anmerken. Es war, als hätte er für den Rest seines Lebens nichts anderes mehr zu tun als für Leute zu kochen, die er mochte. Und er redete von den Kindern, freute sich schon wieder auf sie und war gleichzeitig froh, daß sie noch ein bißchen weg waren.

Es war auch nicht so, daß er krank war. Und wenn er vor ein paar Monaten einmal gesagt hatte, ab einem bestimmten Alter müsse man sich jeden Tag darauf einstellen, zu sterben, dann war das eben die Bemerkung eines glücklichen Menschen, der weiß, daß das Glück irgendwann zu Ende ist, aber nicht jetzt. Nicht morgen oder übermorgen. Es war nichts als dieser sehr optimistische Stoizismus, den man entwickelt, wenn man glücklich ist: Heute können wir noch mutig über das Ende des Glücks lächeln und glauben, daß wir es aushalten. Die meisten halten es ja auch irgendwie aus.

Und dann hatte er es doch getan. Er war der glücklichste Mensch, den sie kannte. Er war so glücklich, daß er in seinem Leben mit nur zwei Zoten auskam, die er meistens noch nicht einmal richtig erzählte. Sie war ganz sicher, daß er an dem Tag, an dem sie zum letzten Mal zusammen gekocht hatten, nicht daran gedacht hatte, daß er es tun würde..

Als sie ihn begraben hatten und aus dem Friedhof gingen, dachte sie, daß das nicht stimmte, was die Leute immer sagten: daß glückliche Menschen das Unglück leichter aushielten. Daß man sozusagen einen Vorrat an Glück anlegen konnte, in den sich später dann das Unglück hineinfressen würde, ohne daß einem das wirklich weh tat. Nein, das stimmte nicht. Die sehr glücklichen Menschen waren eben nur sehr glücklich. Das war doch schon sehr viel. Und manchmal war es wirklich ansteckend. Oft war es ansteckend. Immer.

Sie schaute die anderen an, die mit ihr aus dem Friedhof gingen: Seine Frau und die Kinder... die Freunde... ihren Mann, der ihr jetzt gerade zulächelte. Irgendjemand, dachte sie, irgendjemand muß von jetzt ab diese Zoten erzählen. Und er muß sie richtig erzählen, also falsch. Er mußte sich verheddern und zuviel dabei lachen, bis schließlich die Leute nicht mehr über die Witze lachten, sondern über sein Lachen, und sie wußte, daß sie das war, daß ihr diese Rolle zufallen würde. Sie würde für den Rest ihres Lebens diese Witze erzählen, so wie er sie erzählt hatte, sie würde das schon schaffen. Der einzige Unterschied war, daß sie nie jemanden fragen konnte: »Hab ich das so erzählt, daß Frauen das verstehen können?«

50

Die Feindin

Das hier hat nichts mit der Frau zu tun, von der dieses Buch handelt. Sie ist die Feindin von niemandem, dazu hat sie kein Talent, und sie weiß zuviel.

Das hier ist etwas, das ganz weit von ihr entfernt passiert, so wie im Leben ja auch ganz weit von uns entfernt Dinge passieren und uns nicht berühren.

Was wir hier kurz für diejenigen notieren, die etwas damit anfangen können, ist die Geschichte oder die Nicht-Geschichte von zwei Leuten, die sich mißtrauen, obwohl zwischen ihren Körpern eine sehr starke Anziehungskraft besteht.

Wenn er sie nur anschaut, ist das schon wie eine Berührung, aber sie sind beide voller Mißtrauen. Voll von einem Mißtrauen, das oft in Haß und manchmal sogar in Verachtung umschlägt. Sie stehen für zwei ganz verschiedene Welterklärungen, die sich kaum berühren, die sich eigentlich ausschließen. Und trotzdem kauft er sich Dinge zum Anziehen, von denen er weiß, daß sie ihr gefallen, und er haßt sich dafür und spürt gleichzeitig in diesen Sachen eine merkwürdige Geborgenheit, und wenn sie ihn trifft, sagt sie, während sie ihn anschaut und seinen Körper mustert: »Ich weiß, es klingt blöde, aber ich freu mich, dich zu sehen.«

Einmal hat er sich ein gelbes Sakko gekauft, weil Gelb ihre Lieblingsfarbe ist. Er sah in dem Sakko aus wie ein Zirkusaffe, aber sie war ganz begeistert davon. Er ließ sich von ihrer Begeisterung hinreißen und sagte: »Wenn ich heute abend auch noch meine gelben Socken anziehe – gehst du dann mit mir essen?«

Sie lächelte ihn verheißungsvoll an und sagte: »Nein. Wir würden uns bloß wieder streiten.«

Er spürte in diesem Augenblick einen starken körperlichen Schmerz. Wenn jemand so lächelt und dann nein sagt, wird der ganze Körper davon getroffen. Aber er drängte sie jetzt nicht mehr, weil er schon seit vielen Jahren weiß, daß sie in diesem Punkt unnachgiebig ist. Ihre Körper würden heute nicht mehr zusammenkommen. Es gab keinen Weg.

Sie ist klüger als er. Deshalb ist sie so unnachgiebig. Sie weiß, was passieren würde, wenn ihre Körper, die so große Sehnsucht nacheinander haben und eigentlich füreinander gemacht sind, zueinander kommen würden: Wenn ihre Körper sich gefunden hätten und sich wieder voneinander lösten, dann wäre alles wieder wie zuvor, und sie wäre wieder seine Feindin.

51

Zwei Hundertstelsekunden

Viele Leute glauben, es käme nur im Sport und bei hochkomplizierten physikalischen Prozessen und solchen Dingen auf Hundertstelsekunden an. Auf wirklich ganz kurze Augenblicke. Aber es kommt auch in der Liebe manchmal auf Hundertstelsekunden an. Vielleicht ist die Liebe eben auch ein hochkomplizierter physikalischer Prozeß, auch wenn sie manchmal auf ziemlich grobschlächtige Art zu Ende geht.

Natürlich kann man sagen, daß sie beide darauf gewartet haben und daß es gar nicht auf diese zwei Hundertstelsekunden ankam, die später eine Sage in ihrer Erinnerung wurden. Daß es sonst eben an einem anderen Tag passiert wäre, wo sich in einer halben Stunde oder an einem halben Tag dasselbe abgespielt hätte. Vielleicht ist es wirklich so, daß es auf jeden Fall passiert wäre, daß es einfach nicht aufzuhalten war.

Aber es gibt von der Geschichte, die dauernd abläuft, keine zweite Version, und so wollen wir hier eben notieren, daß die beiden auf diesem Fest zuerst in der Nachfolge der großen mittelalterlichen Tradition mit den anderen Leuten am Tisch getanzt haben. Er tanzte mit allen Frauen am Tisch und sie mit allen Männern, und es wäre vielleicht dezenter und dem festlichen Anlaß angemessener gewesen, wenn wenigstens er zwischendrin noch einmal mit einer von den anderen Frauen getanzt hätte, aber die beiden tanzten den Rest der Nacht schamlos nur noch miteinander.

Jedesmal, wenn die Band ein Lied gespielt hatte, lösten sich die Paare auf der Tanzfläche voneinander, wandten sich der Band zu und klatschten. Das ist auch eine mittelalterliche Tradition. Zwischen dem Augenblick, in dem die Tanzenden nach dem Ende der Musik sich voneinander lösen, und dem Augenblick, in dem sie zu klatschen beginnen, vergeht immer eine gewisse Zeit. Manche Leute halten die Hand ihres Tanzpartners oder ihrer Tanzpartnerin noch ein bißchen länger fest als die anderen. Das bedeutet oft gar nichts, und manchmal bedeutet es sehr viel. Am Ende aber klatschen immer alle Leute auf der Tanzfläche. Auch diejenigen, die sich so lange festhalten, daß es sehr viel bedeutet. Das ist ein Teil der Tradition.

In der Nacht, in der die beiden schamlos nur noch miteinander tanzten, hielt sie seine Hand in den Pausen zwischen den Liedern immer länger fest, so daß es schließlich bis an den Rand des Erträglichen ging. Sie ging so weit an diesen Rand, daß am Ende nur noch zwei Hundertstelsekunden blieben. Diese zwei Hundertstel ließ sie für ihn übrig.

Es war eine ungeheure Spannung, aber sie hielten sie lange aus. Sie waren lange – zwei oder drei Stunden – nur noch zwei Hundertstel voneinander entfernt. Und dann nahm er diese zwei Hundertstel auch noch weg.

52

Kindergeburtstag

Es spielt keine Rolle, ob sie sich diese kleine Verletzung beim Sturz von einer Leiter zugezogen hat, oder ob sie unter der Dusche ausgerutscht ist. Vielleicht ist sie auch vom Pferd gefallen, aber das ist ziemlich unwahrscheinlich, weil sie schon seit zehn Jahren nicht mehr auf einem Pferd gesessen ist. Wichtig ist nur, daß sie ein paar Tage zu Hause bleibt und jetzt gleich auf den Balkon hinausgehen wird, der auf der Schattenseite des Hauses liegt.

Es ist einer von diesen heißen Sommertagen, an denen die Leute wieder daran glauben, daß auch Menschen sterben können wie die Fliegen. Vier Uhr nachmittags. Fast schon halb fünf. Viel zu heiß auf der Sonnenseite, und deshalb hat sie sich jetzt einen Kaffee gemacht und setzt sich mit der Zeitung, einem Stück Erdbeerkuchen und ihrem Buch auf den Balkon auf der Rückseite des Hauses. In dem großen Hinterhof nebenan feiern Kinder Geburtstag. Es sind zehn oder zwölf Kinder, und sie sind überraschend laut, fast als würden sie einer anderen, älteren Generation angehören. Von Kindern, die einen Großteil ihrer Zeit vor dem Fernseher zubringen, erwartet man so eine Lautstärke eigentlich nicht.

Das ist ja fast wie das richtige Leben, denkt sie. Sie hat neulich einmal gelesen, daß Fernsehen narkotisierend wirkt. Daß es wirklich gewisse Empfindungen außer Gefecht setzt. In amerikanischen Intensivstationen stehen Fernseher nicht deswegen, weil sie die Leute von dem Gedanken ans Sterben ablenken, sondern weil das Fernsehen betäubend wirkt. Und jetzt hier diese lauten Fernsehkinder! Es gibt vielleicht doch einen Weg aus der Narkose.

Sie ißt ein Stück von ihrem Erdbeerkuchen und liest in der Zeitung einen Artikel über die amerikanische Besatzung im Sommer 1945. Sie findet den Artikel ein bißchen läppisch. Sie kennt den Journalisten. Er ist ein Mann von einigermaßen barocker Statur. Sie lächelt, als sie liest, wie er sich als ein Kind beschreibt, das hungrig ausgesehen hat. Sie weiß, daß dicke Männer gerne erwähnen, wie dünn sie als Kinder waren, wie *mager*. Sie erwähnen es fast immer. Es ist ein wichtiger Teil ihres Lebens. Das ist so ähnlich wie bei den Alkoholikern. In Büchern von Alkoholikern wird unendlich viel getrunken. Wenn ihnen nichts einfällt, schenkt sich irgendjemand einen Scotch ein. Bestimmt, denkt sie, hat sich schon einmal jemand die Mühe gemacht, alle die Zigaretten zu zählen, die bei Heinrich Böll geraucht werden.

Sie legt die Zeitung weg und schaut wieder auf den Lärm im Hinterhof hinunter. Die Kinder haben Luftballons mit Wasser gefüllt und werfen jetzt mit diesen Wasserbomben auf eine Garagentür. Die einzige Erwachsene bei den Kindern ist eine Frau. Wahrscheinlich die Mutter des Geburtstagskinds. Sie ist nur ein paar Jahre älter als dreißig und wirkt schwanger, obwohl sie bestimmt nicht schwanger ist. Nur eben schwerer und fülliger als man aussieht, wenn man nur ein paar Jahre älter ist als dreißig. Das Wasser einer zerplatzenden roten Lufballonbombe spritzt der Frau ins Gesicht. Die Frau auf dem Balkon denkt, daß manche Frauen nach der ersten Schwangerschaft für den Rest ihres Lebens immer irgendwie schwanger aussehen. Und sie behalten auch diesen leichten Watschelgang bei.

Sie nimmt jetzt das Buch, in dem sie gerade einen Essay über eine amerikanische Schriftstellerin liest, deren Bücher sie sehr schätzt, weil sie wunderbar beobachten oder Beobachtungen erfinden kann. Über zwei Schwestern schreibt sie: »Sie gingen um zehn ins Bett, aber flüsterten noch bis zwölf miteinander, wobei sie bei all ihren Vertraulichkeiten darauf achteten, nichts preiszugeben, denn sie waren ja Schwestern.«

Die Frau auf dem Balkon schaut zu den Kindern hinunter und fragt sich, ob wohl zwei von den Kindern Schwestern sind, die sich gegenseitig nichts wirklich Wichtiges verrieten. Aber dafür sind die Kinder da unten noch zu jung. Die Kinder spielen jetzt Sackhüpfen mit großen blauen Müllsäcken. Sie lachen und sind jetzt selber blubbernde Wasserbomben in Plastiksäcken. Einer der Jungs, der größte von allen, dominiert alle Spiele. Er ist fast so dominant wie die schwanger aussehende Frau. Trotzdem sieht es so aus, als würden die anderen Kinder ihn kaum beachten. Er ist eben einfach nur der größte und kommandiert die Luft.

Sie liest in ihrem Essay weiter. »Sie war«, las sie da, »Jungfrau (wenigstens konnte man nicht beweisen, daß sie es nicht war), und sie war ungeheuer stolz darauf. Man hätte meinen können, daß das etwas war, das die Familie schon seit Generationen auszeichnete.« Sehr hübsch gesagt. Solche Frauen gab es heute nicht mehr. Es war eher umgekehrt (und genauso unbeweisbar).

Unten spielen die Kinder Fangen. Eine neue Variante, bei der es darum geht, jemanden zu fangen, der eine bestimmte Farbe am Körper trägt. Zwischendrin geht eines der Mädchen hinter einen Busch zum Pinkeln. Die Frau auf dem Balkon ist sich ziemlich sicher, daß das jetzt nicht zum Spiel gehört, daß das Mädchen sich nicht hinter dem Busch vor den anderen versteckt, obwohl sie fast mit einem Hechtsprung hinter dem Busch verschwunden ist.

Das Mädchen kommt jetzt wieder hinter dem Busch hervor und knöpft sich im Gehen noch den obersten Knopf ihrer gestreiften kurzen Hose zu. Es dauert ungefähr zehn oder zwölf Schritte, bis sie den Knopf zubekommt. Als die Kinder jetzt alle zusammenstehen, fällt der Frau auf dem Balkon auf, daß sie alle blond sind. Mehr oder weniger blond. Sie findet das seltsam, weil ein Viertel der Leute hier in der Gegend aus dem Ausland kommen. Und keines von den Kindern dieser Leute ist hier eingeladen worden. Wahrscheinlich eine Schichtenfrage. Andererseits fällt ihr seit ein, zwei Jahren auf, daß die ausländischen Kinder sich untereinander anscheinend auch absondern. Sie sprechen nicht mehr wie früher deutsch miteinander, sondern türkisch oder serbokroatisch oder sonst etwas. Jede Gruppe bleibt anscheinend für sich. Sie brauchen keine verbindende Sprache mehr.

Aber diese Kinder hier unten sind gar keine Gruppe. Oder noch keine Gruppe. Sie sind zufällig zusammen zu einem Geburtstag eingeladen worden, und sie sind sehr fröhlich. Man kann nicht einmal sagen, wer das Geburtstagskind ist. Wenn einmal die Geschenke abgeliefert sind, kann man auf Kindergeburtstagen nie sagen, wer das Geburtstagskind ist. Die Kinder sind zum Spielen gekommen und nicht zum Feiern.

Sie liest weiter in ihrem Buch: »Als Dr. Arnolds Gesicht im Spiegel auftauchte, dachte sie: ›So ist es also, wenn man stirbt. Die Menschen lagern sich wie Staub auf einem Spiegel ab, und irgendetwas sucht in einem herum, leert alle die Schubladen und Regale aus, um zu sehen, ob man irgendetwas zurückläßt.‹ ... Wie schade, dachte sie, daß niemand je erfahren wird, was meine letzten Gedanken sind – daß Dr. Arnolds Mund so klein ist.«

Die Frau auf dem Balkon denkt lange über diesen Absatz nach. Sie sieht lange einen großen verstaubten Spiegel vor sich, in dem sich etwas bewegt. Ein menschliches Gesicht. Sie schaut lange Zeit nur diesen Spiegel an, während unten die Mütter und Väter kommen, um ihre Kinder abzuholen. Sie stehen noch ein bißchen zusammen und reden mit trägen Sommerstimmen und machen müde Witze, weil die Hitze keine anderen Witze zuläßt, und jetzt ist unten alles weggeräumt, die Luftschlangen und die zerfetzten Ballons und die bunten Wasserschüsseln, und die Frau da unten, die wahrscheinlich für den Rest ihres Lebens schwanger aussehen wird, läßt noch einmal den Blick über den Hof und den Rasen gleiten und geht dann langsam auf das Haus zu. Sie wirkt müde und ein bißchen erschöpft.

Es war ein sehr schöner Kindergeburtstag, sehr weit von Fernsehnarkose entfernt, und später einmal wird die Frau da unten sich vielleicht an diesen Geburtstag erinnern so wie man sich an das Glück erinnert. Die Erinnerung an diesen Nachmittag wird vielleicht alle anderen Geburtstagsnachmittage enthalten, so wie es umgekehrt manchmal so ist, daß alle Geburtstagsnachmittage sich in der Erinnerung zu einem einzigen Geburtstagsnachmittag verbinden. So wie alle Sommertage, die wir erlebt haben, sich zu einem einzigen Sommer zusammentun, in dem es nie regnet, bis natürlich auf ein paar heftige Sommergewitter und ab und zu einen Hagel. Heftige Reize auf der Haut, die nichts mit verregneten Ferien zu tun haben.

Die Frau auf dem Balkon beobachtet die Frau unten im Hof, die jetzt langsam und ein bißchen müde auf die Haustür zugeht. Sie hat einen ganz leichten Watschelgang, der dem ungeübten Auge nicht auffällt. Die Frau auf dem Balkon denkt an die Wucht, die dieser Nachmittag vielleicht einmal im Kopf dieser Frau annehmen wird. Oder im Kopf dieser Kinder. Die Wucht des Paradieses. *Damals, an diesem wunderbaren Nachmittag, als ich hinter dem Busch hervorkam und es zehn oder zwölf Schritte gedauert hat, bis ich den obersten Knopf meiner Hose zubekommen habe.* Oh ja, sie watschelt ein bißchen, die da unten, und sieht so das Glück aus, ist das, was hier zu sehen ist, das Glück, sieht so das Glück aus in dem Augenblick, in dem es passiert?

53

Der König und die Königin

Leise, leise... und wir schieben das hier irgendwo dazwischen, damit es nicht so leicht gefunden wird, auch wenn es gefunden werden muß. Er wacht früh am Morgen nackt neben ihr auf, und sie liegt nackt in ihrer Schönheit neben ihm, aber er hat keine Erinnerung an irgendetwas, und es ist auch nichts wie *Die Marquise von O.* oder eine mittelalterliche Zaubergeschichte.

Niemand weiß, wie oft es anderen Leuten passiert, und ob es ihnen überhaupt passiert und in welchem Alter, und deshalb muß es auch aufgeschrieben und gefunden werden: Er wacht früh am Morgen nackt neben ihr auf, und sie liegt nackt in ihrer Schönheit neben ihm, aber er weiß nicht, was passiert ist. Er kann sich an nichts erinnern. Er schaut für eine lange Zeit ihr rechtes Knie an, weil ihre Knie eine Faszination für ihn haben, die nie aufhören wird. Er schaut ihr Knie so lange an, bis sie davon aufwacht.

Es dauert vielleicht dreißig oder vierzig Sekunden, bis er in ihren Augen sieht, daß sie merkt, was er auch gemerkt hat.

»Oh«, sagt sie. »Was war eigentlich los?«

»Ich weiß es auch nicht«, sagt er. Alle Indizien deuten darauf hin, daß sie in der Nacht miteinander geschlafen haben. Man kann es dem Bett und ihren Körpern ansehen. Und man kann es riechen. Aber er hat keine Erinnerung daran. Er weiß nicht, wie es angefangen hat, wie es weitergegangen ist und wie es aufgehört hat. Oder wie lange es gedauert hat. Er weiß nur, daß es passiert ist.

»Interessant«, sagte sie. »Ich hab überhaupt keine Ahnung, was passiert ist. Aber es ist ja offensichtlich passiert.«

Sie wirft einen langen verwunderten Blick auf seinen Nabel, und er sagt: »Es muß doch irgendwie angefangen haben, aber ich weiß nicht mehr, was ich in der Nacht als letztes gemacht habe.«

»Ich auch nicht«, sagt sie. »Ich kenn das jetzt schon so lange, so viele Jahre, aber das hab ich noch nie erlebt.«

Niemand weiß, wie oft es anderen Leuten passiert, und ob es ihnen überhaupt passiert und in welchem Alter, und wie sie sich das dann alles erklären. Es ist, als hätte die Liebe selber eine Nacht für sich gebraucht und sie – die beiden hier – dazu benutzt, ohne daß sie etwas davon gemerkt hatten.

»Oh, ich weiß nicht, was eigentlich los war«, sagt sie. »Aber es ist wunderbar. *Jetzt* ist es wunderbar.«

Er lächelt zu ihr hinüber und sagt pompös wie ein Schauspieler in einem Theaterstück: »In solchen Nächten werden Könige gemacht.«

»Und Königinnen«, sagt sie mit dem nachsichtigen, aber bestimmten Unterton, den ihre Stimme immer hat, wenn er die Hälfte der Sachen vergißt, die er sagen wollte.

»Und Königinnen«, wiederholt er wie jemand, der weiß, daß er manchmal etwas Wichtiges vergißt. »Und Königinnen.«

54

Ein Echo

– Pauline!

– *(Nichts)*

Pauline!

– *(Nichts)*

– Pauline!

– *(Nichts)*

– Wir essen jetzt!

– *(Nichts)*

– Bring dein Hemdchen mit!

– *(Nichts)*

– Vergiß dein Dreirad nicht!

– *(Nichts)*

– Es gibt jetzt Abendessen!

– *(Nichts)*

– Pauline, kommst du dann?

– *(Nichts)*

– Du kannst ja nach dem Essen wieder spielen!

– *(Nichts)*

– Wir essen jetzt, Pauline!

– *(Nichts)*

– Pauline!

– *(Nichts)*

Pauline!

55

Karen

Jetzt wissen Sie also genug über meinen Vater. Wenn er einen guten Tag hat, ist er ziemlich in Ordnung. Ich meine, wenn er nicht gerade mit einem silbernen Serviettenring nach seinem jüngsten Sohn wirft, ist er der netteste Mensch der Welt. Ich weiß, er hat mit dem Serviettenring nicht auf mich geworfen, er hat nur die Glastür zum Wohnzimmer eingeworfen, aber eigentlich hat er auf mich geworfen. Er wollte mich treffen, ohne auf mich zu zielen.

Das ist ungefähr so, wie mit unserer Familienbibel. Unsere Familie hat seit 1867 eine protestantische Familienbibel (obwohl wir alle katholisch sind; naja, meine Mutter allerdings nicht), und jeder kann an seinem dreißigsten Geburtstag etwas in diese Bibel hineinschreiben, das ihm wichtig ist. Oder eine Art Selbstcharakteristik. Jeder kann das an seinem dreißigsten Geburtstag machen und dann noch einmal irgendwann in seinem späteren Leben. Manche Leute stehen gar nicht drin, weil sie nicht dreißig geworden sind, und manche wollten nichts hineinschreiben, und als mein Vater dreißig wurde, hat er hineingeschrieben: »Der Achter, in dem ich gerudert habe, ist ein Jahr, nachdem ich ausgestiegen bin, deutscher Jugendmeister geworden. Das war der größte sportliche Erfolg meines Lebens.« Direkt in die Familienbibel!

Ich war ja damals noch nicht auf der Welt, aber mein Bruder Benjy war sieben, und er weiß noch, daß es einen ziemlichen Aufstand in der Familie gegeben hat.

Unsere Familienbibel ist wie ein großes Kino, wenn man diese Sachen alle liest. Oder wie eine lange Reihe von Grabinschriften. Am 16. Januar 1941, ihrem einundfünfzigsten Geburtstag, hat meine Urgroßmutter in unsere Bibel geschrieben: »Ich bin die Frau eines Mannes, der ohne Not seinen Sohn ›für Führer und Vaterland‹ in den Tod schickt. Ich bin ganz entsetzlich zornig darüber. Ich werde für den Rest meines Lebens nur noch das Nötigste mit ihm reden und nur das Nötigste tun.«

Ich glaube, 1941 war kein sehr angenehmes Jahr in unserer Familie.

Meine Mutter sagt manchmal, sie hätte früher immer gedacht, sie käme nur mit Leuten gut zurecht, die aus gestörten Familien kämen, aber inzwischen hat sie entdeckt, daß alle Familien gestört sind. Unsere allerdings nicht, wenn man meinen Vater einmal ausklammert.

Es ist ein verdammt weiter Weg von meiner Urgroßmutter, die nach dem Januar 1941 nicht mehr viel gesagt hat und die ich nie kennengelernt habe, bis zu meiner Mutter, die es nie zulassen würde, daß mich jemand in irgendeinen Krieg schickt.

Es gibt zwei Dinge an meiner Mutter, die Sie wahrscheinlich wissen müssen: sie ist eine sehr auffallende Erscheinung, und sie ist wahnsinnig intelligent. Wenn wir mit dem Auto in die Ferien fahren, werden wir praktisch an jeder Grenze zweimal aufgehalten, weil die Zöllner unbedingt das Auto kontrollieren müssen, in dem meine Mutter sitzt. Angeblich machen sie ja nur Stichproben, und wir dürften gar nicht so oft angehalten werden, aber vielleicht gibt es ein besonderes Verhältnis zwischen der Wahrscheinlichkeitsrechung und dem Aussehen meiner Mutter. Mein Bruder Benjy, der neun Jahre älter ist als ich, hat dann immer gerne erzählt, daß er als Kind in den siebziger Jahren insgesamt viermal mit meiner Mutter zusammen in eine Terroristenfahndung geraten ist. Er fand das immer sehr spannend, weil diese Typen immer mit Maschinenpistolen herumgestanden sind, und kleine Jungs sind ja ganz scharf auf Waffen. Benjy fährt schon lange nicht mehr mit uns in die Ferien. Er lebt jetzt in London, aber früher hat er das praktisch an jedem Grenzübergang erzählt.

Jetzt gibt es ja dieses Schengener Abkommen, und man kann in der Europäischen Union unkontrolliert über die Grenzen fahren. Mein Vater findet das garnicht gut – bis auf einen Punkt: »Das Schengener Abkommen hat nur einen einzigen Vorteil«, hat er neulich gesagt. »Man kann jetzt mit deiner Mutter einigermaßen ungehindert durch Europa fahren.«

Aber das Aussehen meiner Mutter ist natürlich nicht nur eine Belastung. Außerdem wären wir alle sehr enttäuscht, wenn wir an den Grenzen nicht so oft kontrolliert würden. Vor ein paar Wochen war ich mit ihr zusammen in einem chinesischen Restaurant in der Stadt. Die Bedienung war eine verdammt gut aussehende Brasilianerin mit dem kürzesten Minirock, den im zwanzigsten Jahrhundert jemand angehabt hat. Ich bin wirklich nicht so ein geiler Glupschaugentyp, in dessen Gegenwart man nicht einen richtig scharfen Mini anhaben kann, ohne daß er einen dauernd anstarrt, aber ich glaube, ich hab den Minirock dieser brasilianischen Bedienung angestarrt, als hätte ich die letzten sechzehn Jahre auf einem Bauernhof zugebracht, auf dem es nur Kühe und Traktoren gibt. Ich konnte mich einfach nicht mehr losreißen. Wenn dieser Mini nur einen Zentimeter kürzer gewesen wäre, dann wäre er gar nicht mehr dagewesen.

Als die Bedienung zum zweitenmal an unseren Tisch kam, um unsere Bestellung aufzunehmen, warf meine Mutter ihr einen großen Blick zu und schaute dann ohne Unterbrechung den Saum des Minirocks an. Auf ihrem Gesicht lag ein ziemlich unverschämtes ironisches Lächeln. Meine Mutter kann das: jemanden unverschämt anlächeln, ohne daß es peinlich wird.

Während meine Mutter beim kürzesten Minirock des zwanzigsten Jahrhunderts die Sachen bestellte, die wir essen wollten, schaute ich der schönen Brasilianerin in die Augen, weil Bedienungen, wenn sie Bestellungen aufnehmen, ja doch irgendwie auf Augenkontakt angewiesen sind. Meine Mutter betrachtete den Saum des Minirocks, und ich kümmerte mich um den Augenkontakt. Als die Bedienung zehn Minuten später das Essen brachte, blieb sie noch ein bißchen an unserem Tisch stehen und sagte zu meiner Mutter, sie komme ihr irgendwie bekannt vor. Ob sie vielleicht beim Fernsehen arbeite? Oder beim Film? Das passiert meiner Mutter ziemlich oft. Die Leute glauben, sie hätten sie schon mal irgendwo gesehen. Im Kino oder am Fernsehen oder auf irgendwelchen Fahndungsplakaten. »In Brasilien wüßte ich, woher ich Sie kenne«, sagte die schöne Brasilianerin. »In Brasilien gibt es am Fernsehen eine Telenovella, in der die Hauptdarstellerin genauso aussieht wie Sie.« Sie nannte uns auch den Titel der Telenovella und den Namen der Schauspielerin, aber ich habe die Namen schon wieder vergessen. Ich glaube, die Brasilianerin wäre noch lange an unserem Tisch stehengeblieben, wenn wir nicht irgendwann wieder hätten gehen müssen.

Ich erzähle Ihnen das nur, damit Sie wissen, daß meine Mutter wirklich eine sehr auffällige Erscheinung ist. Sie hat in diesem chinesischen Lokal die Versorgung der anderen Gäste praktisch völlig lahmgelegt. Ich glaube, als Terroristin wäre sie nicht lange frei herumgelaufen. Im vergangenen Winter ist sie einmal abends zwischen fünf und sechs mit der U-Bahn nach Hause gekommen und vorher noch zum Arzt gegangen. Es war natürlich schon ganz dunkel, und als sie aus ihrem U-Bahn-Wagen stieg, ging die ganze Zeit ein Schwarzer hinter ihr her. Er ging auf dem Bahnsteig hinter ihr her, stand auf der Rolltreppe dicht hinter ihr, ging oben auf der Straße denselben Weg wie sie, immer hinter ihr. Sie kam sich richtig verfolgt vor, und sie war froh, als sie am Haus des Arztes ankam, die Tür aufmachte und in den Hausgang ging. Aber der

Schwarze kam hinter ihr her. Sie ging durch den Hausgang bis zum Aufzug, machte die Tür auf, und sah, daß das Aufzuglicht ausgefallen war. Es war ganz dunkel da drin. Im selben Moment war der Schwarze auch schon im Aufzug. Es muß wirklich sehr aufregend gewesen sein, aber meine Mutter läuft vor niemandem weg, und sie hat den Schwarzen angegrinst und zu ihm gesagt: »Also, wenn *Sie* mir nichts tun, dann tu *ich* Ihnen auch nichts.« Sie sind dann in dem stockdunklen Aufzug nach oben gefahren, und natürlich haben sie beide bei demselben Arzt einen Termin gehabt.

Das war wirklich ein komischer Zufall, weil es ja so ist, daß meine Mutter manchmal schon irgendwelche Männer dazu bringt, Sachen zu tun, die sie sonst nicht machen. Vor ein paar Tagen haben wir zusammen für meinen Bruder Benjy Geburtstagsgeschenke gekauft. Meine Mutter wollte, daß er in London mal wieder ein deutsches Buch liest, und der Buchhändler war so fasziniert von ihr, daß er sie in eine literarische Debatte verwickelt hat, nur damit er lange mir ihr reden und sie lange anschauen konnte. Als sie sich schließlich fast für einen der neuen Romane entschieden hatte, die der Buchhändler ihr empfohlen hatte, wurde der Buchhändler auf einmal ganz traurig, weil er sah, daß die Zeit, die er in seinem Leben mit meiner Mutter verbringen konnte, abgelaufen war. Und er fing auf einmal an, über das Buch herzuziehen, das er gerade empfohlen hatte. »Dieses Ding ist ein windiges Machwerk. Es steckt voller Klischees«, sagte er. »Lauter Sachen, die wir alle kennen.«

»Das macht doch nichts«, sagte meine Mutter. »Die Leser und die Rezensenten kochen doch sowieso alles auf die Klischees zusammen, die sie selber im Kopf haben. Warum soll man ihnen also die Mühe nicht ersparen? Und es gibt eben Schriftsteller, die diese Art von Lesern gleich direkt mit ihren Klischees versorgen.«

Der Buchhändler war absolut begeistert. »Aber trotzdem«, sagte meine Mutter. »Mein Sohn gehört nicht zu diesen Klischeeköchen. Wir nehmen dieses Buch nicht. Wir nehmen *Katz und Maus* von Günter Grass.« Und weil sie wußte, daß der Buchhändler noch ein bißchen länger mit ihr reden wollte, sagte sie: »Die Leute, die Günter Grass nicht mögen, sagen immer, *Katz und Maus* sei sein bestes Buch. Sie wollen damit ausdrücken, daß er für größere Sachen eigentlich nicht genug Luft hat. Aber sein bestes Buch ist natürlich die *Blechtrommel.*«

Der Buchhändler war vollkommen hingerissen. Er unterhielt sich jetzt schon eine halbe Stunde mit der schönsten Frau, die je die *Blechtrommel* in Schutz genommen hatte. Es gibt nicht viele Buchhändler, die das von sich behaupten können, und meine Mutter sagte zum Abschluß dieser schönen halben Stunde: »*Katz und Maus* für das beste Buch von Günter Grass zu erklären, das ist genauso, als würde man verkünden, *Hälfte des Lebens* sei das beste Gedicht von Hölderlin, obwohl das natürlich ein sehr gutes Gedicht ist. Aber es könnte auch ein Glückstreffer sein. Ein Glückstreffer mitten ins Unglück, oder mitten aus dem Unglück. Aber ein Glückstreffer. Und *Heidelberg* zum Beispiel ist kein Glückstreffer. Das ist einfach ein erstklassiges Gedicht. Und die *Blechtrommel* ist ein erstklassiger Roman.« Wir sind dann schnell aus dem Laden gegangen, noch bevor der Buchhändler meiner Mutter einen Heiratsantrag machen konnte. Sie wollte ihn nicht enttäuschen.

Also wird Benjy nächste Woche *Katz und Maus* zum Geburtstag bekommen. Und ein hellbraunes Kaschmirsakko. Er wird nächste Woche sechsundzwanzig. Wahrscheinlich wundern Sie sich jetzt, daß bei uns der ältere Sohn Benjamin heißt und nicht ich, der jüngere. Aber 1969, als Benjy auf die Welt kam, glaubten meine Eltern, es käme nichts mehr. Und dann bin doch noch ich gekommen, am 26. August 1978, falls Sie das interessiert.

Benjy ist Tänzer und lebt in London. Beim Ballett zu tanzen, war der große Traum seines Lebens, das einzige, was er wirklich wollte, und jetzt lebt er in London und hat Aids. Ich könnte jedesmal in die Wand treten, wenn ich daran denke. Er arbeitet jetzt als Regieassistent, weil er nicht mehr tanzen soll. Das ist angeblich zu anstrengend. Zu anstrengend! Benjy war der beste Sportler an seiner Schule. Ich meine, er war nicht der beste Sportler in seiner Klasse oder in seiner Jahrgangsstufe oder beim Abitur. Er war der beste Sportler überhaupt. Der beste Sportler, den es an seiner Schule je gegeben hat, die zufällig auch meine Schule ist. Niemand an dieser Schule ist die hundert Meter je schneller gelaufen, keiner ist jemals weiter und höher gesprungen, und wahrscheinlich hat auch nie jemand beim Basketball mehr Körbe geworfen als mein Bruder. Sie haben im Lichthof eine Tafel mit den zwölf besten Sportlern seit Gründung der Schule, und Benjy steht ganz oben. Und jetzt muß er Regieassistent machen, weil die Ärzte glauben, daß er sich sonst übernimmt! Ich könnte wirklich jedesmal in die Wand treten, wenn ich daran denke.

Meine Mutter fährt alle sechs Wochen oder so nach London, und mein Vater muß sowieso alle zwei Monate rüber. Ich fahre nie hin. Ich warte immer darauf, wenn Benjy zu Weihnachten nach Hause kommt. Ein paar Wochen, nachdem er es erfahren hat und nachdem wir es erfahren haben, hatte meine Mutter Geburtstag. Er hat ihr einen gelben Seidenschal geschickt und eine Karte, auf der nur zwei Sätze standen: *I carry your heart (I carry it in my heart).*

Benjys Krankheit ist wie eine leise Atombombe, die die ganze Zeit explodiert. Wir sehen sie explodieren, wir spüren sie nur noch nicht. Aber wir wissen, daß wir sie spüren werden. Sie ist immer da. Sie ist da, wenn meine Mutter die *Blechtrommel* in Schutz nimmt und dabei fast einen Heiratsantrag bekommt, und sie ist da, wenn meine Mutter den Saum eines Minirocks anlächelt und so verworfen wirkt wie die Heldin einer brasilianischen Telenovella. Sie ist immer da. Sie ist da, wenn ich am Ende eines Spiels Matchball habe, und sie ist da, wenn ich an Karen denke. Und sie ist auch da, wenn ich mit Karen zusammen bin.

Gestern abend bin ich mit Karen vor der Eisdiele gesessen, und auf ihrem Gesicht lag auf einmal dieses schiefe Lächeln, mit dem sie aussieht, als wäre ihr Großvater der Erfinder des Bubble Gum gewesen und sie die erste Testperson. Ich meine, sie sieht dann immer so aus, als wäre gerade die erste rosafarbene Kaugummiblase in der Geschichte der Menschheit vor ihrem Gesicht explodiert. Und dann sagt jemand »*WOW!*«, und das »*WOW!*« hängt genau an der Stelle in der Luft, an der gerade noch die rosafarbene Kaugummiblase war, nur daß das *WOW!* viel größer wird als eine Kaugummiblase je werden kann. Karen sieht dann immer wahnsinnig toll aus, weil sie ja sowieso wahnsinnig aussieht und weil dieses schiefe Lächeln einem das Gefühl gibt, als käme sie aus einer ziemlich schrägen Familie, in der sogar schon einer der Großväter sich mit überflüssigem, rosafarbenem Zeugs befaßt hat. Und gestern, da draußen vor der Eisdiele, wäre ich fast vom Stuhl gefallen, als sie mich so angelächelt hat. Es war wirklich verrückt, weil ich vor lauter Glück nicht mehr sitzen konnte, und dann auf einmal war Benjy da, und irgendwas in meinem Kopf ging die ganze Zeit *BenjyBenjyBenjyBenjy*, und ich wollte, daß er da auf diesem Eisdielenstuhl sitzen könnte, an meiner Stelle oder wenigstens neben mir, ich wollte, daß er genauso glücklich sein könnte wie ich.

Meine Mutter hat seit einiger Zeit eine komische Angewohnheit. Sie verwendet jetzt immer zwei Wörter, die Benjy dauernd benutzt und die sonst niemand in der Familie verwendet. Sie sagt jetzt ziemlich oft *göttlich*, wenn ihr etwas gefällt. Oder sie sagt *entzückend*. Das ist schon richtig auffällig. Ich glaube, sie macht das, um Benjy festzuhalten. Sie sagt zu einem Kollegen oder sonst jemandem ganz unauffällig, daß sie etwas *göttlich* findet, und in Wirklichkeit hält sie Benjy fest, und keiner merkt etwas davon.

Benjy hat einmal zu mir gesagt: »Weißt du, die meisten Schwulen sind irgendwelche Lastwagenfahrer oder Busfahrer oder Soldaten oder Manager oder Mönche, denen man es nicht ansieht, nur wir Kulturschwulen wedeln irgendwie dauernd mit dem Hintern und reden auf eine bestimmte Art und verwenden bestimmte Wörter, die ein Mönch oder ein Busfahrer nie verwenden würde. Wir Kulturschwulen wedeln auch beim Reden mit dem Hintern.« Das trifft aber nicht auf ihn selber zu. In diesem Punkt ist Benjy wie ein Busfahrer, bis auf eben diese zwei Wörter – *entzückend* und *göttlich*. In London sagt er jetzt wahrscheinlich immer *divine*.

Meine Mutter findet, daß Benjy ein *göttlicher* Tänzer ist. Früher hätte sie gesagt, ein *verdammt guter* Tänzer. Ich kann das nicht beurteilen, weil mich das Ballett ziemlich kalt läßt, und Benjy hat auch nie erwartet, daß ich auf seine Vorstellungen gehe, obwohl ich das manchmal getan habe. Als er jünger war, ist er nicht so tolerant gewesen. Ich weiß nicht mehr, wieviel tausend Stunden ich mir nachts immer seine Kurzgeschichten anhören mußte, die ich noch gar nicht verstanden habe, weil ich zu klein war. Aber er hat sie mir alle vorgelesen. Die letzte Geschichte, die er mir vorgelesen hat, war eine Geschichte über einen jungen Mann, der an einer Straßenbahnhaltestelle auf jemanden wartet, der nicht kommt, und der junge Mann verwandelt sich dabei in einen Kastanienbaum. Es war eine sehr traurige Geschichte, aber sie war auch sehr schön, und Benjy hat sie mir zu meinem dreizehnten Geburtstag geschenkt. Diese Geschichte hat mir besser gefallen als alles, was ich je von ihm als Tänzer gesehen habe. Mit einer Ausnahme.

Als ich vierzehn war, bin ich einmal im Juni ziemlich spät vom Tennisspielen nach Hause gekommen. Ich spiele ja manchmal ganz gerne, wenn es schon ein bißchen dunkel wird und die andern Plätze schon alle leer sind und wenn man die Bälle nicht mehr richtig sieht. Die Bälle kriegen dann so was leicht Spökenkiekerisches. Sie sind nur noch die Schatten von Bällen, und man kommt sich vor wie ein Zauberer. Man muß den Ball die ganze Zeit im Auge behalten, auch wenn man ihn nicht mehr richtig sieht, sonst ist man verloren.

Und an diesem Juniabend, als ich vierzehn war, haben wir noch ziemlich lange gespielt, und danach, als ich geduscht hatte, bin ich alleine nach Hause gegangen, und als ich vielleicht hundert Meter von unserer Haustür entfernt war, sah ich, wie weit hinten auf der Straße, vielleicht hundertfünfzig Meter entfernt, Benjy auf unser Haus zukam. Er hat mich ungefähr in demselben Augenblick gesehen, in dem ich ihn gesehen habe, und dann ist er langsam und gleichzeitig schneller gegangen und auf mich zugekommen wie jemand, der immer dünner wird, und dann hab ich gemerkt, daß er tanzt. Er ist auf dem Bürgersteig auf mich zugetanzt, und er ist dabei immer schmaler geworden, und auf einmal war er nur noch ein paar Meter von mir entfernt, und dann ist er in mich hineingetanzt, so als wäre ich gar nicht da. Oder so, als wäre ich gleichzeitig da und nicht da. Wie eine Tür, durch die man hindurchgeht.

Wenn Benjy stirbt, bevor er dreißig wird und nichts in unsere Familienbibel schreiben kann, dann schreibe ich an meinem dreißigsten Geburtstag etwas für ihn hinein. Ich schreibe das für ihn, was er für meine Mutter geschrieben hat: *I carry your heart (I carry it in my heart)*. Das ist dann am 26. August 2008!

Jetzt, während ich in meinem Zimmer sitze und das hier schreibe, geht es in meinem Kopf wieder die ganze Zeit *BenjyBenjy-BenjyBenjy*, und ich möchte, daß alles noch einmal wiederkäme, auch die schlimmen Zeiten, auch die Augenblicke, in denen etwas schlimm anfing und dann ganz anders wurde. So wie der Tag, an dem Benjy und mein Vater einen ihrer berühmten Showdowns hatten. Benjy war neunzehn oder zwanzig, und wir saßen alle beim Essen. Es gibt in unserer Familie die Grundregel, daß man sich beim Essen nicht streitet, aber wir essen immer sehr lange und reden immer sehr viel. Da läßt es sich manchmal nicht vermeiden, daß man zu streiten anfängt. Und an diesem Tag gab es einen Augenblick, in dem der Streit zwischen den beiden eigentlich schon vorbei war. Wir waren alle ziemlich ruhig, und auf einmal sagt Benjy in die Ruhe hinein zu meinem Vater: »Es gibt nur vier Leute auf der Welt, die mit dir leben können.« Mein Vater wollte gerade wieder loslegen, als Benjy weiterredete: »Und du hast noch keinen einzigen von ihnen kennengelernt.«

Jungejunge! Ich habe meinen Vater noch nie so gesehen. Zuerst sah es so aus, als würde er noch einmal loslegen, aber obwohl ich damals noch ziemlich jung war, hab sogar ich gemerkt, wie stolz er auf einmal auf seinen Sohn war. Daß er das so sagen konnte. Ich glaube, er hätte ihn am liebsten umarmt. Und jetzt, wo ich daran denke, hat er in auch umarmt. Neinnein, wir sind keine gestörte Familie. Manchmal fällt sogar meinem Vater nichts mehr ein.

Letzte Woche habe ich in der Schule noch im Lichthof gewartet, weil Karen erst später Schluß hatte, und ich bin vor der Tafel mit den besten Sportlern der Schule gestanden und habe ganz oben, auf dem ersten Platz, immer wieder Benjys Namen gelesen. Und auf einmal stand Karen hinter mir und sagte ganz leise: »Du könntest ihn überholen.« Und ich sagte: »Ich werde ihn aber nicht überholen.«

Karen versteht das. Man muß ihr solche Sachen nicht lange erklären. Neulich bin ich abends mit ihr durch den Park gegangen, und irgendwann ist so ein Typ von unserer Schule mit seiner Freundin an uns vorbeigelaufen. Er ist acht oder zehn Meter vor dem Mädchen hergelaufen. Er ist die ganze Zeit genauso schnell gelaufen wie sie, aber eben zehn Meter vor ihr her, damit alle im Park sehen konnten, daß er eigentlich viel schneller laufen kann und nicht so ein langsames Weibertempo gehen muß. Das ist wirklich idiotisch, weil das Schönste am Joggen ist, daß man sich mit dem anderen unterhalten kann, und diese Typen, die das machen, laufen ja auch gar nicht schneller als die Mädchen, die einsam hinter ihnen herhecheln.

»Oh, das ist scharf!« sagte Karen, als die beiden schon ein Stück an uns vorbei waren. Sie sieht so etwas sofort. Und sie begreift mehr als alle anderen Leute, die ich kenne, ausgenommen vielleicht meine Mutter. Als wir am Freitagabend mit ein paar Leuten aus ihrer Klasse in diesem kleinen Biergarten waren und nach Hause gehen wollten, sahen wir gerade noch, wie ein Penner Karens Fahrrad um die Ecke schob. Er hatte das Schloß geknackt und zog jetzt mit dem Fahrrad ab. Ich wollte gerade loslaufen und ihm das Rad abnehmen und ihn vielleicht verprügeln oder sonstwas. Ich weiß nicht, was ich wollte, weil man ja einen Penner nicht verprügeln kann. Und ich weiß auch nicht, was genau passiert ist, weil Karen ja nichtmal sagte: »Laß mich das machen.« Sie ging nur einfach ein bißchen schneller als ich, und als sie neben dem Penner war, sagte sie ganz leise und höflich zu ihm: »Entschuldigen Sie bitte, aber das ist mein Fahrrad.« Und der Penner schaute sie an und sagte sehr höflich: »Oh, Ihr Fahrrad ist das??!!! Das tut mir leid.« Und er gab ihr das Fahrrad. Er war überhaupt nicht verlegen. Ich meine, er hatte anscheinend überhaupt kein schlechtes Gewissen. Es tat ihm nur leid, daß er das falsche Fahrrad erwischt hatte.

Entschuldigen Sie bitte, aber das ist mein Fahrrad! Es ist nicht zu fassen! Manchmal begreife ich nicht, wie sie das macht. Und ich war schon wieder auf dem Kriegspfad! Karen ist wirklich wie meine Mutter. *Wenn Sie mir nichts tun, tu ich Ihnen auch nichts.* Sie ist wirklich genau wie meine Mutter.

56

Thula, Mama

Als sie ihr Baby hatte, sang sie ihm immer ein afrikanisches Trostlied vor, *Thula, Mama,* und das Gedicht, das sie ihm oft ins Ohr flüsterte, und das es später dann, als es reden konnte, laut herausbrüllte, hieß *Lied um eine Schlange zu töten,* und das Gedicht setzte gleich ganz mächtig ein:

Mayombe – bombe – mayombé!
Mayombe – bombe – mayombé!
Mayombe – bombe – mayombé!

Sie hatte keine besondere Vorliebe für Afrika oder die Dritte Welt, und es gab nichts in ihrem Leben, das sie mit Afrika verband, aber Afrika war damals eine Zeitlang Mode, aus guten Gründen, und das waren eben die Sachen, die in der Luft lagen. Man brauchte sie nur zu nehmen und zu singen. *Thula, Mama* und *Sensemayá, die Schlange.*

Es war das Sanfte und das Wilde, und ihr Kind wird das später vielleicht noch seinen Kinder vorsingen, und seine Kinder wieder ihren Kindern, undsoweiter, bis jemand diese beiden Lieder zum erstenmal vergißt, oder bis sie nicht mehr in den Rhythmus der Zeit passen und zu all den anderen Liedern gehen, die vergessen worden sind, und die kaum mehr jemand singt, weil sie vielleicht nicht mehr in den Rhythmus der Zeit passen... *Der Mond ist aufgegangen... und mit Näglein besteckt... und Mayombe-bombe-mayombé!... und die Schlange geht ohne Pfoten, die Schlange verbirgt sich im Gras und Thula, Mama und Ein Wiegenlied, bei Mondschein zu singen und Morgen früh, wenn Gott will und Du gibst der Schlange eins mit der Axt und sie stirbt, Gibs ihr nicht mit dem Fuß, denn sie beißt und Der Mond ist aufgegangen und So schlafe nun du Kleine und Mayombe-bombe-mayombé und Morgen früh, wenn Gott will Und unsern kranken Nachbar auch.*

57

Rotweinflecken

Die Band spielte *Satisfaction* und dann *River Deep Mountain High* und danach noch, weil es eine altmodische Band war, *Ginny Come Lately*, und dann noch ein paar Sachen, und er ging erst zu ihrem Tisch hinüber, als sie *Great Balls of Fire* spielten. Er hatte Angst, daß sie nicht mit ihm tanzen wollte.

Sie hatte ein weißes Sommerkleid an, weil es Sommer war, und sie hatte ein Gesicht, das war wie das Gesicht der Frauen, die sein Schicksal werden sollten, sein Leben. Die Liebe würde für ihn immer ein Gesicht haben, das so ähnlich war wie dieses Gesicht. Aber das wußte er in dieser Nacht noch nicht. Er war zwanzig Jahre alt, und die Band spielte *Great Balls of Fire*, und er mußte hinübergehen und sie fragen, ob sie mit ihm tanzen wollte.

Als er an ihrem Tisch stand und sie gefragt hatte, nickte sie ganz leicht, wie Frauen nicken, wenn sie tanzen wollen, und stand gleichzeitig auf, und beim Aufstehen stieß sie an den Tisch, und das noch fast volle Glas mit Rotwein kippte um, und der ganze Rotwein spritzte über das weiße Sommerkleid. Die anderen beiden Mädchen an ihrem Tisch tranken Weißwein, aber sie hatte dieses Glas mit dem Rotwein bestellt, der sich jetzt über den Schoß ihres weißen Kleides verteilt hatte.

Es gibt zwei oder drei Methoden, Rotweinflecken zu entfernen. Man kann Salz auf die Flecken streuen. Man kann, wenn es um Baumwolle oder Leinen geht, heißes Wasser darübergießen. Und man kann auf den Fleck Weißwein schütten. Das muß allerdings sofort passieren.

Aber an diesem Abend, als die Band gerade *Great Balls of Fire* spielte, war in dem Rockschuppen kein Salz zu bekommen, und man kann doch nicht mitten in einem Tanzlokal jemandem heißes Wasser auf den Schoß schütten! Und keiner von ihnen wußte, daß es auch mit Weißwein geht. Niemand in dem ganzen Lokal wußte das anscheinend.

Wenn er gewußt hätte, daß die Flecken mit Weißwein weggehen würden, dann hätte er einfach eines der Gläser der beiden anderen Mädchen genommen und sie auf das weiße Kleid mit den Rotweinflecken geschüttet. Wenn es nötig gewesen wäre, hätte er sogar beide Gläser genommen.

Aber niemand wußte, daß das funktionieren würde, und das Mädchen stand auf und ging nach Hause. Sie verschwand für immer aus dem Lokal und aus seinem Leben, während die Band noch immer *Great Balls of Fire* spielte, und er weiß jetzt – so viele Jahre später –, daß ihr Gesicht das Gesicht war, das die Liebe für ihn haben sollte. Mund, Augen, Nase und Haar – es kann keinen Zweifel geben. Er hat ihr Gesicht die ganze Zeit angeschaut, bevor er an ihren Tisch gegangen ist, als sie *Satisfaction* spielten und *River Deep Mountain High* und alle die anderen Sachen, bis sie dann nickte und gleichzeitig aufstand und das Glas mit dem Rotwein umkippte.

58

Er wollte mit ihren Schuhen anfangen

Er wollte mit ihren Schuhen anfangen. Das hatte er schon lange nicht mehr gemacht, und er saß gerade neben ihr auf dem Fußboden. Da war es eigentlich ganz logisch, daß er mit ihren Schuhen anfangen wollte. Aber sie hatte sie schon ausgezogen, und er war wieder überrascht, wie zart die Haut auf ihren Füßen war.

Er fuhr ganz vorsichtig mit den Fingern über ihre Füße und schaute ihr Gesicht an. Es dauerte nur ein paar Sekunden, und ihr Gesicht fing wieder an, sich zu verändern. Sie wurde jünger, als sie war, vielleicht achtundzwanzig, und dann noch ein paar Jahre jünger, und dann wieder älter, und er war wieder völlig gefangen von der Art, auf die ihr Gesicht sich dauernd veränderte. Er ist ein sehr methodischer Mensch, und er fing an, stumm mitzuzählen: fünf... sechs... sieben...

Als sie aussah wie einundzwanzig, sagte er: »Irgendwer hat einmal ein Buch geschrieben mit dem Titel *Das Recht das Mannes auf zwei Frauen.*«

»Was für ein Unsinn«, sagte sie.

Und er sagte: »Ja, was für ein Unsinn«, und zählte weiter: ...acht... neun... zehn. Jedesmal, wenn ihr Gesicht sich veränderte, blitzte es irgendwo. Zuerst dachte er, das seien Blitze wie hinter dichten dunklen Wolken. Aber dann kam es ihm so vor, als wäre es ein Blitzen hinter ihrem Gesicht.

Als sie aussah wie ein fünfzehnjähriges Mädchen, dachte er: *Ich muß das genau beobachten, wo diese Blitze herkommen. Ich darf mich jetzt nicht ablenken lassen. Ich will das wissen.* Und dann sah sie aus wie jemand, der sechsundzwanzig Jahre alt war, und während er noch wie Thomas Edison über Blitze nachdachte, wurde er schon von dem Wind davongetragen, der die dichten dunklen Wolken vor sich hertrieb, hinter denen vielleicht diese Blitze hervorgekommen waren, die man jetzt nicht mehr sehen konnte, weil der Wind alles mit sich mitriß, die Blätter auf dem Boden, alte Zeitungen, den Sand vor dem Haus und sie und ihn und alle die Vorsätze, diese Blitze genau zu beobachten. Unbeirrbar und ruhig und wissenschaftlich.

59

Immer noch dreizehn

Und auf einmal ist der Tod wieder ein ganzes Stück weit entfernt, etwas in kühlen Krankenzimmern, wo jemand seinen letzten Schluck Wein trinkt, seinen letzten Schluck Wasser.

Auf einmal ist der Tod wieder an den Rand gerückt, und sie sitzen hier unter dem gelben Sonnenschirm auf der Terrasse und trinken Campari. Er ist wieder in der Welt, ist wieder aus dem Zimmer zurückgekommen, in dem seine Mutter gestorben ist. Er hat in der alten Stadt die drei letzten Wochen ihres Lebens mit ihr verbracht, hat ihre Hand gehalten, und mir ihr geredet und ihr Wein gebracht und Wasser. Er hat Dinge gedacht und getan, die er nie jemandem sagen wird. Wenn es eine Ewigkeit gibt, dann werden da ohnehin alle wissen, was jemals gedacht und getan worden ist, und wenn es keine Ewigkeit gibt, dann wird er in alle Ewigkeit der einzige sein, der das weiß.

Der letzte Schluck Wein, den sie in ihrem Leben trank, war ein Schluck von dem Wein, den man im Krankenhauskiosk bekam, und als sie davon getrunken hatte, sagte sie, da sehe man mal wieder, daß trocken, wenn es um Weine gehe, oft nur ein Euphemismus für sauer sei. Das Sprechen fiel ihr schon sehr schwer, und sie brauchte für diesen Satz vielleicht neun- oder zehnmal so lange wie jemand, der nicht im Sterben liegt. Und das Lächeln, das zu diesem Satz gehörte, war auf ihrem Gesicht nicht mehr zu sehen.

Es war nur noch in ihren Augen, ganz weit hinten, wo nur er es finden konnte.

Das war vor zwei Monaten, und jetzt, hier im Sommer, erzählt er der Frau unter dem gelben Sonnenschirm, wie diese drei letzten Wochen gewesen sind. Er erzählt von dem Supermarkt, in den er mittags immer einkaufen gegangen ist, und wie er einmal aus dem Markt kam und das Mädchen wiedergesehen hatte, hinter der er mit dreizehn her war.

Und jetzt ist der Tod wieder ein ganzes Stück weit entfernt, und er sagt: »Ich war dreizehn. Und sie war auch dreizehn, und sie wollte mich nicht haben.«

»Oh!?«, sagt sie überrascht.

»Ich hatte ja nichtmal einen Plattenspieler«, sagt er.

»Wie sieht sie denn heute aus?« fragt die Frau. »Hat sie sich sehr verändert in all diesen Jahren? War es ein große Enttäuschung? Ist sie dick und unansehnlich geworden?«

»Nein«, sagt er. »Sie ist immer noch schön. Ich hab sie gleich wieder erkannt.«

»Und sie dich auch?«

»Ja«, sagt er. »Ich hab ihr Briefe geschrieben, als wir dreizehn waren. Und unten hab ich immer drei Streichhölzer auf den Brief geklebt, damit sie ihn gleich verbrennen konnte.«

»Oh, ja«, sagt die Frau. »Immer ein aufmerksamer Liebhaber. Drei Streichhölzer – falls mal eines abbricht.«

»Falls *zwei* abbrechen«, sagt er lachend. Der Tod ist jetzt wirklich sehr weit entfernt. Und dann sagt er: »Ich hab immer gerne Briefe geschrieben.«

»Ich weiß«, sagt sie. »Ich hab allerdings nie einen mit drei Streichhölzern bekommen.«

Er schaut in das Gelb des Sonnenschirms hoch. »Und dann«, sagt sie. »Was ist dann passiert? Seid ihr zusammen ins Café gegangen? Oder zum Essen?«

»Nein«, sagt er.

»*Nein?*« Die Frau ist ziemlich überrascht. »Also, ihr habt euch gegenseitig erkannt, und du bist auf sie zugegangen, und sie ist auf dich zugegangen. Was zum Teufel ist denn passiert, daß ihr nicht im Café gelandet seid?«

»Naja«, sagt er. »Ich weiß, es ist wirklich blöde, aber ich bin einfach weggerannt. Ich hätte nichts zu ihr sagen können. Das wäre nicht gegangen. Ich hätte einen Brief schreiben können, aber ich hätte keinen Ton herausgebracht. Also bin ich weggelaufen.«

»Oh, Gott!« Sie lacht und lacht und sie lehnt sich weit in ihrem Stuhl nach hinten und lacht in diesen ungeheuer blauen Himmel hinauf. »Willst du damit sagen, daß du wie ein dreizehnjähriger Junge vor jemandem weggelaufen bist, der schon längst nicht mehr dreizehn ist? Vor jemandem, der alles verstanden hätte, nur eben nicht, daß du vor ihm wegläufst?«

Sie lacht in den Himmel hinauf, der jetzt ganz dunkelblau ist und nach hinten wegkippt in irgendeine andere Ecke der Milchstraße, wie er das manchmal in München tut. Und wenn sie lacht, tut er das immer. Man fällt in ihr Lachen hinein wie in einen Brunnen, und auf einmal stürzt man in den Himmel, der nach hinten wegkippt in irgendeine andere Ecke der Milchstraße. »Mein Gott, ich bin ja so froh«, sagt sie. »Ich bin ja so froh, daß du mir nie einen Brief mit drei Streichhölzern geschickt hast!«

60

T-shirt-Geschichte

Ja, doch. Sie hat so ein T-Shirt. Ein hübsches zitronengelbes T-Shirt, das ihr sehr gut steht. Aber sie würde sich auf diesem Bild nie wiedererkennen. Sie würde immer sagen, daß sie das nicht ist. Junge Mädchen machen das vielleicht an irgendwelchen Sommerabenden, und schließlich leben wir in einer Industriegesellschaft mit einem ausgeprägten Textilimport. Da gibt es Tausende von solchen T-Shirts. Da kann man leicht jemanden verwechseln, und außerdem sind das irgendwelche männlichen Projektionen. Frauen finden das nicht so wichtig. Das ist sicher eine Verwechslung, vielleicht sogar eine Fälschung, jedenfalls irgendetwas, das sich mit ein bißchen Anstrengung leicht aufklären ließe, und trotzdem ist es hier. Eine Notiz, noch schärfer als ein Foto: »Sie trägt ihre Brüste unter einem hübschen, zitronengelben T-Shirt vor sich her wie das Emblem eines Landes, das noch nie einen Krieg verloren hat.«

Donnerstag, 8. April 1993. Eine Verwechslung ist nicht möglich. Und auch mit sehr viel Anstrengung ließe sich da nichts aufklären. Es ist ganz unbezweifelbar da – hübsch, zitronengelb, am 8. April 1993. Einem Donnerstag. Das kann man doch nicht erfinden.

61

Ein Lächeln, ein Händedruck, und manchmal berühren sich ihre Körper ganz leise

Ein Lächeln, ein Händedruck, ein Kuß zur Begrüßung (und einer zum Abschied), seit das Küssen in Mode ist, ein langer Blick über die Köpfe der anderen hinweg, ein paar unverbindliche Bemerkungen, Kommentare, die nichts übertreiben, und manchmal berühren sich ihre Körper ganz leise, wenn sie aneinander vorbeigehen – eine Schulter streift ganz kurz eine andere Schulter, eine Hand berührt eine Hand für einen winzigen Augenblick. Wenn man die Zeit messen würde, in der sie sich in all diesen Jahren auf diese Art berührt haben, dann käme man vielleicht auf zehn oder zwölf Sekunden. Nicht mehr als ein guter Sprinter auf die hundert Meter braucht.

Die Anlässe sind immer Familienfeiern. Hochzeiten, besondere Geburtstage, Beerdigungen, Taufen (obwohl kaum mehr jemand seine Kinder taufen läßt), Jahrestage. Sie sehen sich nicht sehr oft, weil sie nur sehr entfernte Verwandte sind, und das ist auch der Grund, warum die Frau, die sie bei diesen Feiern beobachtet, sie nicht besonders oft zusammen sieht.

Wenn die Frau sie beobachtet, ist es immer wie ein Fest für sie, auch wenn der Anlaß eine Beerdigung ist. Sie mag die beiden. Sie sind zwei schöne junge Menschen, die jetzt schon nicht mehr ganz jung sind. Wenn die Frau die beiden beobachtet, geht immer ein leichter kühler Wind, der daher kommt, daß sie sich immer mit ironischen Blicken betrachten. Aber das kann auch eine Täuschung sein. Die unverbindlichen Bemerkungen und Kommentare, die sie miteinander austauschen, klingen ja manchmal auch ironisch.

Die Frau, die sie beobachtet, stellt mit Befriedigung fest, daß niemand über die beiden redet. Niemand redet über sie, weil es nichts über sie zu reden gibt. Die Frau denkt manchmal, daß die beiden sind wie Kinder, die gar nicht wissen, was mit ihnen los ist, die nur ab und zu einmal Sachen sagen und Blicke miteinander tauschen, die einen vermuten lassen könnten, sie wüßten etwas.

Am Ende, denkt die Frau manchmal (und denken wir jetzt auch), am Ende ist es so, daß alles, was zwischen den beiden geschieht, nur im Blick dieser Frau geschieht. Wenn sie ihren Blick abwenden würde, dann wäre alles nur ein Lächeln, einen Händedruck, und *Oh, das war eine schöne Hochzeit, und ich hab schon lange nicht mehr soviel getanzt.* Es wäre nichts anderes als das. Und natürlich ein Kuß zu Begrüßung (und einer zum Abschied), seit das Küssen in Mode ist.

62

Die Ausbreitung von Garagentüren in Mitteleuropa

Nein, das kann man nicht lernen. Dahinter steckt ein langer evolutionärer Prozeß. Nur deswegen kann sie hier auf diese Art mit ihrem Bikini durchs Gras gehen. Sie hat lange dunkle Haare und sehr lange Beine, und sie bewegt sich, als sei der Bikini gleich nach dem Ende der Eiszeit erfunden worden und als hätten seither Millionen und Millionen von Frauen jahrtausendelang unentwegt geübt, wie man sich am elegantesten in einem Bikini bewegt, nur damit sie heute so an uns vorbeigehen kann: groß, kühl, unendlich lang und wahnsinnig elegant.

Sie legt sich auf ihre Matte ins Gras, macht das Oberteil ihres Bikinis ab, legt sich auf den Bauch und liest ein Buch. Wahrscheinlich irgendetwas von einem französischem Ethnologen. Ungefähr jede Stunde steht sie auf, zieht das Oberteil wieder an und stellt sich kurz unter die Dusche die etwa hundert Meter entfernt ist. Es ist sehr heiß, und sie ist groß und kühl, aber sie muß trotzdem einmal jede Stunde unter die Dusche.

Es ist nicht so, daß sie hochnäsig oder abweisend wäre, sie ist nur groß und kühl, und sie ist so sehr von dem Buch des französischen Ethnologen absorbiert, daß die jungen Männer in ihrer Nähe gar nicht auf den Gedanken kommen, aufzustehen und sich neben ihrer Matte ins Gras sinken zu lassen und ihr ein paar dumme Sachen zu sagen. Sie ist ganz einfach vollkommen und schön. Sie ist der Endpunkt eines evolutionären Prozesses. Das merken sogar die jungen Männer, und ich möchte, daß es immer so bleibt.

Ich hätte nichts dagegen, wenn die Welt und die Evolution jetzt zum Stillstand kämen und ich ihr für immer dabei zuschauen könnte, wie sie jede Stunde aufsteht und langsam und elegant zur Dusche hinübergeht. Aber ich weiß, daß das nicht möglich ist. In fünf oder sechs Jahren wird sie irgendeinen Diplomingenieur heiraten und ein Haus bauen und überall herumfahren, um die schönsten Garagentüren für ihr Haus zu finden. Sie hat immer eine Kamera dabei und fotografiert Garagentüren, die sie zu Hause ihrem Mann und ihren Freunden und Verwandten zeigt, bis sie sich schließlich für die Tür entscheidet, die ihr am besten gefällt.

Ich möchte nicht, daß das passiert. Ich möchte, daß dieser Nachmittag nicht mehr aufhört, dieser Nachmittag, an dem sie groß und kühl und unendlich lang und wahnsinnig elegant jede Stunde einmal zur Dusche geht. Aber ich weiß natürlich, wenn alle Leute so denken würden, wie ich jetzt gerade denke, dann würde es keine Paläste geben und keine Kathedralen und keine Autos. Es würde nicht einmal Duschen geben. Und es würde nur wenig schöne Menschen geben, weil das Leben ohne die Zivilisation so hart ist, daß man sehr schnell häßlich wird. Und natürlich würde es auch keine Garagentüren geben und niemanden, der in fünfzig oder hundert Jahren genau rekonstruieren könnte, wann und wie sich eine bestimmte Art von Garagentür in Mitteleuropa ausgebreitet hat, welche Einflüsse da wirksam waren und welche Auswirkungen das alles hatte.

Aber heute, jetzt an diesem Nachmittag, kann ich mich mit all diesen Überlegungen nicht anfreunden. Es ist mir gleichgültig, ob in hundert Jahren jemand eine Dissertation über unsere Garagentüren schreibt und über die Art, auf die sie sich in Mitteleuropa ausgebreitet haben. Ich möchte ihm sogar wünschen, er würde sich etwas Nützlicheres einfallen lassen, sonst kann er sich ja gleich ins Gras legen und zuschauen, wie jemand jede Stunde auf unnachahmliche Art zu einer Dusche hinübergeht. Groß, kühl, unendlich lang und wahnsinnig elegant.

63

Wie ein Glas Wein

If everybody loves me
– where are they tonight?

»Das wundert mich nicht«, sagte Paul, der jetzt ein alter Mann ist. »Als sie sechzehn oder siebzehn war, sind sogar die hübscheren Mädchen rot geworden, wenn sie sie gesehen haben. Sie haben sich einfach geniert.« Er machte eine Pause und sagte dann: »Ich glaub, die hübscheren Mädchen genieren sich immer noch, obwohl sie jetzt nicht mehr sechzehn oder siebzehn sind.«

Paul kennt sie schon sehr lange. Er hat ihrer Mutter schon Blumen in die Geburtsklinik gebracht. »Das wundert mich überhaupt nicht«, sagte er. »Wenn die Leute jetzt ihren Sohn für ihren Mann oder für ihren Liebhaber halten, dann wundert mich das überhaupt nicht. Es würde mich allerdings wundern, wenn sie sich einen Liebhaber halten würde. Ich kann mir nicht vorstellen, daß sie für so korrupte Sachen zu haben ist. Sie würde nie jemanden nur zeitweise benutzen.«

Paul kennt sie sehr gut. Es ist fast, als wäre sie seine Tochter. »Ich weiß noch«, sagte er. »Ich weiß noch diese wunderbare Familienfeier, bei der wir vielleicht fünfundzwanzig oder dreißig Leute waren, und sie war ungefähr zwei Jahre alt. Höchstens zweieinhalb. Und um elf wurde sie müde und mußte ins Bett. Aber sie wollte noch nicht gehen. Da hatte ihre Mutter eine gute Idee.« Paul lächelte, als er das erzählte. »Sie durfte alle Leute am Tisch nacheinander küssen. Einer gab sie an den anderen weiter, und sie bekam wieder einen Kuß. Sie wanderte um den Tisch wie ein Glas Wein. Damals war das Küssen noch nicht so in Mode wie heute, und ich glaub, alle Leute auf dem Fest waren ganz begeistert von dieser Idee.«

Paul hat ein wunderbares Langzeitgedächtnis. Aber sein Kurzzeitgedächtnis läßt auch nichts zu wünschen übrig. »Weißt du«, sagte er. »Ich hab immer gewußt, daß sie immer schöner wird. Sie war die schönste Frau gestern auf dem Ball, und damals an diesem Abend, an dem sie wie ein Glas Wein um den Tisch gewandert ist, hat ihr Vater sie hinterher in den Beiwagen seines Motorrads gesetzt, ist mit ihr nach Hause gefahren und ist dann wieder gekommen und hat mit uns weitergefeiert, und ich hab damals gedacht: siehst du, hab ich gedacht, dieses Mädchen wird nie einsam und allein sein.«

64

Raststättenindianer

Wenn wir ehrlich sind, müssen wir zugeben, daß wir alle nicht viel darüber wissen. Kaum einer von uns hat eine Vorstellung davon, was für ein Verhältnis Frauen zu physischer Gewalt haben. Die meisten würden wahrscheinlich sagen, daß Frauen nur selten physische Gewalt anwenden, und daß der Rest der Welt sich auf diese Zurückhaltung verläßt.

Es gibt auch sarkastische Bemerkungen, die nicht ganz ohne Grund gemacht werden. Ein paar aufmerksamen Männern ist aufgefallen, daß Frauen, wenn sie beim Fußballspielen ein Foul begehen, sich anders verhalten als Männer. Ein Mann, sagen diese Männer, entschuldigt sich, wenn er ein Foul begangen hat, hilft oft dem Gegenspieler, den er umgesäbelt hat, wieder auf die Beine und klopft ihm auf die Schulter. Beim Frauenfußball, sagen diese Männer, lasse sich etwas anderes beobachten: Frauen, die ein Foul begehen, nähmen dieses Foul oft gar nicht wahr und liefen ganz ungerührt weiter. Wenn es keinen Schiedsrichter gäbe, dann hätten diese Frauen das Gefühl, sie seinen die fairsten Fußballspielerinnen der Welt.

Die Männer, denen das aufgefallen ist, erklären sich dieses Verhalten so: Frauen hätten eben das Gefühl, Objekte zu sein, Opfer. Sie könnten sich gar nicht vorstellen, daß sie jemandem physisch wehtun können. Daß sie Täter sein könnten. Das sei für sie keine Kategorie, und deshalb seien sie auch nicht in der Lage, wahrzunehmen, daß sie physische Gewalt ausübten. Es ist schwer zu sagen, ob diese Theorie stichhaltig ist, die Beobachtung da auf dem Fußballplatz allerdings ist nicht ganz abseitig. Man *kann* das schon beobachten.

Aber wir wollen das Thema Frauenfußball hier nicht weiter behandeln, weil die Frau, von der wir hier die ganze Zeit reden, nicht Fußball spielt. Fußball ist etwas ganz weit außen am Rand ihrer Welt. Sie hat allerdings ein interessantes Verhältnis zur körperlichen Gewalt, das ziemlich weit von der Zurückhaltung entfernt ist, auf die sich der Rest der Welt verläßt.

Sie hat sehr lange Beine, mit denen sie vieles tut und die viele Dinge bewirken. Ihre Beine sind Anlaß großer Inspiration und Gegenstand heftiger Neidattacken. Es gibt einen Mann, der jedesmal, wenn er ihre Beine sieht, in seinem Kopf die ersten Takte von *Carolina in My Mind* hört: »In my mind I'm going to Carolina...« Es ist wie eine Spieluhr. Er hört immer dieselbe Melodie. Wir übertreiben wahrscheinlich nicht, wenn wir sagen, daß er sie schon tausendmal gehört hat. Natürlich gibt es Männer, die andere Spieluhren im Kopf haben und andere Melodien hören, wenn sie die Beine dieser Frau sehen. Es wäre einmal interessant, alle diese Spieluhren in die Regale eines großen Spielzeuggeschäfts zu stellen und sie gleichzeitig ablaufen zu lassen. Vielleicht wäre dann ein wahnsinniges Konzert zu hören, in dem die ganze Geschichte der Musik in einer einzigen großen Explosion zusammenschießt.

Das ist der poetische Aspekt ihrer Beine, die sie manchmal auch dazu benutzt, irgendwelchen Dränglern ein Bein zu stellen. Vor ein paar Jahren knallte ihr auf dem Bahnhof jemand von hinten zweimal innerhalb von fünfzehn Sekunden seinen Koffer in die Hacken, und beim zweitenmal dreht sie sich um und sagte: »Ich würde das nicht noch einmal tun. Wenn Sie etwas wollen, müssen

Sie *reden.*« Als der Jemand ihr seinen Koffer zum drittenmal gegen das Bein knallte, machte sie einen leichten, eleganten Schritt auf die Seite, und keiner der Umstehenden sah, was wirklich passierte, aber sie muß etwas mit ihrem Bein gemacht haben, weil der Jemand plötzlich neben seinem dränglerischen Koffer auf dem Boden des Münchner Hauptbahnhofs lag. Niemand weiß, was für eine Melodie in seinem Kopf ablief, und das interessierte auch niemanden. Er lag da wie ein verblüffter Scheißhaufen, der in die Räder des Zivilisationsprozesses geraten und auf die Steinplatten eines Bahnhofsbodens geschleudert worden war.

Es ist wirklich seltsam, wie viele Leute glauben, sie könnten an öffentlichen Orten tun, was sie höchstens zu Hause in ihrem Wohnzimmer tun sollten. Obwohl es schwer vorstellbar ist, daß jemand in seinem Wohnzimmer hinter jemand anderem hergeht und ihm dauernd seinen Koffer in die Hacken rammt. Für so etwas gibt es wahrscheinlich überhaupt keinen passenden Ort auf der Welt. Einmal kam die Frau, von der wir hier reden, morgens in einen U-Bahn-Wagen und wollte sich auf den letzten Fensterplatz setzten, der noch frei war. Das heißt, er war nicht mehr ganz frei. Auf dem Fensterplatz lagen die Füße eines jungen Mannes, der auf dem gegenüberliegenden Platz saß.

Die Frau sagte zu ihm: »Könnten Sie bitte ihre Füße von dem Sitz nehmen? Ich möchte mich da gerne hinsetzen.«

Der junge Mann schaute sie an, als hätte sie einen schlechten Scherz gemacht. Er sagte: »Ich brauch den Platz für meine Füße. Da können Sie nicht hin.«

Sie sagte ganz leise zu ihm: »Wenn Sie nicht sofort ihre Füße von dem Platz nehmen, spring ich Ihnen auf die Knie.«

Der junge Mann war vielleicht achtzehn oder zwanzig, und in diesem Alter braucht man seine Knie noch für allerhand Dinge. Vielleicht war er Handballspieler oder Bergsteiger, oder er tanzte einfach gerne. Er wußte nicht genau, daß er nur noch zwei Sekunden Zeit hatte, aber er spürte es irgendwie. Die Frau, die da vor ihm stand, weiß, daß man nur Dinge androhen darf, die man auch tun will und die man auch tun kann. Sie weiß das besser als manche Politiker oder Generäle, und der junge Mann spürte das anscheinend. Er zog ganz schnell, bevor die zwei Sekunden abgelaufen waren, die Füße von dem Sitz, und die Frau setzte sich ihm gegenüber.

Als er nach drei Stationen ausstieg, sagte er vorsichtig lächelnd auf Wiedersehn zu ihr und wünschte ihr noch einen guten Tag. Sie lächelte zurück. Das Lächeln auf ihrem Gesicht ließe sich als wissendes Lächeln bezeichnen.

Weil das hier eine moralische Erzählung ist und weil die Moral oft ein bißchen komplizierter ist als irgendeine zweimal-zwei-ist-vier-Logik, wollen wir mit einer Geschichte schließen, die sich im Jahre 1992 auf dem Parkplatz einer Autobahnraststätte in Norddeutschland zugetragen hat.

Die Frau, die schon so viele Spieluhren in den Köpfen von Männern aufgezogen hat, war mit ihrem Mann und ihrem ältesten Sohn auf einer Reise nach Hamburg. Sie hatten alle etwas von diesen fetten Plastiksachen gegessen, die man in den Autobahnrestaurants bekommt, und danach war die Frau schon zum Auto vorausgegangen, während ihr Mann und ihr Sohn noch auf die Toilette gingen.

Sie setzte sich hinter das Lenkrad, ließ, weil es sehr heiß war, die Tür offen und schlug eine Landkarte auf. Kurz danach trat ein junger Mann an die offene Tür, der auch eine Landkarte in der Hand hielt und sich nach dem kürzesten Weg zu der Stadt, die als nächste an der Autobahn lag, erkundigte. Das war eine etwas seltsame Frage, weil der Name dieser Stadt auf allen Schildern stand und der kürzeste Weg natürlich der Weg über die Autobahn war. Die Frau sagte ihm das auch, aber er war noch nicht zufrieden und trat noch näher herum, um sich den Weg auf ihrer Karte zeigen zu lassen. Er verdeckte jetzt mit seinem Körper praktisch die ganze Türöffnung und hörte nicht auf, seine dumme Frage zu stellen.

Der Frau war jetzt klar, daß er gar nicht in diese Stadt wollte, sondern daß er sie überfallen wollte oder sonst etwas. Sie saß so unglücklich hinter dem Lenkrad, daß sie sich kaum bewegen konnte. Er deckte mit seinem Körper die Tür so ab, daß von außen niemand sehen konnte, was sich im Wagen abspielte. In diesem Augenblick kamen der Mann und der Sohn der Frau aus der Autobahnraststätte heraus, und als ihr Mann sah, daß sich da jemand sehr weit in das Auto beugte, begriff er nach drei Sekunden, was da los war. Oder was da los sein könnte. Er bedeutete seinem Sohn, er solle um das Auto herumgehen, um dem Mann eventuell den Weg abzuschneiden, falls er davonlaufen wollte. Er wartete, bis sein Sohn zehn Meter hinter dem Auto stand. Dann ging er los.

Er ging ganz langsam. Er ging nicht wie jemand, der jemand anderem zu Hilfe kommen will, sondern wie jemand, der vorsichtig eine Falle zuschnappen lassen will und sich unendlich viel Zeit damit läßt. Seine Frau sah ihn – während der junge Mann immer weiter in den Wagen drängte – so unerklärlich langsam ankommen, während hier im Auto alles mögliche passieren konnte.

Der junge Mann war vollkommen verblüfft, als plötzlich der Mann hinter ihm stand und ihm auf die Schulter tippte. Zu seinem Glück machte er keine falsche Bewegung und sagte, er wisse jetzt den Weg.

Später, als sie schon wieder auf der Autobahn waren, sagte die Frau: »Das hättet ihr nicht tun dürfen. Ihr habt euch Zeit gelassen wie bei einem Sonntagsspaziergang.« Sie schaute ihren Mann, der neben ihr saß, zornig an. »Ihr habt euch benommen wie irgendwelche Indianer, die ganz langsam einen Angriff im Morgengrauen vorbereiten.«

Ihr Mann wollte etwas sagen.

»Nein«, sagte sie. »Hör mich an. Ihr habt euch so benommen,

als wolltet ihr nicht mir helfen, sondern nur diesen Kerl fangen. Er hätte mich ganz leicht mit einem Messer angreifen können, während ihr überlegt habt, was ihr mit ihm anstellen werdet, wenn ihr ihn erwischt habt. Er hätte mich würgen können.«

Ihr Mann wollte etwas sagen.

»Hör mich an«, sagte sie wieder. »Ich war der wichtigste Mensch in dieser Aktion, und für euch war dieser Typ der wichtigste. Ihr habt euch benommen wie ganz kleine dämliche Machos. Es ging vielleicht um mein Leben oder um meine Gesundheit, und für euch war das bloß ein Abenteuer.«

Ihr Mann wollte etwas sagen, aber sie schaute ihn nur finster an, und er sagte nichts.

»Das dürft ihr nie wieder tun«, sagte sie. »Nie wieder.«

65

In Italien

I came so far for beauty
I left so much behind
my patience and my family
my masterpiece unsigned

– Leonard Cohen

Seine Frau war schon drei Tage vorher mit dem Auto zurückgefahren. Sie mußte wieder arbeiten, und er hatte noch in der Agentur angerufen und seinen Urlaub um drei Tage verlängert. Er wollte noch zwei Bilder zu Ende malen und dann, in drei Tagen, mit dem Zug nach Hause fahren. Er behielt das Zimmer im Hotel, in dem sie zwei Tage lang gewohnt hatten. Vom Balkon aus hatte man einen sehr schönen Blick aufs Meer.

Sie waren drei Wochen lang ohne bestimmtes Ziel durch Italien gefahren, ein bißchen verloren, ein bißchen unsicher. *Nicht ganz in der Welt,* hatte er oft gedacht. Er war noch einmal davongekommen. Er war wieder gesund. Aber natürlich war er auch für immer verwundet. Er würde immer daran denken. Nachts, wenn er alleine war. Wenn er Angst hatte. Aber er war wieder da. Wieder in der Welt.

Am meisten hatte ihn überrascht, daß die Arbeit ihn nicht losließ. Als sie an einem Sonntagvormittag in Lucca auf dem Wall, der die Stadt umschließt, spazierengingen, wurden sie von zwei

Männern überholt, die offensichtlich den Sonntagvormittag zum Joggen auf dem Festungswall benutzten. Während die beiden Männer langsam an ihnen vorbeiliefen, hörte er, daß sie sich übers Essen unterhielten. Sie sprachen über eine bestimmte Art, eine Salsa zuzubereiten. Wie schön! dachte er. Wie paradiesisch! Am Sonntagvormittag laufen wir um die Stadt herum und reden über das Essen, das es nachher gibt und noch über ein paar andere Dinge, die wir gerne essen. Und die Welt fängt an zu riechen. Sie riecht nicht mehr nur nach sich selber, sondern auch nach dem, was wir aus ihr machen. Wie paradiesisch! Und im selben Augenblick schon hatte er die Idee zu einem Werbespot, in dem zwei Männer auf einer Stadtmauer immer wieder an jemandem vorbeilaufen und über italienische Teigwaren labern. Eine Art Pastalitanei, die immer schneller und ironischer wurde.

Aber das war zu lang für einen Spot. Für einen Film allerdings über das Essen in Italien wäre das ein wunderbarer *running gag*. Er beschloß, diesen Einfall einem Freund zu schenken, der Filme fürs Fernsehen machte. Die Mauer von Lucca. Die Mauer, hatte er irgendwo gelesen, war so angelegt worden, daß es vor der Stadt keinen toten Winkel gab, in dem irgendwelche Angreifer sich hätten verstecken können. In dem sie Deckung hätten finden können. So war es ihm in der Zeit seiner Krankheit gegangen. Es hatte keinen toten Winkel gegeben. Er war vollkommen schutzlos gewesen. Er war monatelang in panischer Angst über ein Feld gerannt, auf dem man ihn abschießen konnte wie einen Hasen. Und jetzt hatte er wieder einen toten Winkel gefunden, in dem er die Angst nicht so deutlich spürte. Seine Arbeit.

Er kam so schwer davon los. Alles, was er sah, wurde zu Arbeit, zu einer Textzeile, zu einem Gag, zu einem Filmspot. Er mochte diese beiden Männer da auf dem Stadtwall von Lucca. Sie waren etwa Mitte fünfzig, vielleicht auch etwas jünger, und sie hatten richtige Gesichter. Interessante Gesichter. Italienische Männer, hatte er oft gesagt, bekommen erst Gesichter, wenn sie über fünfzig sind. Die meisten der jüngeren haben leere arrogante Gesichter. Gockelvisagen. Mit unbeteiligten Vogelaugen, die alles nur abtasteten und nichts wahrnahmen.

Wie dieser Junge am Nebentisch in dem Restaurant vor ein paar Tagen. Er war Anfang zwanzig und kam mit seiner Freundin an, und kaum hatten sie sich gesetzt, fand er, er habe den schlechteren Platz mit der unergiebigeren Aussicht erwischt, und die beiden tauschten die Plätze. Von da an sagte er kaum mehr etwas zu dem Mädchen. Als das Essen kam, fing er sofort an, sich darüber herzumachen, während er mit seinen Vogelaugen unaufhörlich das Gelände sondierte. Das Mädchen lächelte ihn die ganze Zeit an und erzählte irgendwelche lustigen Sachen und erkundigte sich nach den Dingen, die er tagsüber erlebt hatte, aber er sagte höchstens einmal »Si« oder »No«. Er war nicht unfreundlich, sondern nur absolut uninteressiert, und sie versuchte, ihn für sich *einzunehmen*, ihn zu unterhalten, ihn aus seiner Vogelwelt, aus seinem Gockeldasein in die wirkliche Welt zurückzubringen, in der es hübsche Mädchen gibt, die noch ein bißchen leben wollen.

Es hätte nicht viel gefehlt, und er wäre an dem Tisch vorbeigegangen und hätte diesen Typ auf eine Art angerempelt, die ihm den ganzen Abend verdorben hätte, weil er den Rest dieses Abends mit einem riesigen Rotweinfleck auf seiner hellen Hose hätte verbringen müssen.

Er hätte wirklich gerne gewußt, was in den Köpfen dieser Gockel vorgeht, wenn sie so dasitzen. Ungefähr eine Woche davor hatten sie eine Burg besichtigt, und es hatte auf einmal zu regnen angefangen. Sie hatten sich untergestellt, wie alle anderen Leute auch, und als der Regen nachließ, tauchte hinter einem der Burgtürme eine italienische Kleinfamilie auf. Vater, Mutter, Tochter. Genau in dieser Reihenfolge und im Gänsemarsch. Der Vater ging mit einem aufgespannten Knirpsschirm voraus, und Mutter und Tochter folgten unbeschirmt aber in exakt dem gleichen Abstand, und es ist ja wahr: wie man es auch dreht und wendet – unter einem Knirps hat wirklich nur einer Platz.

Sie hatten ein Foto von den dreien gemacht. Zu Hause würden sicher alle darüber lachen, was natürlich nichts an der alten Frage änderte, die einem in diesem Land so oft in den Kopf kam: Wie macht man Männer, die solche Sachen bringen?

Er dachte an den Maler, den sie vor zwei Wochen besucht hatten und der ein Freund eines Bekannten war. Der Maler war etwa Mitte fünfzig und hatte eines von den interessanten Gesichtern, an denen einen irgendetwas mißtrauisch macht. Wahrscheinlich war es der Ausdruck einer gespielten Sinnlichkeit, die sich dauernd selber bei der Lust zuschaute. Werbung, der man die Aufdringlichkeit erst auf den zweiten Blick ansah. Der Maler hatte gerade einen Fotoband gemacht, in dem er und der weibliche Körper die Hauptrolle spielten. Die Frauen in dem Buch waren alle nur Körper, nur Torsos, die in irgendwelchen Bächen lagen, oder im Gras oder auf einem Felsen. Auf keinem der Bilder war das Gesicht einer der Frauen zu sehen. Das einzige Gesicht in dem ganzen Buch, war das bärtige Gesicht des Malers auf den Aufnahmen, die er mit Selbstauslöser gemacht hatte. Ein selbstzufriedenes Gesicht neben einem Frauenhintern, unter einem Ellbogen, vor einer Möse, deren Haare mit dem Barthaar des Malers zusammengewachsen zu sein schienen.

Er spielt den Faun, hatte er gedacht. Schon die Art, auf die er Oliven ißt und die Kerne in die Gegend spuckt, ist nichts als die alte Alexis-Sorbas-Masche, mit der man junge Leute und anämische Schriftsteller beeindrucken kann. Und die armen dummen Frauen, die sich auf Künstler einlassen. Auf diese Art von Künstlern. Frauen, die ihren Hintern hergeben für irgendein eitles Foto.

Der Maler lebte natürlich mit einer jungen Frau zusammen, die nicht ganz halb so alt war wie er und sehr gut aussah und die vorläufige Zwischenstation in einer Reihe von jungen Frauen war, die alle ein Kind von dem Maler hatten und jetzt irgendwo mit ihren Kindern das weiterführen, was sie hier gelernt hatten: Die junge Frau hier zum Beispiel hatte sie kommen sehen. Sie hatten das Auto direkt gegenüber dem Fenster geparkt, in dem sie stand und telefonierte. Sie hatte sie überhaupt nicht beachtet, sondern einfach weitertelefoniert, mit den Armen gefuchtelt und merkwürdigerweise die ganze Zeit die beiden Leute nicht bemerkt, die vor dem offenen Fenster standen und zu ihr hineinschauten. Sie waren immer zorniger geworden da draußen, und nach ungefähr sieben oder acht Minuten gingen sie zum Auto zurück und wollten abfahren, und da erst bedeutete ihnen die junge Frau, daß sie ihre Anwesenheit bemerkt hatte. »Ach ja«, hatte seine Frau gesagt. »Ach ja. Wir sind ja so leidenschaftlich am Leben.«

Er hatte nichts für diesen Maler und für diese Art von Männern übrig, die unaufhörlich mit einem Knirpsschirm in der Hand an der Spitze einer Reihe von Frauen im Gänsemarsch durchs Leben ziehen.

Er war auch in diesen drei Tagen, die er alleine war, mit den beiden Bildern, die er zu Ende hatte malen wollen, nicht fertig geworden. Er wollte auf diesen Bildern das Mittelmeer malen wie eine Erinnerung an die Nordsee. Der Trick, den er dabei anwandte, bestand darin, daß das Meer nur einen ganz kleinen Teil des Bildes einnahm. Den größten Teil des Bildes nahm ein Fuß ein, den er so gemalt hatte, daß man nicht sagen konnte, ob es der Fuß eines Mannes oder einer Frau war, und das Merkwürdige war, daß das Bild jetzt etwas Kalifornisches hatte. »David Hockney springt in den Pazifik«, hatte seine Frau gesagt, und sie hatte recht. Er mußte zu Hause noch daran arbeiten.

Am Nachmittag des letzten Tages war er mit dem Zug noch ein paar Stationen die Küste hinaufgefahren, war über die Hügel gewandert und hatte abends in einem kleinen Restaurant gegessen. Dann war er zum Bahnhof hinuntergegangen und hatte auf den Zug nach La Spezia gewartet, mit dem er zurückfahren konnte.

Der Zug war sehr voll, und der erste freie Platz, den er fand, war in einem Abteil, in dem lauter alte Leute und ein junges Mädchen saßen. Das junge Mädchen, das schräg gegenüber am Fenster saß, schaute nach draußen, und die alten Leute schauten irgendwohin ins Leere. Es war heiß, und sie waren müde. Das Mädchen hatte nur kurz aufgeschaut, als er ins Abteil gekommen war, und als er jetzt auch aus dem Fenster schaute, warf sie ihm einen kurzen Blick zu, weil sie wohl dachte, daß er sie anschaute.

Sie war vielleicht neunzehn. Oder auch schon etwas älter. Aber höchstens zweiundzwanzig. Und sie war so schön, daß ihm ganz schwindlig wurde von ihrem Gesicht. Er zwang sich, aus dem Fenster zu schauen, aber das half nichts. Irgendetwas oder irgendjemand drehte immer wieder seinen Kopf in ihre Richtung. Es war, als hätte jemand links und rechts die Hände an seinen Kopf gelegt und würde ihn immer wieder so drehen, daß er das Mädchen anschauen mußte. Er konzentrierte sich auf das Gesicht der alten Frau, die ihm gegenüber saß, und nach ein paar Sekunden schaute die alte Frau ihn an und lächelte verständnisvoll. Es hatte keinen Sinn. Alle anderen hier drin wußten anscheinend, daß er gar nichts anderes tun konnte, als dieses Mädchen anzuschauen. Von dem Gesicht des Mädchens ging eine seltsame Macht aus. Es war schön, betäubend schön, und die kurze Fahrt in diesem Abteil hier war der einzige Augenblick in der Geschichte der Menschheit, in dem er sie anschauen konnte.

Er versuchte, an irgendetwas zu denken, um sich abzulenken, aber alles, was ihm in den Kopf kam, führte ihn zu diesem Mädchen zurück. Er erinnerte sich daran, was er manchmal zu seinen Freunden sagte, wenn das Gespräch auf das Alter von irgendwelchen Leuten kam. Er sagte dann immer: »Ich mach mir nichts aus achtzehnjährigen Mädchen. Ich war scharf auf achtzehnjährige Mädchen, als ich achtzehn war. Aber jetzt lassen sie mich völlig kalt.« Und das stimmte ja auch. Das galt auch hier in diesem Abteil. Er begehrte sie nicht. Er wollte dieses Mädchen nicht *haben.* Er war nur ganz einfach vollkommen von ihr hingerissen. Er hätte nichts dagegen gehabt, wenn es jetzt ein Zugunglück gegeben hätte und dieses Gesicht das letzte gewesen wäre, was er von der Welt sah. Es war seltsam. Er hatte Monate voller Todesangst hinter sich, und jetzt wollte er einfach sterben, weil ein Mädchen so aussah wie das richtige Ende des Lebens. Wie der richtige Abschied von der Welt.

Einmal, als er sich von ihrem Gesicht losreißen konnte, fiel sein Blick auf ihre Hände, und er sah, daß alle ihre Fingernägel ganz kurz abgebissen waren. *Das ist ja Wahnsinn,* dachte er. *Sie weiß, wie schön sie ist, und sie weiß, daß ihre Schönheit andere Leute bestürzt, so sehr bestürzt, daß sie sterben möchten. Und das macht sie verlegen, und deshalb knabbert sie ihre Fingernägel ab. Sie ist verlegen vor Schönheit.*

Als er aus dem Zug stieg, war es schon dunkel. Die Leute im Abteil hatten seinen Gruß nicht erwidert, als er hinausging. Auch das Mädchen nicht. Es war ja auch wirklich sehr heiß.

Er ging noch einmal ans Meer hinunter und dachte daran, daß er diese Hände malen wollte, diese unlackierten, abgeknabberten Fingernägel. Hände, die auf irgendeinem Stoff lagen und denen man ansah, warum sie so weit abgebissen waren. Aber das konnte niemand malen. Er hatte vor vielen Jahren einmal ein Bild seiner Frau gemalt, auf dem sie ganz rote Fingernägel hatte. Es war vielleicht sein bestes Bild. Es war ein Porträt, aber die Hauptrolle spielten diese roten Fingernägel. Wenn man das Bild anschaute, wurde der Blick immer wieder zu diesen Fingernägeln zurückgezogen. Bevor er es rahmte, hatte er auf die Rückseite geschrieben (so daß nach dem Rahmen niemand mehr es lesen konnte): *Ihre Fingernägel waren so rot, daß er sie auf seinem Rücken spüren konnte.*

Du mußt die Fingernägel dieses Mädchens so malen, dachte er, daß sie eine Erinnerung sind an diese anderen, an diese sehr roten Fingernägel. *Pazifische Fingernägel,* dachte er dann und lächelte.

Als er vom Meer am Bahnhof vorbei wieder in den Ort zurückging, kam kurz hinter dem Bahnhof eine kleine Katze aus der Dunkelheit auf ihn zugelaufen. Sie miaute und schmiegte sich an sein Bein und schnurrte und ließ ihn nicht weitergehen. Er nahm sie auf den Arm, streichelte sie und setzte sie wieder auf den Boden. Aber sie ließ ihn nicht weitergehen. Er nahm die Katze wieder auf den Arm und setzte sich mit ihr auf eine Bank. Nach einiger Zeit sprang sie wieder auf den Boden und entfernte sich ein paar Meter von der Bank. Auf einmal tauchten in der Dunkelheit große mächtige Katzen auf, die dann plötzlich und langgestreckt über die Straße auf die kleine Katze zuschossen. Wie Torpedos, dachte er. Leise Torpedos, die durch die Nacht gleiten.

Die kleine Katze lief zu ihm zurück und drückte sich fest an sein Bein. Er nahm sie auf den Arm, stand auf und verscheuchte die großen Katzen. Einige Zeit später setzte er die Katze wieder auf den Boden und machte sich auf den Weg ins Hotel. Die Katze lief immer dicht hinter ihm her. »Ich kann dich doch nicht mitnehmen«, sagte er zu ihr. Als er weiterging, lief die Katze an ihm vorbei bis zu der langen Treppe, die er hochsteigen mußte, um zu der Straße zum Hotel zu kommen. Die Katze lief vor ihm die Treppe hoch, als wüßte sie den Weg. Sie drehte sich nur ab und zu nach ihm um. Als sie oben ankam, wartete sie auf ihn und schlug dann die Richtung zum Hotel ein. *Das ist ja absolut verrückt,* dachte er, als die Katze etwa zwanzig Meter vor dem Hotel stehenblieb und auf ihn wartete.

»Ich kann dich doch nicht mit nach Hause nehmen«, sagte er. »Ich kann dich noch nichtmal mit ins Hotel nehmen.« Die Katze schaute ihn mit großen Augen an. »Und dann die Zugfahrt. Was ist, wenn du da pinkeln mußt? Das stinkt doch ganz wahnsinnig.«

Die Katze schaute ihn mit großen Augen an. »Und außerdem ist es ungesetzlich. Sie würden dich am Zoll gar nicht durchlassen.« Die Katze schaute ihn mit großen Augen an. Er wußte, daß er sie schon durch den Zoll bringen konnte. Aber das war alles ganz unmöglich. So viele Stunden mit einer kleinen Katze in einem Zugabteil. Im Auto wäre das vielleicht etwas anderes gewesen.

Die Katze schaute ihn mit großen Augen an. Er nahm sie auf den Arm und ging fast den ganzen Weg mit ihr zurück, die lange Treppe hinunter und noch ein Stück weiter die Straße entlang, bis er an eine schräge Gartenmauer kam. Er küßte die Katze auf den Kopf und setzte sie ganz oben auf die Mauer, so daß sie nicht gleich hinter ihm herkommen konnte, aber keine Schwierigkeiten hätte, nach ein paar Minuten einen Weg wieder auf die Straße herunter zu finden.

In dieser Nacht träumte er, er habe in einem kleinen Schränkchen die Tagebücher seiner Frau gefunden und sie dann gelesen. Das war etwas, das er im wachen Zustand nie getan hätte. Was seine Frau schrieb, lief darauf hinaus, daß er fast alles, was sie beide betraf, falsch gemacht hatte. Er hatte sein Leben verfehlt und ihres zerstört. Sogar seine Kinder wandten sich von ihm ab. In seinem Traum drehten sie sich einfach um und gingen durch einen weißen Türrahmen in einen dunklen Raum hinaus.

66

Verschollene Weihnachtslieder

It's coming on Christmas
They're cutting down trees
They're putting up reindeer
And singing songs of joy and peace
Oh I wish I had a river
I could skate away on

– Joni Mitchell

Die Kinder hatten schon mitten am Nachmittag angefangen, die Mähne und den Schwanz des Pferdes zu Zöpfen zu flechten, an die sie dann am Abend die Weihnachtsgeschenke hängen würden. Gegen vier hatte es ganz leicht zu schneien angefangen, und die Kinder waren natürlich immer ungeduldiger geworden, und dann, kurz nach sieben, kamen sie mit dem Pferd über die zugeschneite Wiese den Hang herauf. Sie hatten Laternen dabei, und das Pferd war mit kleinen Päckchen behängt wie ein Weihnachtsbaum. Die schwereren Päckchen hingen an Schnüren, die sie aus Wollfäden geflochten hatten, am Sattel. Es war ein magischer langer Augenblick, wie sie da den Hang heraufkamen. Ihre Kinder. Wie eine Prozession, die viel mehr umfaßte als zwei Kinder und ein Pferd. Es war eine Prozession, die sie nie mehr vergessen würde.

Sie wollten das Pferd ins Wohnzimmer bringen, aber das ging nicht. Pferde werden verrückt, wenn man sie in einen unbekannten Raum bringen will. Noch dazu in einen Raum mit einer niedrigen Decke. Für ein Pferd war so ein Wohnzimmer wahrscheinlich eine Art Hölle.

Und jetzt, so viele Jahre später, stand sie allein in diesem selben Wohnzimmer und schaute durch die große Glasscheibe der Terrassentür auf den trüben Wintertag hinaus. Die Landschaft sah aus, als würden die Winter sich abnutzen und mit jedem Jahr an Glanz verlieren. Fadenscheinig werden. Sogar der Fluß sah aus, als könnte er sich nur noch müde dahinschleppen. Aber das war natürlich Unsinn.

Sie war gestern alleine hierher zurückgekommen. Hierher in das Haus, in dem sie aufgewachsen war. In das Haus, das jetzt, seit der Beerdigung, ihr Haus war, wenn auch noch nicht juristisch, aber es war jetzt ihr Haus. Sie wollte ganz alleine sein in diesem schrecklichen Augenblick, in dem man zum ersten Mal in die Wohnung oder in das Haus von jemandem kommt, der nie wieder in diese Wohnung oder in dieses Haus zurückkommen wird. Man hört Stimmen in diesem Augenblick, Stimmen wie von Leuten, die ertrinken und noch etwas sagen wollen. *Jetzt sind wir ganz auf uns alleine gestellt*, hatte sie gedacht. *Jetzt ist niemand mehr dazwischen. Jetzt sind wir die Generation ganz vorne dran.*

Heute vormittag ist sie mit dem Auto zu den beiden alten Leuten gefahren, die sie schon kennt, seit sie auf der Welt ist. Die alte Frau ist seit einem Jahr sehr krank. Sie kann nicht mehr gehen und ist die meiste Zeit verwirrt. Ihr Mann kümmert sich den ganzen Tag um sie, und sie haben ein gebrauchtes Krankenhausbett gekauft, das jetzt tagsüber in der Küche steht, so daß sie immer bei ihrem Mann ist und alles mitbekommt, wenn einmal Besuch da ist. Und es ist oft Besuch da.

Die beiden haben wie in einem Märchen sieben Enkeltöchter von zwei Söhnen, und eines oder zwei von den Mädchen kommen eigentlich jeden Tag nach der Schule oder am Abend vorbei. Sie füttern ihre Großmutter und reden mit ihr, und die kleineren der

Mädchen finden nicht, daß sie besonders verwirrt ist. Heute, als die Frau bei den beiden alten Leuten war, kam das jüngste Mädchen, das erst acht ist, nach der Schule zu ihren Großeltern in die Küche und legte sich zu ihrer Großmutter in das Krankenhausbett. Die alte Frau fing an zu zittern, weil sie Angst vor dem Tod hatte und dachte, der Teufel sei zu ihr ins Bett gekrochen, und das kleine Mädchen kroch unter die Bettdecke und kitzelte die Großmutter an der rechten Fußsohle, genau an der Stelle, an der sie die alte Frau immer gekitzelt hatte, als sie gesund war. »Siehst du«, sagte sie »Ich bins. Nicht der Teufel.« Und die alte Frau lächelte und sagte: »Ja, jetzt erkenn ich dich.«

Die Frau, die zu Besuch war, sagte: »Es gibt doch gar keinen Teufel. Mach dir keine Sorgen.« Aber die alte Frau in dem Krankenhausbett lächelte nur nachsichtig und sagte: »Vielleicht bei euch in der Großstadt nicht. Ihr hab die bessere Straßenbeleuchtung.« Nein, sie war heute nicht sehr verwirrt.

Nach dem Mittagessen, das der alte Mann gekocht hatte, tranken sie noch Kaffee zusammen, und sie dachte immer wieder an die Fußsohle der alten Frau und daß das kleine Mädchen genau wußte, was zu tun war, damit die Großmutter keine Angst zu haben brauchte. Sie schaute die drei an und dachte an diese Fußsohle, und dann dachte sie: *Philemon und Baucis ohne die Götter. Ja, genauso ist das.*

Sie hatte viel von den beiden alten Leuten gelernt: Wie man Knödel macht, wo man im Wald die besten Pilze findet, und wo man sich am geschicktesten verstecken kann, und der alte Mann hatte ihr genau wie seinen Söhnen einen Pfeilbogen gemacht, als sie noch ganz klein war, und hier am Fenster, hinter dem die Winterlandschaft da draußen so fadenscheinig wirkte, sah sie wieder ihre Kinder mit dem Pferd den Hang heraufkommen. Das Pferd war über und über mit Weihnachtgeschenken behängt, und der Schnee fiel in großen dicken Flocken, oder war sie das selber, die den

Hang heraufkam, zusammen mit ihrer Schwester? Ja, wahrscheinlich waren sie das. Ihre Schwester und sie. Oder waren es ganz andere Kinder, und sie stand hier in diesem Wohnzimmer, und er stand da drüben neben dem Seitenfenster, wo er damals auch gestanden hatte, und sie wußte noch genau, was sie gedacht hatte. *Es ist etwas in mir*, hatte sie damals gedacht und dachte sie jetzt wieder. *Es ist wie eine Sonne, und es glüht genauso, und es wächst, es wächst wie ein Kind, und du hast Angst, daß es stirbt, bevor es überhaupt in der Welt ist, daß es erfriert.*

Das war in dem Winter, in dem der Fluß zugefroren war, dieser große breite Fluß, und es war jetzt wie ein Lied, das sie einmal gesungen und dann wieder vergessen hatte. Wie ein verschollenes Weihnachtslied, dessen Text und dessen Melodie man vergessen hat. Man weiß nur noch, daß es sehr schön war. Es war jetzt wie eine von den Stimmen, die man hört, wenn man zum ersten Mal in das Haus von jemandem kommt, der nie wieder in dieses Haus zurückkommen wird. Wie die Stimme von jemandem, der ertrinkt und noch etwas sagen will, aber nichts mehr sagen kann.

67

Noch einmal der Bambusschneider

»Was ist das doch für eine schöne Nacht«, sagte er. »Ich könnte jetzt ewig hier liegen.«

Sie lagen im Juligras des Parks, der ein Hügel ist, von dem man in die Stadt hinunterschauen kann. Es war eine sehr klare Nacht, und man konnte die roten Warnlichter auf dem hohen Schornstein des Heizwerks ganz klar sehen. Die beiden, der Mann und die Frau, lagen nur ein paar Meter von den Holunderbüschen entfernt, von denen er in zwei Monaten die Beeren für ein Holunderkompott pflücken würde.

Sie lagen nebeneinander in der leuchtenden Dunkelheit des Parks, und ihre Fingerspitzen berührten sich wie in einem klassischen Gemälde. Die Frau sagte: »Und als die Fee wieder in den Himmel zurück mußte, ließ sie dem Kaiser einen Brief da und ein Gefäß mit dem Elixier der Unsterblichkeit. Der verzweifelte Kaiser befahl, daß man das Elixier auf den Gipfel des Fuji bringt und in die Flammen des Kraters wirft, weil die Unsterblichkeit jetzt für ihn keinen Sinn mehr hatte. Ohne die Fee hatte es keinen Sinn, unsterblich zu sein.«

»Ja«, sagte der Mann.

»Was ist eigentlich mit dem Bambusschneider?« fragte die Frau. »Ich weiß überhaupt nicht, warum das ganze *Die Geschichte des Bambusschneiders* heißt.«

»Ich kenne ja auch nur diesen Teil der Geschichte«, sagte der Mann. »Wahrscheinlich ist der Bambusschneider der Mann, der die Geschichte erzählt. Oder der Mann, der beobachtet, wie das Elixier in den Krater geworfen wird.«

»Ich würde gerne wissen, was sie in dem Brief geschrieben hat«, sagte die Frau.

»Stell dir mal einen Bambusschneider vor«, sagte der Mann. »Einen einfachen Mann, der gerne unsterblich wäre, und dieser Mann muß dabei zuschauen, wie jemand das Elixier der Unsterblichkeit in den Krater eines Vulkans wirft. Für diesen Mann ist das eine Sünde.«

»Und du«, sagte die Frau leise. »Und du? Wäre es für dich auch eine Sünde? Würdest du auch befehlen, daß dieses Elixier der Unsterblichkeit in den Krater des Fuji geworfen wird? Würdest du das auch tun?«

»Ja«, sagte der Mann, ohne lange nachzudenken.

»Würdest du das wirklich tun?« fragte sie noch einmal. »Würdest du es genauso machen wie dieser Kaiser? Würdest du das wirklich tun? Wär dir dann die Unsterblichkeit genauso gleichgültig wie diesem Kaiser? Wäre das wirklich so? Würdest du das wirklich tun?«

»Ja«, sagte der Mann. »Ja.«

Inhalt